Love IS IN THE SNOW

ALFREDA ENWY

Love IS IN THE SNOW

ROMAN

HARPERCOLLINS FRANCE
83-85, boulevard Vincent-Auriol, 75646 PARIS CEDEX 13.

www.harlequin.fr

ISBN 978-2-2804-5056-0 — ISSN 2271-0256

Prologue

Juliette

25 novembre 2018, Paris

— Je suis certaine qu'il va la faire. Il va la faire c'est obligé, s'écrie Dana en sautillant.

Je lui lance un regard perplexe. Ma meilleure amie replace ses longs cheveux noirs derrière ses oreilles et me sourit. Les autres femmes présentes dans la boutique nous regardent un peu bizarrement.

— Faire quoi ?

— Sa demande en mariage, me répond-elle comme si c'était d'une logique implacable.

J'écarquille les yeux, la mâchoire m'en tombe presque.

Une demande en mariage ? Mais d'où lui vient une idée pareille ?

Elle décroche une petite robe noire du portique et me la montre sans rien ajouter de plus.

— Regarde-moi cette petite merveille de tissu ! Tu devrais l'essayer, ce serait un crime de ne pas le faire.

J'attrape l'étiquette de la *merveille* en question, son prix est indécent.

— Tu me parles d'essayage comme si de rien n'était, sans

embrayer sur la bombe que tu viens de sortir ! T'as vu le prix, en plus ?

Dana hoche la tête en souriant. Elle se fiche éperdument de ce que je dis.

— Tu veux bien développer ton idée de mariage ? j'insiste.

— J'ai une intuition. Je ne sais pas pourquoi, je le sens.

— Et c'est tout, tu te bases sur ça ?

— Mon intuition est affûtée, tu le sais.

Je secoue la tête, amusée.

— Vos carrières sont au top, vous êtes heureux, c'est votre anniversaire ce soir et il t'emmène au restaurant. Le moment est plus que propice pour une demande. Je suis sûre et certaine qu'il va le faire.

Il est vrai que nous fêtons nos trois ans ce soir. Il est vrai aussi que tout se déroule à merveille dans nos vies. Mais de là à imaginer qu'il me demande en mariage…

Je n'y avais pas vraiment songé jusque-là. Cela dit, je crois que j'aimerais beaucoup qu'il le fasse. Je suis persuadée que James est *le bon*.

— T'es dingue, je dis pourtant en rougissant.

— On en reparlera.

Nous faisons le tour de la boutique en regardant les vêtements. Je trouve une autre robe, bleue cette fois-ci, et moins chère.

— Va essayer tout ça. Quand il te verra, ça lui rappellera à quel point t'es trop bonne.

Je ris en me dirigeant vers les cabines d'essayage. Dana a raison quand elle dit que nos carrières sont au top. James est avocat d'affaires et il est redoutable dans ce domaine. Quant à moi, je suis romancière. Dire que j'ai toujours voulu faire ce métier est faux. Je ne l'avais, en réalité, jamais envisagé. Cela me paraissait improbable, à dire vrai.

Mes premiers écrits datent de quand j'avais quinze ans. Il s'agissait de fanfictions inspirées de mes séries préférées comme *Buffy contre les Vampires*, par exemple. Je me suis lancée dans l'écriture de mon premier livre il y a deux ans, et Dana l'a envoyé en maison d'édition à mon insu.

« J'ai un don pour flairer les best-sellers », m'avait-elle dit pour se justifier.

J'étais furieuse… jusqu'à ce que je sois contactée par un éditeur. Mon premier livre est sorti il y a un an et c'est devenu un vrai succès commercial.

Je ne m'attendais absolument pas à cela et je ne sais pas vraiment pourquoi il s'est vendu comme des petits pains. Tout est arrivé si vite que j'en ai encore un peu le tournis aujourd'hui…

— Essaye la noire en premier, lance Dana à travers la porte.

— Pourquoi ?

— Parce que c'est un grand classique. Il n'y a rien de tel qu'une petite robe noire pour faire sensation.

Je lève les yeux au ciel en souriant.

— Et ne lève pas les yeux comme ça, je te vois ! C'est déplacé, jeune fille.

Un gloussement m'échappe. Dana me connaît par cœur. On s'est rencontrées quand nous étions gosses. À l'époque, je guettais souvent par-dessus le mur qui séparait mon jardin et celui des voisins, curieuse de savoir ce qui s'y passait. Un jour, c'est la famille de Dana qui a emménagé dans la maison d'à côté. Alors que ses parents s'occupaient des meubles, elle jouait avec une poupée. Lorsqu'elle m'a aperçue, je me suis cachée et j'ai filé au salon pour lui écrire un mot.

On peut être dé copine si tu ve. G la méme poupé on peut dir que ces des jumeles :

◻ *OUI* ◻ *NON*

Signé : Juliette.

Je l'ai envoyé par-dessus le mur avant de m'asseoir par terre, dans l'attente d'une réponse. Celle-ci est arrivée rapidement. Dana a coché le oui. Et après cela, nous sommes devenues inséparables.

Nous avons fait toute notre scolarité ensemble, de l'école élémentaire au lycée, en passant par le collège. Il n'y a qu'à la faculté que nous avons pris des chemins différents, mais on se retrouvait tout de même tous les soirs, car nous avions loué un appartement ensemble.

Dana est ma sœur de cœur, ma confidente, ma meilleure amie. La personne dont je suis la plus proche.

J'enfile la robe noire pour lui faire plaisir et je me regarde dans le miroir. Je constate avec horreur que ma moustache repousse et qu'un horrible bouton pousse sur mon nez.

Je soupire.

Mes yeux se portent de nouveau sur ma tenue. C'est vrai qu'elle est assez jolie et qu'elle fait son petit effet, si on ne prête pas attention à mes chaussettes vertes ornées de petites têtes de lutins. Je trouve que cette robe me va plutôt bien.

— C'est bon, je lance à mon amie.

Cette dernière ouvre la porte de la cabine pour y passer la tête. Son air exaspéré me fait froncer les sourcils.

— Validée ! M'enfin… Comment tu peux sortir avec ces chaussettes monstrueuses ? Chez toi à la rigueur, mais là…

— Elles sont méga chou, alors tu retires de suite ce que tu viens de dire ! Et puis, dissimulées sous mon jean et mes cuissardes, elles ne font de mal à personne.

— OK, mais là, ça jure et ça me fait mal aux yeux, soupire-t-elle. En plus ce n'est même pas encore la période de Noël.

— Ça commence demain, dis-je, rêveuse.

Je suis une vraie gosse à l'approche des fêtes.

— Calme-toi, m'arrête mon amie avec un sourire moqueur, tu auras tout le temps de t'exciter plus tard. Tu essayes la bleue, ou pas ?

— C'est la couleur préférée de James.

Le sourire de Dana s'élargit. Il ne s'agit pas de n'importe quel sourire, c'est celui qu'elle dégaine quand elle a quelque chose derrière la tête.

— Bleu pailleté comme ça, ça fait plus papier cadeau, mais essaye-la si tu veux. En tout bien tout honneur, je te conseille, quel que soit ton choix, de mettre une culotte bleue. C'est là qu'on veut que ça se passe. Comme ça, tu diras : « T'as vu ma jolie petite robe noire, mon amour ? Tu l'aimes ? Eh bien, attends de voir ma culotte bleue. N'est-ce pas ta couleur préférée, mon Jamie d'amour ? »

— Je ne sais même pas pourquoi je suis amie avec toi, je lui rétorque.

Elle me répond, imperturbable :

— Parce que je dis des choses très sensées. Au cas où, je vais t'envoyer ma réplique par texto, comme ça tu ne l'oublieras pas.

— T'es vraiment malade, ma parole. Mais tu as raison, la robe bleue à paillettes, c'est un peu too much.

— Voilà, là tu deviens raisonnable.

***

Il est 19 heures passées quand j'arrive au restaurant dans lequel James et moi nous sommes rencontrés. Avec toutes ses conneries sur le mariage, Dana m'a mis des idées dans la tête. J'ai l'air d'une ado rêveuse à croire à quelque chose qui n'arrivera sans doute pas. Le contraire serait bien trop romantique…

L'homme qui fait battre mon cœur depuis plusieurs années est déjà installé lorsqu'un serveur me conduit à sa table. Quand il m'aperçoit, il se lève et me sourit.

James est à tomber dans son costume. J'aime particulièrement le fait qu'il a retiré sa veste et ouvert les deux premiers boutons de sa chemise. Il me fait craquer… J'ai toujours eu un faible pour lui quand il est habillé ainsi, c'est-à-dire la plupart du temps…

Après avoir remercié le serveur, qui nous laisse pour rejoindre les cuisines, je m'attends à ce que James m'embrasse, mais il se rassoit à sa place. J'ôte alors mon manteau et je m'installe en face de lui.

Nous venons tous les deux ici tous les ans pour fêter notre anniversaire. Le lieu n'est pas très grand, et l'ambiance y est plutôt romantique avec les lumières tamisées du plafond et les bougies sur les tables. C'est devenu notre petit rituel.

— Tu es magnifique ce soir, lance-t-il en me scrutant.

— Merci, réponds-je en souriant.

Me vient alors en tête la réplique de Dana. Non pas celle sur le mariage, mais plutôt celle sur mes sous-vêtements de ce soir et ce que cela implique… Le pire, c'est que j'ai fini par opter pour une petite culotte en dentelle bleu clair.

Finalement, je me mets aussi à penser un peu à celle sur le mariage. Où ma meilleure amie a-t-elle pu pêcher une histoire pareille ? Ça m'a travaillée tout l'après-midi.

Je crois que je serais vraiment heureuse si cela arrivait car j'aime sincèrement James.

Je lève le regard vers lui. Ses traits sont légèrement tendus. On dirait qu'il est songeur. Cela me fait automatiquement sourire, sans que je sache vraiment pourquoi.

— T'as passé une bonne journée ? je demande.

— Beaucoup de travail très barbant, mais ça avance. On est en train de boucler un gros dossier, il va nous falloir encore une bonne semaine pour terminer. Il est en béton. Avec ça, on va l'emporter, c'est certain.

James prépare un procès important, mais je n'en sais pas plus. Il n'a pas le droit de m'en parler. Pourtant, j'aime quand il s'épanche sur son travail. Je trouve ça très inspirant et je garde toujours des petites notes de ce qu'il me dit dans ma tête pour mes projets littéraires.

— Et toi, tu as fait quoi ? Ton manuscrit avance ?

— Dana était libre, alors on a passé la journée ensemble. J'ai fini mon texte dans la nuit, je n'ai pas eu le temps de te le dire ce matin. Tu étais déjà parti.

— J'avais du boulot, dit-il en passant une main dans ses cheveux châtains. Tu t'es couchée tard, je n'avais pas envie de te réveiller. Félicitations, je savais que tu y arriverais.

Je lui souris sincèrement. Il faut dire que je suis assez fière de moi. Terminer un manuscrit procure une belle sensation d'accomplissement. Je sais que mes lecteurs l'attendent et ma maison d'édition aussi.

Pourtant, ma bonne humeur s'envole lorsque je réalise que James semble différent ce soir, distant, comme s'il avait la tête ailleurs. D'habitude il me prend la main, par exemple. Là, je le sens nerveux.

— J'ai hâte d'avoir l'avis de mon éditrice.

— Elle va l'adorer, j'en suis certain. Comment va Dana ?

— Comme d'hab, elle est en forme.

Il hoche la tête et lève la main pour appeler un serveur qui arrive dans la seconde.

— Je vais prendre un double bourbon et pour la demoiselle, ce sera un pinky lover.

L'homme habillé de noir qui a pris notre commande repart aussitôt sans un mot.

J'ai un drôle de pincement au cœur quand James fouille la poche intérieure de sa veste et je ne peux m'empêcher d'être déçue quand il en sort son téléphone qu'il regarde avec insistance pendant quelques secondes, avant de le ranger. Je maudis Dana de m'avoir fait croire à l'impossible…

— Tout va bien ? je demande. Tu n'as pas l'air dans ton assiette.

— Tout va très bien.

Il dit ça sans me regarder une seule seconde.

Je me demande bien ce que je peux faire pour essayer de détendre l'atmosphère. Si ma meilleure amie était là, elle répondrait : « Une petite pipe ! » Heureusement, le serveur est assez rapide. Il donne son bourbon à James et pose le cocktail devant moi. C'est juste du champagne avec de la crème de rose, mais c'est délicieux. Je prends toujours ça quand je viens ici.

— Vous avez choisi ce que vous désiriez manger ?

— Pas encore, je rétorque.

— Faites-moi signe une fois que c'est fait, je reviendrai.

Je lui souris. Quand je reporte mon attention sur James, je constate qu'il est déjà en train de boire. J'arque un sourcil.

— T'avais soif.

— Pardon.

Je tends le bras pour que nous trinquions.

— À nous !

Il sourit sans répondre et boit à nouveau. Je me sens vraiment perdue. Il n'est pas méchant, mais il est horriblement distant. Je ne sais pas ce qui lui prend. Surtout ce soir… Je peux comprendre que le dossier sur lequel il travaille est important, mais parfois, j'ai l'impression qu'il ne pense plus qu'à ça. Ou alors, qu'il pense complètement à autre chose. Il regarde de nouveau son téléphone.

— James ! je dis alors en haussant la voix.

Il lève les yeux de son verre et de son fichu téléphone. Les gens assis aux tables avoisinant la nôtre se tournent vers nous, l'air curieux. Je ne leur prête pas attention.

— Qu'est-ce qui t'arrive, bon sang ? Tu vas…

— J'ai quelque chose à te dire, me coupe-t-il. Ça fait quelques semaines que j'ai envie de te le dire, mais je ne trouvais pas le bon moment.

Mon cœur bat à tout rompre.

Dana… tu avais raison.

— J'ai rencontré quelqu'un.

Hein ?

— Je veux qu'on rompe.

J'avale ma gorgée de travers. Je ne suis pas certaine d'avoir pigé… Où est ma demande en mariage ?

— Tu… quoi ?

— Je veux qu'on rompe, répète-t-il simplement.

Un tourbillon d'émotions s'empare de moi. Colère, tristesse et indignation se mêlent. Je suis abasourdie, j'hallucine complètement. J'ai dû louper un truc quelque part, c'est pas possible autrement.

— Ne rends pas les choses compliquées, Juliette, soupire James.

Quoi ? Il me balance ça à la gueule alors que je n'ai encore rien dit ?

— Pardon ? je m'écrie, énervée. Ne pas compliquer les choses ? Je n'ai rien dit.

— Pour l'instant…

— T'as rencontré quelqu'un et tu veux me larguer ? Tu peux m'expliquer deux minutes ?

— Il n'y a pas grand-chose à expliquer, répond-il d'un air détaché. Ce genre de chose, ça arrive souvent.

Je ne comprends rien de rien. Je suis perdue. Peut-être vais-je me réveiller ou peut-être va-t-il crier « Surprise ! » dans quelques secondes et me dire que c'était une blague.

Il y a deux minutes encore, tout allait bien entre nous, enfin de mon côté, et maintenant je suis en train de me faire larguer, en plein restaurant, le jour de notre anniversaire.

— Je crois au contraire qu'il y a plein de choses à dire. T'es quand même en train de me quitter, alors j'ai le droit de savoir qui est cette meuf et…

Ma gorge se noue, ce qui se passe est carrément impensable. Comment une telle chose a pu arriver ? Comment n'ai-je pas pu m'en rendre compte ? Je suis tellement sonnée que j'en tremble.

— Tu veux vraiment savoir *ça* ?

Sa nonchalance et son côté dédaigneux, voire légèrement agacé, m'énervent au plus haut point.

— Oui, j'ai envie de savoir *ça* !

— C'est une collaboratrice, on bosse ensemble depuis quelques semaines et une chose en entraînant une autre, on s'est rapprochés…

— D'accord, d'accord… et tu me largues pour elle, alors qu'on est ensemble depuis trois ans ?

— Je l'aime, me répond-il d'une voix tranchante.

Cette claque me fait mal. James n'ajoute rien de plus. Il faut dire que ses mots se suffisent à eux-mêmes, ils sont très clairs.

Je me prends la tête dans les mains. C'est incompréhensible. Je n'ai rien vu venir. Je suis cocue depuis des semaines, il aime une autre femme et moi, je n'ai rien vu… Pourtant, on les sent, normalement, ces choses-là.

— Écoute, Juliette, ne pleure pas. Ce n'est pas toi, c'est moi… Ne complique pas les choses…

Enragée, je relève la tête, ce qui l'empêche de finir sa phrase. J'ai envie de lui éclater les burnes. J'aimerais rester stoïque, mais les larmes coulent d'elles-mêmes sur mon visage. Ça fait trois ans. Et moi, je suis amoureuse de lui, alors j'ai bien le droit de pleurer un peu si j'en ai envie. Tant pis si je fais pitié. *Du moment que je le mets mal à l'aise.*

— Et donc cette chose que tu n'arrivais pas à me dire depuis des semaines, tu me la balances dans la gueule le jour de nos trois ans ? je crie. Tu n'as pas trouvé le temps avant ? Tu t'es dit : « Le jour de notre anniversaire, c'est un bon moment pour le faire ! »

— Juliette, gronde-t-il.

Il me fait signe de baisser d'un ton avec ses mains, mais il peut aller se faire foutre.

— J'en reviens pas… Tu m'annonces que tu me trompes et que tu me largues en plein restaurant le jour de nos trois ans, je dis en sanglotant. Tu es ignoble.

Tout le monde a les yeux rivés sur nous, à présent. Notre dispute suscite l'intérêt. Dans le brouhaha des chuchotements, j'entends un « pauvre fille », ou encore « les mecs sont des porcs », et j'en passe.

— Je ne comprends pas, j'insiste alors, t'aimes une autre fille, mais tu m'embrasses toujours ? Avant-hier on a fait l'amour, alors que tu couchais déjà avec elle ? T'as même pas attendu de me larguer ? Qu'est-ce qui s'est passé ? Elle baise mieux que moi ?

— Juliette…

Son ton est agacé, légèrement menaçant. Je m'en contrefous de l'image que je donne à tous ces gens. Je suis aussi hors de moi que je suis dépitée.

— Tu attends précisément ce soir, tu attends qu'on soit ici pour m'annoncer ça. T'es vraiment un pauvre type.

Je ne lis pas l'once d'un remords sur son visage. À croire que ces trois années ensemble n'ont pas compté pour lui, que je suis juste une erreur de parcours.

Ça fait mal au cœur. Je me sens trahie, humiliée. Et j'en veux à Dana de m'avoir mis des idées dans la tête, car c'est encore pire à présent. La déception est profonde.

— Comprends-moi, ce n'est pas facile à dire, se défend-il.

Un ricanement m'échappe.

— Te comprendre ? Tu te fous de ma gueule ? Tu veux que je te plaigne par la même occasion ? Tu crois que c'est facile à entendre, peut-être ?

Lorsqu'il tente de me prendre la main, je la repousse et me redresse. Les clients autour de nous observent, dans l'expectative.

— Va te faire foutre, James, je lui assène avant de partir sans me retourner.

Chapitre 1

Juliette

29 novembre 2019, Paris

Laurie Astier et James Leprince sont heureux de vous annoncer leur mariage, le 12 avril 2020. Ils seraient ravis que vous soyez à leurs côtés pour célébrer ce bonheur.

Serez-vous présent(e) : ☐ OUI ☐ NON

Serez-vous accompagné(e) : ☐ OUI ☐ NON

Je fixe le carton d'invitation d'un air dubitatif. Pourquoi est-ce que j'ai reçu cette merde, au juste ? Pour qu'il me rappelle qu'il est heureux sans moi ? Tant mieux pour lui.

Dana doit voir à ma tête que quelque chose cloche, car elle se lève du canapé pour me rejoindre.

— Qu'est-ce que c'est ?

Je lui tends la carte et elle ouvre d'abord grand la bouche avant de pincer les lèvres.

— Bon sang…

Mon amie était aussi secouée que moi lorsque je lui ai raconté la soirée de notre rupture. Au début, elle pensait que je rigolais et puis, en me voyant fondre en larmes, elle a compris que tout ce que je disais était vrai.

J'ai eu beaucoup de mal à m'en remettre. J'ai passé les trois premiers mois enfermée chez moi à déprimer. La sortie de mon deuxième livre et l'engouement de mes lecteurs m'ont redonné du poil de la bête, mais très vite, j'ai replongé dans la déprime. J'étais attachée à James et la manière dont ça s'est fini m'a énormément blessée. Je pensais que tout allait bien entre nous, et il s'est avéré que non, finalement. Rien ne m'avait laissée présager une rupture.

— T'avais raison, je lance à Dana, il allait bien faire sa demande, mais pas à moi.

— Je…

Son air désolé me fait mal au cœur. Je me rattrape donc avec un clin d'œil.

Recevoir cette invitation ne m'enchante pas, mais je n'en suis plus au point de pleurer. C'est juste que tout est parti en vrille après ce soir-là parce que je me suis retrouvée seule. J'ai commencé à déprimer, puis j'ai perdu l'envie d'écrire et maintenant, je suis incapable de travailler sur mon nouveau roman.

— Ne culpabilise pas, Dana, c'était de l'humour, je lui dis pour la rassurer.

Je ne lui en ai jamais voulu pour cette histoire de mariage. Ma plus grande peine venait du fait que je venais de me faire larguer par l'homme que j'aimais plus que tout.

Encore aujourd'hui, j'ai mal au cœur. Ce carton ne fait que raviver cette rupture et la manière dont je me sens tellement minable que je n'arrive même plus à bosser.

— On devrait sortir boire et s'amuser, propose Dana.

— Je n'en ai pas envie, je dis en secouant la tête.

— Ça te ferait du bien de te changer les idées. Surtout après ça… franchement, quelle enflure ce mec !

Lorsque mon téléphone sonne dans la cuisine, je soupire. *Manquait plus qu'elle, tiens !*

— C'est encore ton éditrice ? demande ma meilleure amie depuis le salon.

— Ouais, je lance en soupirant.

Je laisse sonner jusqu'à ce qu'elle tombe sur le répondeur. J'ai honte de faire ça, mais je n'ai pas envie de lui parler maintenant. Je sais que plus je retarde cet appel et plus ce sera compliqué, mais je n'ai pas la tête à ça.

— C'est la troisième fois qu'elle cherche à te joindre, tu ne vas pas pouvoir l'ignorer indéfiniment.

— Je n'ai pas envie de lui parler aujourd'hui.

Dana me rejoins et secoue la tête en soupirant d'exaspération.

— Hier, c'était autre chose et demain, ce sera encore autre chose. Il va bien falloir que tu lui répondes à un moment donné.

— Je n'y arrive pas, Dana, je suis…

— Je sais que tu n'y arrives pas et je te défends de dire que tu es nulle. Tu as un passage à vide, ça arrive à tout le monde. Mais tu dois lui dire. Vous vous entendez bien, elle va comprendre.

C'est vrai que le courant est toujours bien passé avec Clara, mon éditrice, mais je n'ai pas envie de la décevoir autant que je me déçois moi-même.

J'ai perdu le goût à l'écriture. Après tout, comment créer une histoire d'amour quand on est soi-même incapable de surmonter une rupture amoureuse ? Depuis ma séparation avec James, j'ai un énorme blocage, quoi que je fasse, je n'y arrive pas. Tout ce que je fais est mauvais.

J'ai tout essayé pour que l'envie revienne, mais rien n'y a fait. J'ai lu des tonnes de livres, regardé des films et des séries par milliers, mais non, l'inspiration ne revient pas et mon blocage est toujours là.

— C'est compliqué, je marmonne.

— Elle attend ton manuscrit pour le début d'année et tu n'as rien du tout. Je pense qu'elle apprécierait que tu lui dises maintenant plutôt qu'à la deadline.

Dana a raison, je le sais.

— Ça va aller, Juliette. Tu vas y arriver, il faut juste que tu reprennes confiance en toi.

La confiance ? Faudrait que je demande à James si je ne l'ai pas laissée quelque part sur une étagère quand j'ai déménagé.

— Tu veux que je te dise, fait mon amie en se tournant vers moi, il faut que tu te changes les idées, que tu changes d'air. Tu as besoin d'un dépaysement total loin d'ici.

Elle quitte la cuisine pour se diriger vers le canapé sur lequel elle s'installe. Elle prend mon ordinateur portable, l'ouvre et tape quelque chose sur Internet.

— Qu'est-ce que tu fais ?

— Le nécessaire, pour que tu oublies ce connard et que tu retrouves confiance en toi, rétorque-t-elle.

— Si tu as quelque chose pour retrouver l'inspiration, je veux bien aussi.

— Si tout se passe bien, elle devrait revenir en même temps que le reste.

Je lève les yeux au ciel. *Si seulement.*

— Sérieusement, tu fais quoi ?

Après avoir jeté l'invitation à la poubelle, je me dirige vers le frigo pour nous chercher une bouteille de vin blanc et deux verres à pied. Je m'installe ensuite à côté de mon amie sur le canapé.

— Je m'occupe de toi. Tu me remercieras plus tard.

— Mais…

— Voilà, c'est fait.

— De quoi tu parles ? Je ne comprends rien, Dana.

— Je viens de te payer des vacances dans un petit chalet cosy à la montagne. Tu as besoin d'air, je te l'offre. Ça fait trop longtemps que tu galères, que tu rumines, et ça m'énerve. Je pense qu'une petite virée loin de Paris ne peut que te faire du bien.

— T'es tarée, je ne…

— Si, tu vas y aller. Tu as plutôt intérêt, moi je te le dis. C'est payé, ce sera mon cadeau de Noël. D'ailleurs en parlant de Noël, tu adores ça. C'est la fête que tu préfères, tu rayonnes toujours d'ordinaire. Tu ne vas pas laisser ce con et sa pétasse te gâcher ça aussi. Alors tu vas profiter d'aller à la montagne pour en prendre plein les yeux, pour te ressourcer, et je suis certaine que ça va t'aider à aller mieux.

— Tu m'offres des vacances ? je demande, incrédule.

Dana hoche la tête en souriant.

En deux clics, comme ça ?

C'est comme si elle l'avait déjà préparé.

— Tu pars lundi, jusqu'au 22.

— Je ne peux pas accepter. Trois semaines, Dana, c'est abusé.

— Bien sûr que tu peux. Tu en as besoin.

— Tu avais manigancé tout ça à l'avance ?

Je suis suspicieuse. Je la connais assez pour la savoir capable de faire ce genre de chose.

— Disons que j'y avais songé, répond-elle en souriant. J'ai envie de te revoir heureuse. T'as l'impression que tout va mal, mais il te faut juste du temps. Tu ne resteras pas la vieille fille au manuscrit inachevé à cause d'un mec. En fait, je pense même que si tu acceptes ce repos forcé il se pourrait bien que le Père Noël soit clément avec toi cette année. Il va peut-être t'offrir un nouveau copain, qui sait ? Ce n'est pas ça qu'on appelle le miracle de Noël dans les contes de fées ou les films que tu adores ?

Elle dit ça avec son air espiègle.

— La magie de Noël, ça n'existe pas, je rétorque, si ce n'est dans les livres.

— Ça, tu n'en sais rien du tout.

Lorsque mon téléphone sonne à nouveau, j'hésite à répondre. Dana, elle, saute sur l'occasion pour me prendre l'objet des mains et décrocher à ma place. Je tente de lui reprendre, mais elle se redresse.

— Allô ! dit-elle. Non, ce n'est pas Juliette, je m'appelle Dana, je suis sa meilleure amie… Elle a quelque chose à vous dire et elle n'ose pas. Enfin, maintenant que j'ai décroché à sa place, elle va être obligée… Elle va bien, du moins… je vais vous la passer.

Alors qu'elle me rend mon téléphone en souriant, je lui fais un doigt d'honneur et des grimaces.

Elle a mis le haut-parleur, sans doute pour m'aider. J'ai le cœur qui bat fort. J'avais envie de préparer ce que j'allais dire, là je suis un peu prise au dépourvu. Pourtant, Dana sait que je déteste ça.

— Salut, Clara. Je…

— Tout va bien ? demande-t-elle. Je commençais à m'inquiéter.

— Ça va, oui… j'ai simplement eu un coup de fatigue.

— Tu es certaine que c'est juste ça, tu ne réponds ni à mes mails ni à mes appels. Je suis soulagée que tu le fasses enfin, ou plutôt que ton amie s'en charge pour toi.

Bon sang, j'ai honte de moi. C'est vrai que j'aurais dû lui répondre, mais je n'avais pas envie qu'elle sache que j'allais mal et j'étais aussi persuadée que ce blocage partirait vite.

— Je t'appelle parce que la deadline de ton nouveau roman est pour bientôt et que je n'ai pas eu de tes nouvelles à ce propos. On me presse pour avoir des infos, mais tu ne me dis rien. Que se passe-t-il ? On peut se parler franchement, Juliette. Tu as une panne d'inspiration ?

Dana m'encourage à parler, elle mime avec ses mains le geste pour m'inciter à répondre, mais je n'ai pas trop envie de déballer ma vie…

— Je n'ai pas répondu parce que je n'ai rien à proposer, je n'ai rien écrit. Je pensais surmonter ça, mais je n'y arrive pas, j'ai un gros blocage.

Dana hoche la tête pour que je poursuive.

— Rien de rien ? fait Clara.

— Non, je supprime ce que je fais car c'est mauvais… j'ai besoin d'un peu de temps.

— Pourquoi tu ne m'as rien dit ? On aurait pu explorer ça ensemble, j'aurais pu t'aider, au moins te soutenir. Je suis là pour ça. Mon métier c'est de t'accompagner, pas seulement de bosser sur ton texte.

— Je suis désolée, Clara. Je pensais surmonter ça toute seule.

Ma meilleure amie me montre son pouce levé pour dire que c'est bien.

— Qu'est-ce qui t'arrive ?

Comme j'hésite et qu'on est en mode haut-parleur, Dana répond à ma place.

— Elle a du mal à surmonter sa rupture avec son ex. Et aujourd'hui, elle vient de recevoir un faire-part de mariage de l'ex en question avec la nana pour qui il l'a quittée. Du coup, elle a besoin de temps et d'oublier pour trouver l'inspiration.

La honte.

Il y a un énorme blanc. Je me sens misérable.

— Je suis désolée pour toi, Juliette, dit finalement Clara. Si tu m'en avais parlé plus tôt, j'aurais compris, on aurait décalé les dates, je ne t'aurais pas harcelée de mails. Tu dois te changer les idées.

— Je m'en charge, lance Dana. Je viens de lui payer des vacances à la montagne.

Je lui fais des gros yeux dont elle se fiche éperdument.

— Vous avez eu raison, répond mon éditrice. Ce que je vais faire, Juliette, c'est te laisser encore un mois, au cas où l'inspiration reviendrait, et sinon, on va décaler la sortie de ton livre de quelques mois, ce n'est pas un problème. Mais la prochaine fois, n'hésite pas à m'envoyer un mail ou à m'appeler pour m'en parler. Autrement, je suis dans la merde avec mes collaborateurs. Là au moins, je sais quoi leur dire.

— Je comprends, je suis désolée.

— Va te changer les idées, profite de partir pour penser à autre chose. Les blocages, ça arrive à tout le monde, tu sais. Tu n'es pas le premier écrivain à qui ça arrive et tu ne seras pas le dernier non plus. Envoie-moi des nouvelles dans les semaines qui viennent, que ce soit positif ou négatif, et si tu as besoin d'un conseil, tu sais que je suis là. Je dois te laisser, j'ai une réunion. Prends soin de toi, Juliette, et reviens-nous en forme. Bonne soirée à vous deux.

— Bonne soirée, Clara.

Dana la salue rapidement avant que je raccroche.

— Tu vois, ce n'était pas sorcier de lui répondre. Elle a compris. Maintenant il suffit juste que tu y mettes du tien et tout ira mieux, je te le promets. Tous les miracles sont possibles à Noël.

— Je te déteste.

— Tu sais bien que c'est faux.

Chapitre 2

Juliette

Le compte à rebours est lancé. Noël arrive dans trois semaines.

Je n'en reviens toujours pas que je m'apprête à partir en direction de la Haute-Savoie. Le départ approche à grands pas puisqu'il est prévu pour lundi. C'est sûr que ça va me changer de Paris.

Dana est folle à lier. Trois semaines de vacances, c'est beaucoup trop. J'ai intérêt à retrouver l'inspiration là-bas… Je m'en voudrais qu'elle ait dépensé autant d'argent pour rien, même si j'ai bien peur que ce soit le cas, quoi qu'il arrive. J'aimerais tant surmonter mon blocage.

Bon sang, qu'est-ce que je vais bien pouvoir faire dans une ville que je ne connais pas ? Et seule, qui plus est…

Comme nous voulions tout le temps être l'une avec l'autre, enfants, nos parents ont fini par devenir amis. Aussi, depuis que nous nous connaissons, nous n'avons jamais été éloignées l'une de l'autre.

C'est peut-être niais à dire, mais Dana va me manquer.

Toutefois, comme chaque année, la perspective des fêtes m'enchante. Que ce soient les décorations qui scintillent, l'odeur de la poudreuse, du sapin, des cookies ou du chocolat chaud, la neige, les vitrines qui se transforment, ou encore les cadeaux… J'aime tout de cette période de l'année.

Et systématiquement, c'est ensemble que nous passons Noël, avec Dana. C'était d'autant plus simple avant que j'emménage avec James, car nous étions colocs.

Je me redresse sans me précipiter lorsque les haut-parleurs de la gare de Lyon annoncent mon train. Dana a voulu m'accompagner. Je crois qu'elle voulait surtout s'assurer que je monte bien à bord.

— Tu vas tellement me manquer ! dit-elle en soupirant.

Voilà qu'elle se la joue mélodramatique.

— Toi aussi !

Elle me serre contre elle.

— Euh… pardon. Excusez-moi ?

Dana et moi nous éloignons l'une de l'autre pour découvrir une jeune ado aux yeux écarquillés. Elle regarde mon amie comme si cette dernière était son Messie.

— Tu es Dana ?

Ma copine sourit en hochant la tête et la gamine sourit de toutes ses dents. Dana la prend alors dans ses bras pour lui faire un câlin.

Ce genre de chose arrive souvent. J'étais même étonnée que cela n'ait pas encore eu lieu jusque-là. Et pour cause, ma meilleure amie est une Youtubeuse célèbre. Elle est suivie par plus d'un million d'abonnés sur la plate-forme et ses vidéos, dans lesquelles elle parle aussi bien de lecture, de jeux vidéo, de produits de beauté que de sujets d'actualité, sont likées par des milliers de personnes. Et comme elle a la cote sur les réseaux sociaux, auprès des adolescents et des jeunes adultes, les marques n'hésitent pas à la sponsoriser pour qu'elle parle de leurs produits.

Je suis très admirative de ce qu'elle accomplit. Bien que je me sois retrouvée plusieurs fois sur sa chaîne, je n'ai pas son aisance ni son charisme face à la caméra. Pour Dana, cela semble naturel, comme si elle avait fait ça depuis toujours.

— C'est pas vrai ! On peut prendre une photo ensemble ? Je suis trop fan de toi et de tes vidéos…

— Oui, bien sûr, répond Dana.

Et je n'ai même pas besoin de jouer les photographes, puisque c'est elle qui tient le téléphone de la jeune fille pour qu'elles se prennent en selfie ensemble. Pour ça aussi, elle est à l'aise… Moi je me trouve toujours crispée sur les clichés que l'on prend de moi, et particulièrement quand je rencontre mes lecteurs en dédicace. J'aime les rencontrer, mais j'ai toujours une part timide et réservée qui me retient d'aller vers eux aussi facilement que je le souhaiterais.

— Voilà, lance ma meilleure amie. Elles sont chouettes, t'en penses quoi ?

— Je les kiffe trop. Je vais trop faire enrager ma meilleure pote, c'est trop cool. Je t'adore.

La jeune fille s'en va et Dana me sourit.

Et dire qu'à la base, elle ne se destinait absolument pas à ce genre de carrière… Elle a fait des études de médecine. Et aujourd'hui, c'est une personnalité !

— Désolée pour le dérangement, dit elle.

— C'est pas comme si j'avais l'habitude !

Dana esquisse un sourire.

— Tu m'appelles quand tu es installée, d'accord ?

— Oui, oui.

Je m'avance vers le train.

— Et tu t'éclates un max. Profites-en pour t'amuser, te ressourcer.

Et garde l'œil ouvert, lance Dana en me faisant un petit sourire. Je t'adore.

Ses derniers mots m'accompagnent tandis que je m'installe à ma place.

Garder l'œil ouvert à quoi, au fait ? Parfois, j'ai du mal à la suivre.

***

Le chauffeur du Uber ralentit devant le portail ouvert d'une résidence de plusieurs chalets.

— Je vais vous déposer au plus près, dit-il.

La voiture passe le portail et s'engage sur un chemin gravillonné qui débouche rapidement devant une grande maison de pierre et de bois.

— Vous êtes arrivée, lance le chauffeur.

— Merci, monsieur.

— Je vais vous aider à décharger.

Le contraste de température entre la voiture et l'extérieur est saisissant. Il caille tellement qu'on doit avoisiner le zéro, voire des températures négatives. Avec Dana, nous n'avons pas pensé à regarder la météo. Il faut dire aussi qu'avec mon petit pull et ma veste en cuir je ne suis pas très couverte. De la vapeur s'échappe de mes lèvres. L'autre veste que j'ai prise dans mes affaires n'est pas beaucoup plus chaude, d'ailleurs, je vais devoir acheter une doudoune.

Le chauffeur sort mes valises du coffre tandis que j'observe les lieux. Il y a trois chalets qui surplombent la grande maison. Le revêtement est en bois vert pâle, les piliers et les fondations en pierre. Un porche prolonge l'espace habitable. Il y a aussi deux fauteuils d'extérieur.

Cet endroit est vraiment magnifique. J'ai hâte d'appeler Dana en visio et de lui montrer.

— Voilà, lance-t-il en se redirigeant vers l'avant du véhicule. Passez un bon séjour, mademoiselle, dit-il avant de filer.

Alors que je me tourne vers la maison principale, un homme vêtu de grosses bottes en caoutchouc et d'une parka descend les marches du porche pour me rejoindre.

— Vous êtes Juliette Camara ? demande-t-il en s'arrêtant à ma hauteur.

— Oui, c'est moi.

Il me sourit.

— Je suis Phil. Enchanté.

Je lui souris en retour. C'est un homme d'un certain âge, avec des cheveux frisés grisonnants et une longue barbe.

— Pareillement.

— Vous avez fait bon voyage ? Vous venez de Paris, c'est ça ?

— Oui, je réponds en hochant la tête.

— Ça doit vous dépayser, alors.

— C'est le but. Votre résidence est vraiment magnifique.

Lorsque je frissonne, il sourit et se penche pour prendre mes valises.

— Oh non, ce n'est pas la peine, c'est…

— Venez, il fait bon à l'intérieur, lance-t-il sans m'écouter.

Je réaffirme la prise sur mon sac et le suis. Je remarque alors qu'il boite un peu et je m'en veux horriblement de ne pas l'avoir vu et de ne pas avoir insisté pour ne pas le laisser me prendre mes affaires.

Je m'essuie les pieds sur le paillasson de l'entrée avant de pénétrer dans la maison. Phil referme la porte derrière lui. Il a raison, il fait bon ici.

— J'ai allumé les radiateurs pour que la maison soit chauffée avant votre arrivée.

— Merci beaucoup.

Il dépose mes affaires à côté de l'escalier qui mène à l'étage. J'y dépose mon sac également.

— Venez, je vais vous faire faire une petite visite.

L'intérieur, très épuré, est tout aussi beau que l'extérieur. Le salon et la salle à manger sont tout de beige et de boiseries. Tout est tellement lumineux, notamment grâce à la grande baie vitrée qui donne sur le jardin et aux nombreuses fenêtres qui laissent entrer la lumière.

— Vous avez ici une cheminée à gaz naturel. Vous pouvez l'utiliser quand bon vous semble.

— Comment ça fonctionne ? je demande.

— Ici, il y a les boutons de commande.

Il me montre un petit boîtier noir sur le côté. Je me penche pour regarder ce qu'il fait. Il m'arrive d'être maladroite. Il ne manquerait plus que je foute le feu ou que je m'asphyxie avec le gaz.

— Il y a les boutons *On* et *Off*, il vous suffit juste d'appuyer dessus pour allumer ou pour éteindre. Ici, vous avez le bouton pour régler la force des flammes, vous le tournez pour plus de puissance et inversement. La bonbonne de gaz a été changée, vous ne devriez pas en manquer, mais si jamais, n'hésitez pas à m'appeler ou à venir à la maison, je viendrai la changer. Notre maison, c'est la plus grande, celle qui fait face au portail.

— D'accord.

Au-dessus de la cheminée, il y a une télé à écran plat encastrée dans le mur. Le grand tapis sous la table basse en bois est beige comme le fauteuil et le canapé. Cette pièce est vraiment belle.

— C'est sublime, je murmure.

Cela change tellement de notre appartement à Paris.

— Ma femme sera ravie du compliment.

Je souris. Dana avait peut-être raison en parlant de dépaysement, finalement.

— Sur la table, je vous ai mis des flyers sur les activités et festivités que la ville propose en cette saison et sur celles aux alentours. Il y a plein de marchés à l'approche de Noël.

— C'est chouette.

Phil va jusqu'à la baie vitrée et l'ouvre. Je le suis dehors et grelotte à nouveau.

— Juste là, vous avez une petite terrasse et le jardin qui, comme vous le voyez, est clos et arboré. Nous nous sommes dit avec ma femme que, même en résidence, les gens tiennent à leur intimité. Et bien sûr ici, il y a le jacuzzi.

Un jacuzzi ? C'est bon, je ne repars plus jamais. Vu la beauté des lieux, le retour à Paris risque d'être rude.

— Vous pouvez vous en servir autant que vous voulez. L'entretien a été fait. Pour le faire fonctionner, c'est très simple : le gros bouton vert le met en route, le rouge l'éteint. La télécommande qui permet de régler la puissance des jets et la température de l'eau est à l'intérieur, sur la table basse.

— Je risque de rester vivre ici, moi.

Il rit. C'est tellement dépaysant déjà, alors que je n'ai même pas encore vu la ville.

— En plus, ajoute Phil, tout sourires, vous avez une vue globale sur le massif du Giffre, et plus particulièrement sur l'Aiguille de Criou.

Je lève les yeux et aperçois les chaînes de montagnes qui s'élèvent au loin. Elles sont enneigées, mais comme le ciel est bleu, on en voit le sommet. Bon Dieu, c'est vraiment magnifique.

Je n'arrive pas à croire que nous ne quittons presque jamais la capitale avec Dana. Il nous arrive de voyager, nous avons été au

Canada, au Japon, à Bali, entre autres, mais bizarrement, quand nous sommes en France, nous ne quittons jamais Paris.

— C'est vraiment magnifique.

— Ravi que ça vous plaise. Venez vous mettre à l'intérieur. J'espère que vous avez quelque chose de plus chaud que votre petite veste.

J'aurais aimé que Dana vienne avec moi, elle aurait adoré les lieux.

— À l'étage, il y a une salle de bains avec une douche à l'italienne et des toilettes. Il y a une grande chambre, avec un grand lit, et une autre, plus petite. Vous pouvez y aller si vous le désirez, moi j'ai un souci avec ma hanche, alors j'évite de monter quand je le peux.

— Ce n'est pas un souci, je visiterai cela après votre départ, ne vous en faites pas. Rien de trop grave pour votre hanche, j'espère.

— Une légère déviation du bassin.

Il hausse les épaules alors que je grimace.

— Ce n'est rien, il me faut juste un peu de temps. Venez, je vais vous montrer la cuisine.

Celle-ci est tout équipée. Au plafond, il y a des spots de lumière. Je remarque sur le bar une assiette de cookies et des bonshommes en pain d'épice. *Ce sont des vrais ou de la déco ?* Heureusement, Phil ne me voit pas loucher dessus.

— Il y a, normalement, tout ce dont vous avez besoin côté ustensiles. Et les biscuits sont pour vous. C'est ma femme qui les a faits pour vous souhaiter la bienvenue. Il y a aussi du lait de poule fait maison dans le frigo.

— J'aime beaucoup votre femme, j'annonce joyeusement.

— Comme beaucoup de monde, me répond-il en souriant de plus belle. Dans la plus petite chambre, il y a des décorations de Noël, vous pouvez vous en servir à votre guise dans la maison. J'ai convaincu ma femme de ne pas le faire avant votre arrivée, sinon, vous auriez atterri dans la maison du Père Noël. Vous avez des questions ?

— Pas qui me viennent de suite.

— Sur la table du salon, à côté du programme des activités, il y a notre carte de visite avec nos numéros de téléphone au cas où nous ne serions pas chez nous. En cas de problème ou de besoin, n'importe quoi, n'hésitez pas à venir à la maison, vous êtes la bienvenue. Les clés sont avec.

— Merci, tout ça m'a l'air parfait.

Phil disparaît quelques minutes plus tard et je me sens un peu seule dans cette petite maison de rêve. Comme je lui avais promis, j'appelle Dana sur Skype avec mon téléphone.

— Hey ! Tu vas bien ? demandé-je alors qu'elle apparaît à l'écran, marchant à pas vifs dans la rue.

— Et toi ? Bien arrivée ?

— Oui, et la maison est vraiment sublime. Je regrette juste d'être là sans toi.

— Vas-y, montre-moi.

Je retourne mon téléphone et fais le tour de la pièce pour lui faire visiter virtuellement. Elle s'extasie devant la cheminée.

C'est trop beau, confirmé-je en me dirigeant vers la terrasse. Il y a même un jacuzzi dehors !

— Waouh, c'est le top. Tu me montres ça alors que je vais prendre le métro. Tu devrais avoir honte !

— C'est précisément ta faute si je suis ici, je te rappelle.

— Ce qui prouve à quel point je suis géniale. Cet endroit a l'air parfait pour retrouver l'inspiration et se reposer.

Elle a un drôle de sourire sur les lèvres. Je lui rends en remettant le téléphone face à moi, de sorte qu'elle me voie.

— Et la propriétaire a même préparé des cookies et du lait de poule pour me souhaiter la bienvenue.

— Je te hais, soupire Dana, mais bon, tu en avais bien besoin.

— Et moi je t'aime, lui réponds-je. Tu aurais pu venir avec moi, rien ne t'empêchait de faire tes vidéos dans le chalet. Tes fans auraient adoré te voir à la montagne, dans le jacuzzi…

Ma meilleure amie éclate de rire.

— J'ai une interview et pas mal de rendez-vous calés pour ces prochains jours, j'ai même un shooting de Noël à faire, alors je ne pouvais pas.

Je la vois qui grimace et râle. J'imagine qu'elle vient de se faire bousculer.

— Je vais devoir te laisser, j'arrive dans le métro, mais on s'appelle demain. Et tu te reposes, et tu t'inspires, tu ne penses à rien, tu laisses la magie de Noël faire son travail. Et si tu rencontres un mec, c'est encore mieux. Je t'aime.

— Je t'aime, dis-je moi aussi en souriant.

Vers 17 heures, je décide d'aller faire un tour dans la ville. Alors que je franchis le portail, je manque de faire tomber quelqu'un dans lequel je me cogne ; je me confonds en excuses.

— Je suis désolée. Rien de cassé ?

Je baisse la tête tandis que la personne en face de moi la lève. Je découvre une ado d'une quinzaine d'années. Ses beaux yeux gris s'écarquillent et un sourire rayonnant se dessine sur ses lèvres. Avec ses longs cheveux châtains, son teint diaphane et son visage de poupée, elle est magnifique. Elle pourrait clairement faire du mannequinat.

— Tout va bien, dit-elle joyeusement.

Sa façon de me regarder me perturbe, j'ai l'impression qu'elle est contente de me voir.

— Tu es encore plus belle en vrai, lâche-t-elle.

— Quoi ?

Je suis perplexe. Je ne pense pas être célèbre à ce point, je ne pense pas non plus qu'elle ait l'âge de lire mes bouquins ou de s'y intéresser.

— Est-ce qu'on se connaît ? je lui demande en fronçant les sourcils.

Elle secoue la tête, sans cesser de me dévisager, et j'ignore comment me comporter. Je ne me sens pas très à l'aise, je ne sais pas comment décrire ce sentiment, mais j'ai l'impression qu'elle attend quelque chose de moi.

— Je suis trop contente que tu sois enfin là. Et tu es encore plus belle qu'en photo.

— Écoute, je… comment tu t'appelles ?

— Zelda.

— Comme la princesse ? je rétorque bêtement.

— Non, comme ma mère. Elle s'appelait Griselda et mon père m'a appelée Zelda, car elle est morte quand je suis née.

Je me sens comme la pire des idiotes. *Seigneur, je n'en rate pas une.*

— Je suis désolée.

— C'est pas grave, tout le monde pense au jeu vidéo, de toute façon. C'est pas la première fois et c'est cool d'avoir aussi le prénom d'une princesse.

— Je ne sais pas pourquoi, Zelda, mais j'ai l'impression que tu me connais et que… tu savais que tu allais me trouver ici, ce qui me semble parfaitement insensé. On ne s'est jamais vues.

— J'attendais avec impatience que tu arrives, tu es venue pour papa et moi.

J'ai beau essayer de comprendre ce qui se passe, je n'y parviens pas. Elle doit forcément me confondre avec quelqu'un d'autre.

— J'ai dû rater un épisode, il va falloir que tu m'expliques.

Elle hoche la tête. À la regarder, elle ne semble pas trouver ça bizarre.

— Pourquoi tu dis que je suis là pour toi et ton père ? Tu dois te tromper de personne. Je viens d'arriver de Paris, je suis ici en vacances quelques semaines et… je ne connais personne.

— Non, non, dit-elle, c'est bien toi. C'est Dana qui t'a envoyée jusqu'à moi pour que tu puisses m'aider et…

Quoi ? Je n'écoute pas la fin de sa phrase car mon esprit reste bloqué sur le prénom de ma meilleure amie, qu'elle vient de prononcer.

— Dana ? Dana, la Youtubeuse ? je demande.

Zelda hoche la tête en souriant, tandis que je secoue la mienne, perdue et perplexe. J'ai peur de la connerie que ma meilleure amie a pu inventer.

— Je sais que vous êtes amies, elle t'a envoyée ici pour moi, parce que je lui ai demandé.

— Comment ça ? Je ne comprends pas. Qu'est-ce que Dana t'a dit, exactement ?

— Mon père est toujours tout seul, alors comme Dana donne des conseils sur sa chaîne YouTube, je lui ai envoyé une lettre en lui demandant son aide. Je lui disais que je voulais qu'elle m'aide à trouver une femme pour lui.

Oh, bon sang !

— Mon père est célibataire et il ne fait rien pour rencontrer quelqu'un, alors je lui ai demandé de l'aide pour qu'elle lui trouve une femme. Je voulais une personne drôle, intelligente, jolie… et gentille aussi. En fait, ce n'est pas facile d'avoir tout ça à la fois.

C'est pas vrai ! Les mots me manquent. La situation est complètement surréaliste. On se croirait dans une émission de télé-réalité où des concurrentes doivent se battre pour montrer qu'elles sont la meilleure petite amie possible.

Je n'arrive pas à croire que Dana ait pu faire une chose pareille. Au-delà de l'absurdité de la situation, c'est aussi parfaitement inconscient. Comment a-t-elle pu faire croire à une gosse que j'allais l'aider avec son père ? Comment a-t-elle pu imaginer un truc pareil ?

— Zelda, j'ignorais que Dana avait organisé ça, je… je ne sais pas par où commencer, c'est…

Ses grands yeux de biche et sa moue me font culpabiliser. Dire que c'est moi qui ai le mauvais rôle et qui dois expliquer à cette gamine que je ne suis pas la femme qu'elle attend… Je fulmine. Il y a bien longtemps que je ne m'étais pas sentie aussi en colère. Dana va m'entendre !

— Je ne savais pas que j'étais ici pour ça et… ta demande est très touchante, très honorable, mais on ne trouve pas une femme comme ça.

Je suis un monstre…

— Je ne suis malheureusement pas là pour toi, ni pour ton père. Dana s'est trompée, elle n'aurait pas dû faire ça, ni m'envoyer ici sans m'en parler.

Ce qu'elle a fait, c'est me « vendre » à une ado. Je me demande comment elle a pu penser ne serait-ce qu'une seconde que j'allais accepter cette idée.

— Alors, tu ne vas pas le rencontrer ? Tu ne veux pas essayer ?

Je sens dans sa voix qu'elle est déçue. Qu'est-ce que je suis censée répondre ? C'est dingue, j'ai l'impression que l'on me fait une mauvaise blague et qu'elle va crier « caméra cachée » dans deux secondes.

— Tu crois que ton père serait content s'il savait que tu as envoyé une lettre à une personne que tu ne connais pas pour lui trouver une femme ? C'est dangereux, tu sais.

— Non, mais… il faut bien que quelqu'un se charge de le faire ! Ça fait trop longtemps qu'il est seul.

Je réfléchis à quoi dire, car je ne suis pas la mieux placée pour parler d'amour et de relation. À quoi s'attendait Dana ? À ce que je couche avec le père de cette gamine ?

— Si ton papa est seul, c'est peut-être qu'il est mieux ainsi.

— Il pense qu'il est mieux seul à cause de moi, me répond-elle, alors je me charge de lui trouver quelqu'un. Parce que j'en ai marre d'être seule, moi aussi. J'aimerais bien que quelqu'un prenne soin de nous.

Je ne connais rien de cette enfant, je viens à peine de la rencontrer et pourtant, elle me fend le cœur. Elle a l'air tellement déçue, mais je ne vois pas bien ce que je pourrais faire pour l'aider. Je ne vais pas rencontrer son père pour lui faire plaisir…

Dana a dû penser que j'étais trop gentille pour refuser. Elle s'imaginait quoi ? Que j'allais lui tomber dans les bras ? On se taquine souvent elle et moi, mais là, elle est allée beaucoup trop loin.

— Tu sais, je ne suis pas une très grande spécialiste de l'amour, mais ce n'est pas une chose qui s'achète ou se commande. Ça prend du temps. Tu ne peux pas forcer une personne à en aimer une autre si elle n'en a pas envie, tu ne peux pas forcer quelqu'un à rester non plus. Qu'est-ce que Dana t'a dit ? Qu'est-ce qu'elle voulait que je fasse exactement ?

— Je ne sais pas bien… J'aurais aimé que tu tombes amoureuse de mon papa ou que tu lui montres que c'est sympa de côtoyer d'autres personnes que sa fille.

Je secoue la tête. Je suis partagée entre l'envie de rire et l'envie de pleurer. C'est tellement absurde que je ne comprends même pas qu'elle ait pu penser à faire une chose pareille.

— Je ne vais pas tomber amoureuse de ton papa, Zelda. Je ne peux pas faire ça, l'amour ce n'est pas aussi facile. Et puis, au final, on va peut-être se faire du mal pour rien et tu seras encore plus triste. Je suis désolée. Est-ce que tu es venue me chercher pour ça ? Je peux te ramener chez toi.

Zelda secoue la tête.

— Non, je viens toujours chez mes grands-parents après l'école et mon père vient me chercher plus tard. Je savais que tu serais là, car c'est moi qui ai dit à Dana que mes grands-parents avaient des locations de chalets. Mais je comprends…

Je soupire. Je me sens dépitée alors que je ne peux rien à la situation. Je suis juste victime d'une mauvaise blague.

— Ne m'en veux pas…

— Je savais de toute façon que c'était trop beau pour être vrai.

— Je…

— Ah, Zelda, tu es là ! Je commençais à m'inquiéter.

Nous nous retournons toutes les deux. J'ignore pourquoi, mais mes joues sont rouges, comme si je venais de me faire prendre en flagrant délit de conneries. Dans l'allée en gravier se tient une femme dont les cheveux grisonnants sont tressés. Elle nous fait signe.

— Tout va bien, mamie, je discute juste avec Juliette, répond l'ado en soupirant.

Comme elle avance vers sa grand-mère, je la suis. Elle me fait mal au cœur. Les gosses ont décidément l'art et la manière de nous faire culpabiliser.

Je n'allais tout de même pas lui dire que j'allais draguer son père !

— Tout ça, ça restera entre nous, d'accord ?

Elle hoche la tête sans se retourner. Je n'ai pas envie que cet homme me cause des problèmes ou panique avec cette histoire.

Il se passe tellement de choses bizarres avec Internet maintenant…

— Ton père ne doit pas savoir que Dana a mis tout ça en scène. Il va s'inquiéter s'il l'apprend et il aura raison. Je n'ai pas envie d'avoir des ennuis ni de t'en causer.

— Je comprends, dit-elle.

Son expression triste s'adoucit quand un chien aboie. L'instant d'après, nous voyons arriver comme une flèche un labrador retriever au pelage abricot clair. J'adore les animaux, mes parents ont un caniche royal chez eux. J'aimerais avoir un animal de compagnie, mais dans notre appartement ce n'est pas possible. Le chien saute sur Zelda et lui fait fête. Elle le caresse et il finit par se calmer. Puis il me remarque et vient me renifler.

— C'est un mâle ou une femelle ?

— Un mâle, il s'appelle Vador.

Je ne peux m'empêcher de sourire.

— J'adore, c'est un très bon choix.

Zelda sourit et caresse de nouveau la bête qui semble aux anges.

— Mon père voulait l'appelait Titan, pas moi. Alors on s'est départagés au Janken. En trois manches gagnantes. J'ai gagné.

— Je préfère ton choix.

— Il est super gentil, il aime bien les gens. Mais si tu es trop câline avec lui, il va squatter chez toi. Une fois, il a passé deux semaines avec des vacanciers. Ils allaient le promener et tout…

Je ne peux pas m'empêcher de rire en me disant que je suis mal barrée avec le chien. J'en suis toujours gaga. Lorsqu'on arrive face à la grand-mère de Zelda, celle-ci embrasse sa petite-fille. Cette dernière me fait un signe.

— On se reverra sûrement, lance-t-elle.

— Oui, avec plaisir.

Puis, elle disparaît dans la maison. Je me concentre alors sur la dame qui me regarde. Elle me sourit puis me tend la main. Je la serre.

— Nous n'avons pas eu l'occasion de nous rencontrer encore. La visite avec mon mari s'est bien passée ?

— Très bien, oui. Vous avez un superbe domaine et l'intérieur du chalet est vraiment magnifique. On n'a pas vraiment envie de repartir.

— On y a mis beaucoup d'investissement et d'amour et je suis vraiment heureuse du résultat.

— Vous avez bien raison d'en être fière. Le dépaysement est total pour moi. Je vais vous laisser, je dois faire quelques courses. Bonne fin de journée, madame.

— Appelez-moi Annie.

— Et moi, Juliette.

Sur ce, je retourne sur mes pas pour aller en ville. Une fois le portail franchi, je sors mon téléphone pour appeler Dana, mais je tombe sur son répondeur. Je raccroche, frustrée, et lui envoie un SMS :

COMMENT T'AS PU MONTER UN TEL COUP FOURRÉ AVEC CETTE PAUVRE GOSSE QUI S'ATTENDAIT À CE QUE JE FASSE JE NE SAIS QUOI AVEC SON PÈRE ? ! T'AS INTÉRÊT À ME RAPPELER RAPIDEMENT…

Chapitre 3

Juliette

Dana ne m'a pas rappelée. Comme elle a donné un live sur Instagram depuis, j'en déduis qu'elle a simplement peur de m'appeler. Je n'en reviens toujours pas qu'elle ait fait ça, et encore moins qu'elle m'évite de la sorte.

Armée de ma polaire, de mes chaussures de montagne, de mon sac à dos et de mon bâton de marche, je suis parée pour une randonnée. Étant une vraie Parisienne, je ne suis pas habituée à ce genre d'activité. J'ai hâte de découvrir la nature afin de m'en inspirer. J'ai besoin de voir ses paysages, de parcourir ses sentiers, de sentir ses odeurs. J'ai besoin d'authenticité.

Quitte à être ici, autant arrêter de se lamenter et bouger un peu. Au diable James et sa pétasse, je ne dois pas les laisser m'atteindre. Je dois me reprendre, je ne veux surtout pas perdre la flamme qui m'anime quand je suis inspirée. Au contraire, je dois la retrouver.

Je marche sur le sentier, les pins s'élèvent à perte de vue autour et devant moi. Il fait froid, mais ça vaut le coup car la vue est enchanteresse, parfaitement dépaysante. Je sors mon carnet de notes de mon sac et j'y décris tout ce que je vois d'intéressant et de beau. Je n'ai pas encore trouvé l'intrigue de base pour mon prochain roman. Un roman au cœur de la montagne.

Peut-être qu'il s'agira d'une romance sur fond de huis clos dans un chalet. Je ne sais pas… c'est encore trop fouillis dans mon esprit. Je fais des croquis et prends des photos avec mon portable.

Toujours aucune nouvelle de Dana, soit dit en passant.

Après deux bonnes heures de marche, le sentier escarpé et sinueux s'arrête et j'arrive au pied d'une somptueuse cascade de plusieurs mètres de haut. Il y a quelques randonneurs, mais je ne prête pas attention à eux.

L'eau est gelée. Elle ne tombe plus, sans doute à cause des températures. Il y a des stalactites de glace partout et de toute taille, c'est purement magnifique.

Avec la montagne en surplomb, je me demande comment il est possible de se lasser d'un endroit et d'une vue pareils. Le dépaysement est total. Ici, avec la nature, tout semble authentique. C'est magique. Et même si j'aime Paris en hiver et surtout à Noël, cela n'a rien à voir. En pivotant sur le côté, je pose mon regard ébahi sur la vallée qui s'étend sous mes yeux. Les montagnes enneigées semblent toucher le ciel bleu. Je prends des photos, je griffonne dans mon carnet pour ne rien oublier. Décidément, je crois que je suis restée en ville trop longtemps.

❄❄❄

Merde !

J'ai beau lever le bras en l'air, il n'y a aucune barre de réseau qui s'affiche sur mon téléphone. Je n'en peux plus, je suis fatiguée. Pour une fois que je pars en randonnée, il fallait d'une que je me perde, et de deux que je me pète la gueule et me foule quelque chose.

Super !

Il n'y a qu'à moi que ce genre de chose arrive. Je me suis écartée du sentier pour marcher dans les herbes sauvages et je me suis pris les pieds dans des racines enchevêtrées. Non seulement mes vêtements sont couverts de terre, mais en plus de cela, je me suis égratigné les paumes sur lesquelles je suis tombée. Sans parler de ma cheville… Je frissonne. Le vent se lève et mes vêtements sont humides. Si ça continue comme ça je vais mourir de froid.

Je n'ose pas retirer ma chaussure de peur de ne plus jamais pouvoir la remettre. *Bon sang, mais quelle poisse !* Je dois sortir de là, trouver un chemin qui me mènera à la civilisation, mais avant cela, un endroit où m'abriter. Je n'ai pas envie de finir comme Jack Torrance dans *Shining*.

J'accélère le pas, je zigzague entre les arbres pour tenter de retrouver ma route, mais ma cheville me fait souffrir. Je n'ai pas le choix, le ciel commence déjà à s'assombrir et bien que je sois protégée sous les sapins, il commence à neiger.

Ça m'apprendra à prendre confiance et à faire de la randonnée.

Après de longues minutes, j'aperçois ce qui ressemble à un chalet. Je sens le soulagement m'envahir et soudain, je panique en me disant que c'est peut-être la maison d'un tueur. Il n'y a pas de lumière allumée, ni même de fumée sortant du conduit de la cheminée. J'espère tout de même qu'il y a quelqu'un pour m'accueillir à l'intérieur. J'ai vraiment besoin d'aide. Au moins pour regagner la ville et la maison.

Sans accélérer le pas, de peur de me faire mal, je poursuis ma route jusqu'à la clôture du chalet. Celui-ci est magnifique, très pittoresque.

J'ouvre le portillon et me dirige vers le porche. Il n'y a aucune voiture devant le garage… Je frappe à la porte. Les secondes s'égrènent et je n'obtiens aucune réponse.

Je réessaye.

— Excusez-moi, il y a quelqu'un ? Je…

Tandis que mes yeux se posent sur la poignée de porte face à moi, je me demande si… *non* ! Je ne vais quand même pas faire ça. Franchement ! Je pose la main sur la poignée et je la tourne. Alors que je pensais la trouver fermée, je me rends compte qu'elle pivote sans résistance et la porte s'ouvre. *Entrer par effraction ? Non…*

Je regarde mon téléphone : je n'ai toujours pas de réseau. Quelle poisse ! Le vent souffle dans ma direction et je frissonne de part en part. C'est une incitation à me faire entrer… Tant pis pour les bonnes mœurs, je pénètre à l'intérieur. Je ferme derrière moi et le bruit du vent cesse. Il fait si bon ici…

***

Je sens sur mon bras une gêne répétée qui me sort de mon sommeil. J'ouvre les yeux et les referme aussitôt à cause de la lumière vive qui me crame les rétines.

— Qu'est-ce que vous faites dans mon lit, putain ?

Je plaque ma main sur ma bouche et me retourne brusquement. Lorsque je vois un homme armé d'un fusil qui me tient en joue, j'écarquille les yeux. Je me rends alors compte que je me suis endormie dans le chalet où je me suis abritée du froid.

— Seigneur, je…

La peur et la surprise me paralysent.

— Levez-vous, sortez de mon lit.

— Je ne peux pas, j'ai…

Il retire brusquement la couverture et j'ai froid tout à coup. Je me souviens que je n'arrivais pas à me réchauffer, alors je me suis blottie dans le lit quelques secondes et j'ai dû m'endormir. Comment ai-je pu penser que c'était une bonne idée ? Je tente de me redresser, mais cette fois, je pousse un petit cri quand je prends appui sur mon pied. J'ai oublié que ma cheville me faisait souffrir, alors je me recroqueville sur moi-même. Je veux disparaître, je veux m'enfuir loin d'ici, mais j'en suis incapable dans mon état. Seigneur, comment j'ai pu m'endormir dans le lit et la maison d'un inconnu ?

— Je…

— Vous ne savez rien faire d'autre que bafouiller ? demande-t-il d'une voix sèche. Il va pourtant falloir vous expliquer. Pourquoi vous criez comme ça ?

La douleur me lance, mais je suis encore plus préoccupée par l'arme face à moi. Vingt-six ans à vivre à Paris, et j'ai évité de voir le moindre flingue. Il faut que je me retrouve dans une petite ville de Haute-Savoie pour que cela m'arrive.

— Est-ce que vous allez vous en servir ? je dis en montrant le fusil du menton. Parce que si je bafouille, c'est en partie à cause de lui.

— Est-ce que vous allez faire quelque chose qui justifie que je m'en serve ? Parce que je n'hésiterai pas. Qu'est-ce que vous foutez chez moi et dans mon lit ?

— Je… pardon ? Vous… j'ai le droit d'être confuse face à votre arme.

— Je rentre chez moi, il est tard, j'ai passé une longue journée alors je veux me coucher et il y a quelqu'un dans mon pieu. Quelqu'un qui est entré par effraction et que je ne connais pas.

— La situation justifie-t-elle vraiment cette arme à feu ? Je veux dire, avoir une inconnue dans son lit, ce n'est pas aussi dangereux que de tomber sur un ours. Il y a pire.

J'essaye de détendre l'atmosphère, mais ce n'est pas gagné. Mon assaillant plisse les yeux.

— Et je devrais vous croire alors que vous entrez chez moi par effraction ?

Je comprends parfaitement qu'il soit en colère et dérouté, je n'ai aucune excuse à lui donner. Dans le genre idée à la con, j'ai rarement fait mieux. Il faut croire que Dana a déteint sur moi.

— Que vous soyez une jolie femme ne m'empêchera pas d'appeler les flics, dit-il sans me laisser le temps d'en placer une.

J'ignore pourquoi je sens une chaleur me monter aux joues. Sans doute à cause du « jolie femme ». Cela faisait un moment que je n'avais pas entendu ça et vu le contexte, je me dis qu'il est sincère.

— Non. Je vous en prie, je rajoute en secouant la tête. Je n'ai rien fait, j'ai…

Il hausse les épaules sans laisser transparaître la moindre émotion.

— Techniquement, il y a effraction. Je n'appelle pas ça n'avoir rien fait. Que feriez-vous si la situation était inversée ?

Je secoue la tête.

— Je n'ai rien pris. Vous pouvez me fouiller et fouiller mon sac. Cela fait de moi une piètre cambrioleuse…

Il baisse enfin son arme et la pose contre le mur de sa chambre, et je soupire de soulagement.

— Admettons, dit-il en fronçant les sourcils.

L'espace d'un instant, on se regarde en chiens de faïence. Ses yeux m'étudient avec insistance et je fais de même.

L'homme en face de moi porte un jean noir et une chemise marron à carreaux. Il est grand et semble plutôt costaud sous ses vêtements. Avec ses yeux gris, son nez en trompette et ses cheveux mi-longs, il est plutôt séduisant. Je me sens troublée d'être ainsi face à un inconnu chez qui je me suis introduite illégalement.

Après avoir ressenti un violent frisson, je craque.

— Il commençait à faire noir, la neige tombait, j'étais fatiguée et trempée… Je me suis perdue en m'éloignant du sentier de randonnée et je me suis pris le pied dans une racine. Je crois que j'ai la cheville foulée. J'ai trouvé votre chalet, j'ai frappé, mais il n'y avait personne. Je ne voulais pas entrer, mais j'avais froid. Je suis désolée… La porte était ouverte, enfin, pas fermée à clé, alors je suis entrée. Je voulais juste échapper à la neige quelques minutes…

Il marmonne quelque chose que je ne comprends pas. J'ai peur qu'il s'emporte et que mes piètres explications ne lui suffisent pas. En même temps, il a raison, si la situation avait été inversée, j'aurais pété un plomb et aurais surtout eu une peur bleue.

— Cela vous arrive souvent de vous dire en parlant de la maison d'inconnus : « Puisque la porte n'est pas fermée, pourquoi ne pas passer la nuit ici ? » Si je n'étais pas rentré, vous auriez laissé un petit mot « Merci de m'avoir laissée squatter » ?

Je suis toute gênée. J'aimerais ne jamais avoir eu l'idée saugrenue de me lancer dans la randonnée. C'est pas pour moi, tout ça. Je suis une citadine, je me suis senti l'âme d'une aventurière pendant deux secondes et voilà ce qui arrive.

— Je voulais juste me reposer. Je suis désolée. Je n'ai rien pris et…

Je m'arrête dans mon élan, quoi que je fasse ou que je dise, j'aurai tort de toute façon. Il est calme malgré ses nombreuses piques, mais d'un côté, c'est plus facile de l'être quand on est un homme aussi costaud que lui et qu'on a un fusil pour couronner le tout.

Je tente de me redresser à nouveau, mais le simple fait d'appuyer mon pied à terre me lance horriblement. Quelle magnifique façon de commencer ses vacances !

Mes joues se colorent et se réchauffent soudain quand je sens qu'il me soutient par la taille et soulage mon pied.

— Je n'ai rien fait d'autre que m'abriter, je vous le promets, dis-je une fois de plus pour tenter de l'apaiser. Je n'en avais pas le droit, j'en conviens, mais je vais partir, maintenant. Je ne veux pas d'histoires.

— Non.

— Comment ça ? N'appelez pas la police, je vous en prie.

— Je vais regarder votre cheville.

Il me prend totalement au dépourvu. Nos regards se croisent à nouveau et comme je ne réponds pas, il arque un sourcil.

— Vous avez l'air d'avoir la cheville enflée. Il aurait fallu mettre de la glace plus tôt.

— Est-ce une façon de me dire que j'aurais dû rester dehors ?

Cette fois, il esquisse un sourire. Un sourire plutôt charmant.

— Allons dans le salon. Ma cambrioleuse a-t-elle un prénom ?

— Juliette. Et vous ?

— Sawyer.

Chapitre 4

Sawyer

Ce n'était pas fermé à clé. Comme si cela justifiait qu'elle entre, tiens. On aura vraiment tout vu, ici.

Bien que l'intruse prénommée Juliette soit visiblement blessée, je reste vigilant. Ce n'est pas parce que c'est une femme qu'elle n'est pas dangereuse.

Heureusement que Zelda n'est pas avec moi ce soir. J'ai eu plus de travail que prévu à la scierie, et quand ça arrive, elle dort chez mes parents. On ne sait jamais ce qui peut se passer…

Je glisse un bras autour de la taille de l'inconnue et lui sers de soutien quand elle se redresse de mon lit. Elle avance en boitant jusqu'au salon. Je l'aide à s'asseoir sur le canapé et m'assieds sur la table basse pour pouvoir inspecter sa cheville.

— Je vais regarder.

Mon père est un médecin à la retraite, alors j'ai quelques notions. D'autant que soigner les blessures de ma fille a consolidé celles-ci au fil des années. Zelda était une véritable casse-cou, plus jeune. Maintenant qu'elle a quatorze ans, c'est différent.

— Vous vous y connaissez ? demande-t-elle d'une petite voix, pas très rassurée.

C'est elle qui est apeurée alors qu'elle est entrée chez moi par effraction ? Je rêve.

C'est aussi saugrenu que charmant.

— J'ai mon brevet de secourisme, lui réponds-je simplement.

Mon ton est assez sec, je le concède. Il faut dire que je suis un peu perturbé par les événements.

En levant les yeux vers ma cambrioleuse, je constate qu'elle me dévisage aussi. La situation est tout à fait surprenante. Trouver une femme endormie dans mon lit en allant me coucher… Depuis le temps que je vis là, c'est une première. J'ai cru, au départ, que c'était un vagabond et puis elle s'est tournée en éparpillant ses boucles blondes sur l'oreiller. Je me suis demandé si je n'étais pas en train de rêver. Honnêtement, on dirait une mauvaise blague ou un scénario de film porno.

— D'accord, dit-elle.

Elle semble prudente, peut-être même apeurée. C'est finalement ce qui me conforte dans l'idée de ne pas appeler la police. Si elle avait voulu voler quelque chose, elle l'aurait fait. Elle ne serait pas venue dormir dans mon pieu. Même si, autant se le dire, s'endormir comme ça… c'est juste surréaliste.

Je la scrute avec curiosité. Malgré sa tenue trempée et ses cheveux blonds emmêlés, elle est très belle. Ses traits sont fins, ses yeux d'un bleu pur…

Je ne peux pas la laisser comme ça.

— Donnez-moi votre jambe.

Boucles d'Or hoche la tête et s'exécute.

J'ai bossé toute la journée, je suis crevé et je n'avais surtout pas du tout imaginé ça pour ma fin de soirée. Néanmoins, je pose mes mains sur elle avec précaution. Juliette grimace lorsque j'installe sa cheville sur mes cuisses. Je retire délicatement sa chaussure et sa chaussette. Sa cheville n'est pas belle à voir. Elle est enflée et il y a un gros bleu sur le dessus.

— Elle a triplé de volume, soupire-t-elle, consternée. Il n'y a que moi pour me choper ça le deuxième jour de mes vacances.

— C'est probablement une entorse.

— Probablement ?

— À 95 %.

Elle me regarde avec curiosité.

— Qu'est-ce que vous faites des 5 % restants ?

— J'y inclus la marge d'erreur et la possibilité qu'il y ait un os cassé que je ne peux pas voir. Désolé si je ne suis pas doté d'une vision à rayons X.

Je grince des dents.

— Je vais chercher de la glace pour essayer de réduire la contusion.

Je me redresse en tenant sa jambe puis pose un coussin à ma place et y dépose délicatement son pied avant de me rendre au congélateur. J'y déniche une poche de glace assez facilement. J'en ai toujours une de prête, mais avec le temps qu'il fait en ce moment, j'aurais tout aussi bien pu aller chercher un peu de neige dehors.

— On va laisser ça sur votre cheville, dis-je en revenant vers elle, et ensuite, on mettra de la pommade. Je crois que j'ai ce qu'il faut dans mon armoire à pharmacie.

Je pose la glace sur son bleu et elle frissonne.

— C'est gelé, bon sang ! se plaint-elle.

— C'est le but. Vous avez froid ?

— Oui.

— Le mieux serait de vous changer et…

Juliette secoue la tête, elle me regarde étrangement. A-t-elle peur de moi ?

Rester dans ses vêtements mouillés ne risque pas de l'aider, mais je n'insiste pas. C'est elle qui décide.

— Vous… pourquoi faites-vous cela ? bafouille-t-elle soudain.

Je la regarde avec autant de curiosité qu'elle en a à mon égard. Nous sommes comme deux bêtes curieuses qui cherchent à se comprendre et à s'apprivoiser. Il faut dire que, pour une première rencontre, la situation n'est pas banale.

— Faire quoi ? je demande.

— Me soigner…

— Vous râlez pour le fusil, vous râlez quand on vous aide… Vu votre position, vous ne devriez pas vous plaindre, je pense.

Elle hausse les épaules et plonge ses yeux bleus dans les miens.

— Je demande, c'est tout. Et puis, justement, vu ma position, je ne comprends pas pourquoi vous faites tout cela… c'est tout. N'importe qui m'aurait foutue à la porte, ou pire.

— Je ne suis pas n'importe qui, je lui réponds. Vous semblez avoir besoin qu'on vous aide, je ne vais pas vous foutre à la porte.

Je suis certes un peu bourru, mais je ne suis pas un monstre non plus. Je déplie le plaid posé sur le bras du canapé et le lui donne.

— Ça vous réchauffera en attendant qu'on retire la glace.

Elle l'accepte et l'enroule autour de ses épaules.

— Merci, c'est gentil.

Quand même.

Je ne peux décemment pas la foutre à la porte avec un temps pareil. La neige ne cesse de tomber et d'après la météo, ça continuera comme ça durant une bonne partie de la nuit.

— Cette situation est tellement surréaliste, ajoute-t-elle. Je me sens tellement honteuse.

— C'est sûr que je ne trouve pas Boucles d'Or tous les soirs dans mon lit.

Elle rougit et cela me fait sourire. Ce surnom lui va à merveille.

— « Boucles d'Or », vraiment ? Je n'ai pas mangé votre nourriture.

Son ventre fait alors un bruit de gargouillis semblable à un cri de lamentation. Il suffit de parler de bouffe pour que la faim se réveille.

— Bon sang… il ne manquait plus que ça.

Elle se cache le visage dans les mains.

— Depuis quand n'avez-vous pas mangé ?

— Ce midi, répond-elle.

— D'accord, je vais vous préparer quelque chose, histoire de vous remettre d'aplomb.

— Non, je ne veux pas abuser de votre gentillesse…

— Ça, il fallait y penser avant, je déclare en la coupant d'un ton légèrement autoritaire.

Parfois, mes réflexes de père et de patron reprennent le dessus sans que je m'en rende forcément compte. Juliette ne s'en formalise pas. Sans doute parce qu'elle juge que c'est légitime.

Bon sang, j'ai l'impression qu'elle est irréelle.

— Je vais vous préparer quelque chose de chaud, ça vous fera le plus grand bien. Reposez-vous en attendant que je revienne.

Je me dirige à nouveau vers la cuisine.

— Saw…

Je tourne la tête et l'interroge du regard.

— Sawyer, dit-elle finalement. Pourquoi ne pas me ramener en ville ? Je ne veux vraiment pas abuser de votre hospitalité. À la base, je suis juste venue dans l'espoir que vous m'aidiez à retourner chez moi.

— Je ne prends pas ma voiture ce soir, la neige ne cesse de tomber et cela serait dangereux. Les routes ne sont pas très praticables. Je vous emmènerai en ville demain matin quand elles seront dégagées.

— Ah… d'accord.

Je ne saurais dire si elle est déçue ou anxieuse. Un peu des deux, on dirait. Ça ne m'enchante pas plus que ça d'avoir une étrangère chez moi, mais je ne vois que cette solution.

— Alors, je vais…

— Dormir ici, oui, dis-je depuis la cuisine.

Je m'affaire pour lui préparer quelque chose de chaud. Je suis content d'avoir laissé ma fille à mes parents, cette nuit. Je n'aurais pas aimé que Zelda soit là ce soir, bien que Boucles d'Or ne soit pas vraiment une cambrioleuse dangereuse. Le fait que ma fille ait encore oublié de fermer la porte m'agace, mais c'est une bénédiction pour Juliette. Elle n'aurait pas pu aller bien loin avec sa cheville et elle aurait pu se choper une pneumonie avec ce froid. Moi qui me plaignais récemment que la routine était ennuyeuse, voilà quelque chose de tout à fait divertissant.

Je reviens au salon une fois la nourriture prête. Juliette a les yeux fermés. Je dépose l'assiette de croque-monsieur et un verre d'eau sur la table basse et vais à la salle de bains pour ouvrir l'armoire à pharmacie. J'en sors des antidouleurs et de la pommade. Quand je reviens vers elle, Boucles d'Or écarquille les yeux.

— C'est pour moi ? demande-t-elle en désignant l'assiette.

— Oui.

Sans attendre, elle se redresse, et croque dans ma préparation sans se soucier des couverts.

— Bon sang, c'est délicieux.

— Je sais.

Elle esquisse un sourire.

— Je vous ai mis de l'eau pour les médicaments, mais je vais me prendre une bière, vous en voulez une ?

— Oui, avec plaisir.

Je souris à mon tour en allant à la cuisine.

À mon retour, je décapsule nos deux bouteilles et m'installe dans le fauteuil en face d'elle après lui avoir donné sa bière. Alors qu'elle mange avec appétit, je ne peux m'empêcher de la regarder avec curiosité.

— Vous êtes en vacances, du coup ? je demande.

Je bois une gorgée de ma boisson amère tandis qu'elle termine sa bouchée.

— Oui, je suis arrivée hier et il m'a pris l'idée saugrenue de faire de la randonnée. Ça m'apprendra à avoir l'esprit aventurier.

Elle me fait rire.

— Vous venez d'où ?

— De Paris, répond-elle.

Je n'y suis encore jamais allé. La capitale ne m'intéresse pas des masses et à vrai dire, je n'ai jamais vraiment eu l'occasion d'y monter. Je préfère mon village, ma scierie et mes montagnes. Je suis un vrai ours.

— C'est vraiment dommage que vous vous soyez blessée, à peine arrivée…

— Moquez-vous autant que vous le souhaitez, je suis certaine que vous seriez complètement perdu dans Paris. Le métro aurait probablement raison de vous en quelques secondes.

— C'est même certain, dis-je en hochant la tête. Je trouve plus amusant de me perdre sur les sentiers qu'en ville.

— Vous savez, il y a de beaux endroits dans lesquels se perdre à la capitale. À Noël particulièrement, c'est magnifique.

— Ici aussi, en plus vous vous trouvez dans le chalet qui ressemble le plus à la maison du Père Noël.

Juliette rit avant de boire une longue gorgée de bière. Je constate que ni elle ni moi ne voulons laisser le dernier mot à l'autre. Ça me fait bizarre d'avoir une personne de sexe féminin ici, autre que ma fille. Je côtoie quelques femmes parfois, mais je n'amène personne à la maison. Je trouve ça assez dérangeant que Zelda voie défiler des femmes de passage. Et puis, elle est assez grande pour comprendre le pourquoi de leur présence, alors je préfère rester discret quand je veux conclure.

Je n'arrive jamais à m'attacher. Et le plus souvent, après une partie de jambes en l'air, on ne se rappelle pas avec la nana en question.

Ma fille est plus importante que tout. Si un jour je venais à me mettre en couple avec quelqu'un, Zelda mériterait que ce quelqu'un prenne soin d'elle.

Je tourne la tête vers Juliette, qui regarde la bibliothèque.

— C'est vraiment magnifique. On dirait des planches de palettes.

— C'est bien cela, c'est moi qui l'ai construite.

Elle tourne son regard vers moi.

— Vous êtes doué. Elle est vraiment canon. Comment vous avez fait ça ?

— Avec des crémaillères et des équerres, rien de bien compliqué, en fait.

Juliette sourit. J'ai l'impression qu'elle se moque.

— Rien de bien compliqué, dit-elle en secouant la tête. Comme si c'était si facile. Il faut juste *ça* et *ça*, puis *ça* et *paf*, ça se monte tout seul ? Je serais incapable de faire une telle chose.

— C'est parce que vous n'avez pas eu le bon prof pour ça.

Elle arque un sourcil.

— Sans doute, oui. Si jamais j'ai besoin d'un prof un jour, je ne manquerai pas de vous appeler, mais je ne suis pas très douée pour les travaux manuels.

— C'est comme la randonnée, ça s'apprend, je rétorque d'un ton moqueur.

Boucles d'Or ricane et me lance un regard de biais. Elle n'a pas l'air de le prendre mal. C'est dit sans méchanceté, cela dit.

— Qu'est-ce que vous savez faire, alors ? je demande.

Ses yeux s'agrandissent un peu, comme si elle était étonnée que je m'intéresse à elle. Peut-être qu'elle s'étonne aussi du fait qu'un homme bourru comme moi essaye de faire la conversation.

— Je crois être assez douée pour écrire des histoires, finit-elle par avouer. C'est mon métier, en fait. Je suis romancière.

— Vous êtes la première que je rencontre.

— Enchantée, dit-elle sans pouvoir s'empêcher de bâiller.

C'est vrai qu'elle ne se plaint pas depuis tout à l'heure, mais sa cheville doit lui faire mal et elle est sûrement crevée.

— Je vais vous donner des vêtements de rechange, histoire que vous passiez la nuit au sec, et je vais faire sécher les vôtres pour demain. Vous n'aurez qu'à dormir dans ma chambre.

— Oh non, je ne…

Je pose ma bière sur la table en me redressant et plonge mon regard dans le sien. J'esquisse un sourire. Le rouge qui lui monte de nouveau aux joues m'amuse, je crois qu'il y a longtemps que je n'ai pas fait rougir une femme. Et dans le cadre plutôt particulier de notre rencontre, c'est assez plaisant.

— C'est déjà décidé, je tranche. Vous serez mieux sur un matelas confortable. Pensez à votre cheville… Et puis maintenant, nous ne sommes plus à ça près.

— Merci, c'est très gentil de votre part.

— Vous avez peut-être envie de vous laver avant d'enfiler des vêtements de rechange ? Il y a la pommade ici, elle vous fera du bien. Et prenez aussi les antidouleurs si jamais vous avez mal dans la nuit, ça pourrait vous soulager.

— Une douche, j'aimerais bien, oui…

J'acquiesce, en me demandant soudain si elle va s'en sortir seule pour se déshabiller et enfiler un pantalon.

— Vous permettez que je vous aide ?

Après qu'elle a hoché la tête, je retire la poche de glace de son pied. Sa cheville est toujours bleue, mais elle est moins enflée. Je me penche vers elle et la laisse s'agripper à mes épaules.

— Ça va ?

— C'est pas le top, soupire-t-elle, mais ça va.

Je souris tout en l'emmenant dans la salle de bains. Tandis qu'elle regarde son reflet dans le miroir et semble se décomposer, à tort, car elle est très belle, je prends deux serviettes sur l'étagère en bois. Je devrais pouvoir lui donner un vieux T-shirt et un bas de jogging, peut-être.

— Ça va aller ?

— Oui, ça devrait, je vais réfléchir à comment vous remercier pour tout ça.

— Disons que vous êtes ma bonne action de Noël. Un peu en avance, cela dit. Je vais préparer des vêtements pour la nuit. Je reviens.

Dans mon armoire, je trouve un vieux T-shirt que je ne porte plus et un pantalon de jogging qui sera sans doute beaucoup trop grand pour elle. Je frappe à la porte de la salle de bains et entre après qu'elle m'y a invité.

— Ce n'est pas le grand luxe, mais ça devrait aller pour une nuit.

Elle hoche la tête en se mordillant la lèvre.

— Sawyer ?

Je l'interroge du regard.

— Vous… pourriez m'aider à retirer mon pantalon ? Je n'arrive pas à poser le pied pour enlever l'autre jambe et…

Sans un mot, je me penche vers elle. J'abaisse légèrement son bas en prenant soin de ne pas trop effleurer sa peau, puis quand il est assez baissé, je la soulève pour l'asseoir à côté du lavabo. Elle reste silencieuse, tout comme moi.

En prenant soin de ne pas trop solliciter sa cheville, je retire son pantalon.

— Merci… j'ai tellement honte.

Silencieusement, je la fais redescendre au sol, nos regards perdus et confus se croisent quelques secondes.

— Je reste à côté, si vous avez besoin n'hésitez pas à m'appeler.

— Merci.

En partant, je ferme la porte derrière moi. J'ai l'esprit un peu embrouillé, je ne m'attendais tellement pas à ce genre de situation.

Quelques secondes plus tard, j'entends l'eau de la douche. Zelda aurait certainement adoré rencontrer une inconnue à la maison, elle l'aurait soignée, aidée, elle lui aurait parlé de tout et de rien. Elle va m'en vouloir d'avoir raté ça.

Contrairement à moi qui suis plutôt solitaire, ma fille adore les gens, elle est très sociable et altruiste. Je ne serais pas étonné si elle me disait qu'elle aimerait faire un métier dans le social ou dans la médecine. Elle fera ce qu'elle veut, mais j'aime qu'elle ne me ressemble pas et qu'elle soit plus ouverte que moi.

Je me pose sur le canapé et me gratte les cheveux. Je suis crevé et je vais être déphasé demain au boulot. Quand je vais raconter ça à Ugo, mon meilleur pote, il va se délecter.

Juliette sort de la salle de bains en boitant. Je m'amuse du petit signe de main qu'elle me fait mais aussi de sa dégaine car le pantalon que je lui ai prêté est bien trop grand pour elle.

Je me redresse et vais la rejoindre.

— Vous êtes sûr et certain pour la chambre ? demande-t-elle. Ça me gêne, le canapé m'irait très bien. J'ai l'impression de tellement abuser… Je ne sais pas si je pourrai vous rendre la pareille un jour.

— J'insiste, prenez-la ! Quitte à faire une BA, autant aller jusqu'au bout. Mettez la crème avant de dormir.

— D'accord, je… Bonne nuit.

— Bonne nuit, Boucles d'Or.

Chapitre 5

Juliette

— Juliette ?

Je grogne et je sens qu'on me secoue légèrement.

— Juliette ?

J'aperçois Sawyer à travers mes paupières mi-closes. Cette fois, il n'a pas de fusil et c'est quand même moins barbare comme réveil.

— Je suis désolé de vous réveiller, mais si vous voulez retourner en ville, il faut vous lever.

— Oui, bien sûr.

Je me redresse à la hâte. Ma cheville me fait mal, mais heureusement, je n'ai rien senti pendant la nuit. Je crois que j'étais trop crevée pour éprouver une quelconque douleur.

— Je préfère quand vous n'êtes pas armé.

— Je préfère être prévenu qu'il y a quelqu'un dans mon lit.

Il me sourit.

— J'ai fait du café, et vos vêtements sont ici, dit-il en me montrant mes affaires.

Je le remercie avant qu'il sorte de la chambre. Je fais attention à ma cheville en marchant. C'est vachement douloureux. *Quelle foutue poisse !*

Je regarde mon téléphone. Il me reste moins de 10 % de batterie et je n'ai toujours aucune nouvelle de Dana. Si elle croit que je vais laisser tomber aussi facilement, elle se fourre le doigt dans l'œil. *La sale gosse.*

Je secoue la tête et alors que j'enfile mon pull, je constate qu'il sent exactement comme le T-shirt que m'a prêté Sawyer cette nuit. C'est agréable. Il a lavé et fait sécher mes vêtements de la veille. Moi qui le prenais pour un dingue avec son fusil, j'ai de plus en plus l'impression que cet homme est un ange.

Une fois habillée, je fais rapidement le lit, puis vais le rejoindre.

Sa cuisine tout équipée est en bois et en marbre blanc et est sublimée par un îlot central. C'est une pièce très lumineuse. Ça donne presque envie de se mettre aux fourneaux.

Je dois avouer que je suis carrément troublée lorsque je rejoins Sawyer et qu'il lève les yeux de son téléphone pour me sourire. Il est très séduisant et il y avait bien longtemps que je n'avais pas pensé cela d'un homme.

Sans le vouloir, mes pensées me ramènent le temps d'une seconde à James et ses petites habitudes matinales dans la cuisine que nous partagions. Ce temps est loin…

— Merci pour les vêtements, lui dis-je en m'approchant.

— Pas de quoi.

Il délaisse son portable pour attraper la cafetière et je ne peux m'empêcher de regarder son dos, puis ses fesses. J'imagine que c'est la randonnée qui lui permet de garder la forme. Il est *très* bien bâti.

Alors qu'il pivote vers moi, je dévie le regard pour qu'il ne me surprenne pas en train de le mater. Au même moment, je remarque la photo d'une petite fille sur la porte du frigo. C'est drôle, elle me fait penser à…

Putain, c'est pas possible !

— C'est votre fille ? je lui demande, tendue.

Sawyer pose les yeux sur le cliché en question.

— Oui, elle s'appelle Zelda.

Bordel...

— Elle ne vit pas ici ?

— Elle a simplement dormi chez ses grands-parents cette nuit. Je suis certain qu'elle sera très déçue de ne pas avoir été là pour vous voir. Elle aurait adoré vous trouver dans mon lit. Et au moins, avec elle, il n'y aurait pas eu de fusil.

Je souris comme une grosse débile, alors qu'intérieurement, je me décompose. Quelle était la probabilité pour que j'entre dans la maison du père de la gamine que j'ai rembarrée la veille ? On dirait le scénario d'un mauvais film. Comme si le karma me faisait payer de lui avoir dit non et m'avait envoyée tout droit dans la gueule du loup.

Je voudrais que la terre s'ouvre sous mes pieds pour que je puisse disparaître.

— Juliette ?

Je secoue la tête alors qu'il me regarde étrangement.

— Oui, pardon ?

— Le café, vous le voulez comment ?

— Avec du sucre et un peu de lait.

Chaque fois que je parle, j'ai l'impression d'abuser de son hospitalité, et maintenant que je sais qu'il est le père de Zelda, j'ai envie de m'enfuir en courant. Je le remercie quand il dépose ce que j'ai demandé devant moi. Et tandis que je touille la boisson dans ma tasse après y avoir mis le lait, je l'observe en silence. C'est vrai qu'ils ont les mêmes yeux.

— Désolé de vous avoir réveillée, mais comme je pars au boulot, j'étais un peu obligé. Je pourrais vous trouver un taxi, mais je préfère vous ramener à bon port.

— Il n'y a pas de problème, c'est adorable. Vous faites quoi dans la vie ?

— Je suis gérant de la scierie qui se trouve au surplomb de la ville.

Ce qui explique aussi la carrure musclée.

Je termine rapidement mon café. D'ordinaire, je suis assez ronchon au réveil. Avec Dana, à la coloc, on ne se parle pas ou alors on se répond en « mmh » et autres grognements, jusqu'à ce qu'on retrouve l'usage de la parole. Mais aujourd'hui, je fais un effort.

— Si vous avez fini, on peut se mettre en route.

J'acquiesce et moins de cinq minutes plus tard, nous sommes dehors. Le froid me saisit et la chaleur du chalet me manque, mais lorsque mes yeux se posent sur les environs, j'ai l'impression d'être dans une autre dimension. Le toit du chalet, le jardin, les arbres du bois, tout est recouvert d'un magnifique manteau blanc aux reflets brillants. C'est tellement beau, j'avais oublié que la neige pouvait être si poétique… Il faut dire que ça fait très longtemps que je n'en ai pas vu en telle quantité.

Les routes ont été dégagées, mais le paysage n'en reste pas moins joli.

— Ça va aller pour monter ? demande Sawyer en désignant sa voiture.

— Oui, ça ira.

C'est un 4x4 noir. Étonnamment, il n'y a plus de givre sur les vitres et le pare-brise. Cela signifie-t-il qu'il n'a pas beaucoup dormi cette nuit ?

Entre ma présence dans sa chambre, mes vêtements et la voiture, il a dû se réveiller de bonne heure, et je m'en veux d'autant plus de l'avoir dérangé.

Ce n'est pas très pratique, mais je parviens à monter à bord du véhicule et à m'installer à côté de Sawyer. Nous bouclons nos ceintures et il s'engage tranquillement sur la route.

— Où est-ce que je vous dépose ?

— Aux Chalets de la Vallée d'Éden.

— Ah, dit-il avec un sourire. D'accord.

— Vous connaissez ? je demande en sachant pertinemment quelle sera la réponse.

— Oui, ce sont mes parents qui tiennent cette résidence. Vous y serez bien. Je demanderai à ma mère qu'elle appelle le médecin pour votre cheville. Cela me permettra comme ça de voir ma fille ce matin.

J'acquiesce sans un mot. *Au secours.*

Alors que Sawyer roule à bonne allure, je me délecte de la vue et de ce blanc magnifique qui recouvre tout. Les arbres de chaque côté de la route, le contraste du macadam noir et de la neige… On a le sentiment d'être loin de tout et c'est assez apaisant.

Mon chauffeur rejoint la ville et tourne bientôt dans la résidence de ses parents. Une fois garé, il sort de la voiture et arrive de mon côté avant même que j'aie pu poser le pied à terre. Galamment, il me soulève, me repose au sol et m'aide à avancer. Au même instant, la porte du chalet principal s'ouvre. Zelda sort et accourt vers nous. Sawyer et elle se ressemblent un peu, ils ont les mêmes yeux et le même nez, mais elle doit sans doute tenir son teint diaphane et son visage de sa maman.

— Bonjour, princesse, lance Sawyer à sa fille.

— Salut, papa,… elle lance, légèrement agacée par son surnom.

Elle se blottit contre son père et je m'attendris lorsqu'il embrasse son front. Je trouve ça adorable. Lorsqu'elle s'éloigne de son père, Zelda nous regarde à tour de rôle. Ses yeux sont aussi gros que des soucoupes. Je sens mes joues devenir rouge écarlate, j'ai envie de m'enfuir en courant. Je ne sais pas quoi dire. Cette situation est tellement rocambolesque que je me demande si je ne suis pas en train de rêver.

— Tu vas bien ? Je suis désolé, j'ai eu plus de boulot que prévu hier soir.

— Je comprends, j'ai dormi avec Vador et mamie a fait des cookies. Pourquoi Juliette est là et pourquoi est-elle venue avec toi ?

Il plisse les yeux et nous regarde avec la même expression que Zelda quelques secondes plus tôt. Ce que je trouve adorable.

— Vous vous connaissez ? demande Sawyer, incrédule.

— Oui, répond sa fille. On s'est rencontrées hier, mais t'as pas répondu à ma question. Pourquoi tu arrives ce matin avec elle ? Comment *vous*, vous vous connaissez ?

Elle nous interroge du regard et j'ai envie de disparaître. J'aurais préféré rentrer directement dans mon chalet.

— C'est une longue histoire, répond son père.

— C'est toi qui m'emmènes à l'école ? Tu me raconteras ça dans la voiture.

Il sourit à sa fille et hoche la tête. *Bon sang !*

— Va dire à mamie d'appeler le médecin pour Juliette, elle s'est fait mal à la cheville. Je vais la ramener chez elle et j'arrive.

— OK, à plus tard, Juliette, me lance-t-elle avant de courir vers la maison.

J'espère qu'elle ne va pas se faire des idées, je n'ai pas envie qu'elle s'imagine des choses qui n'existent pas entre son père et moi. *Fichu karma.*

Une fois arrivée devant ma résidence de vacances, suivie de près par Sawyer, je sors les clés de mon sac.

— Merci encore pour votre hospitalité, lui dis-je sincèrement. Je ne sais pas comment je pourrai vous rendre la pareille.

Il secoue la tête.

— Ne vous en faites pas. Et reposez-vous, le médecin devrait passer dans la journée, je pense. Ma mère viendra très certainement vous apporter des cookies.

Je souris.

— D'accord, merci, Sawyer. Bonne journée.

Il me fait un clin d'œil et se détourne pour se diriger vers le chalet de ses parents.

***

Il est environ 16 heures quand on frappe à ma porte le lendemain.

J'ai pu voir le médecin hier en fin de matinée et mon entorse est assez bénigne. Ça devrait aller mieux d'ici une à deux semaines, selon lui. En attendant, je ne dois pas trop solliciter ma cheville pour éviter que ça s'aggrave. J'ai essayé de joindre Dana, en vain. Outre le fait que je lui en veux, je suis tout de même inquiète par ce manque de nouvelles, j'ai vu qu'elle avait posté des photos sur Instagram, alors je me dis qu'elle va bien. Franchement, elle m'aura tout fait, cette pimbêche.

Je ne sais pas à quoi m'attendre lorsque j'ouvre la porte d'entrée. Néanmoins, je suis surprise de tomber sur Zelda qui est accompagnée de Vador. La bête secoue la queue en me voyant.

— Salut ! dit la jeune fille d'un air joyeux. Je viens voir comment tu vas et j'apporte des cookies que j'ai faits avec ma grand-mère, ils sont trop bons. C'est la championne pour les gâteaux.

Je lui souris et caresse le chien.

— C'est gentil de ta part.

Je l'invite à entrer. Je suis assez curieuse de voir ce qu'elle va me dire. Comme son père s'est comporté comme un ange avec moi, je ne veux pas l'envoyer balader. Je veux aussi clarifier les choses au cas où elle s'imaginerait des histoires pas possibles.

— Vador peut entrer ?

— Bien sûr.

Je les suis quand ils s'avancent dans le salon. Le chien tourne sur lui-même et s'installe devant le feu.

— Ça va, ta cheville ? demande Zelda. Tu n'as pas trop mal ?

— Ça peut aller, ce n'est pas grave, si je me repose pendant une semaine, ça devrait le faire.

Le plus douloureux, c'est la nuit parfois, car ça me lance.

— C'est quand même pas de bol pour tes vacances d'avoir chopé ça.

— Tu apprendras avec le temps que le karma n'est pas ton meilleur allié.

Zelda sourit et se pose dans le fauteuil le plus près du chien, après avoir retiré son manteau. Elle porte un sweat rose avec le logo des BTS, le groupe de K-pop. C'est un style de musique que j'aime. Avec Dana, on a eu la chance de les voir en concert et c'était le feu. Probablement l'un des meilleurs de ma vie.

— Mon père m'a raconté ce qui s'était passé.

Elle a un grand sourire.

— Ah ?

— Quelles étaient les chances pour que tu entres dans notre maison ? C'est une histoire de fou.

— Je suis d'accord, c'est assez fou.

— J'aurais tellement aimé être là ! C'est vrai qu'il t'a réveillée avec son vieux fusil ?

— Oui, dis-je en soupirant.

Elle m'imite, tout en secouant la tête, ce qui m'amuse. *Quand je pense qu'elle est la fille de Sawyer…* J'avais bien repéré des livres pour adolescents dans la bibliothèque, j'avais vu qu'il y avait une deuxième brosse à dents dans la salle de bains, mais je n'avais pas fait attention aux photos autour de moi dans la maison. C'est un truc complètement fou que je ne suis pas près d'oublier.

— Le pire, c'est qu'il ne peut pas fonctionner vu qu'il n'y a pas de cartouches. Je ne sais pas pourquoi il a fait ça.

Je me sens à présent encore plus idiote que lorsque son père m'a réveillée, armé. Cela dit, je comprends la réaction qu'il a eue.

— Je trouve ça quand même dingue que tu sois entrée chez moi, alors qu'on s'était rencontrées la veille. Tu ne t'es pas trop engueulée avec Dana ?

— Non, je réponds. Tout va bien. Tu veux boire quelque chose ? Il reste du lait de poule fait par ta grand-mère, ou alors on peut faire du chocolat chaud ?

— Un chocolat chaud, répond-elle en se levant. Je vais m'en occuper si tu veux, je connais la cuisine.

— D'accord, dis-je en hochant la tête.

Elle se dirige vers la pièce en question et commence à s'affairer tandis que je la rejoins.

— Je m'occupe de tout. Tu n'as qu'à t'asseoir. Il faut faire attention à ta cheville.

— C'est toi le chef.

Elle a l'air ravie que je la laisse faire.

Je me suis toujours bien entendue avec les jeunes, j'ai un bon feeling avec eux.

— Alors comme ça, tu aimes les BTS ? je demande.

— Oh oui, je les adore. Ils sont trop talentueux. Ils dansent et ils chantent trop bien. Et puis, ils sont trop beaux, surtout Jimin.

— Je les ai vus en concert une fois avec Dana et c'était trop cool.

Zelda se retourne brusquement vers moi et me regarde comme si j'avais dit un truc extraordinaire.

— C'est vrai ?

Je hoche la tête.

— Je suis jalouse. Je ne pourrai jamais les voir.

— Pourquoi ça ?

— Mon père ne me laissera jamais aller à un concert à Paris, même avec une copine, et il ne voudra jamais m'y accompagner non plus… c'est pas trop son délire, en fait.

— Il a raison, tu sais, tu es peut-être encore trop jeune pour aller à un tel concert. Ça dure longtemps, il y a du monde… parfois les gens ne supportent ni l'un ni l'autre et font des malaises.

— J'aimerais trop y aller quand même. Heureusement, il y a YouTube pour regarder les vidéos.

Je lui souris alors qu'elle se remet au travail. Et je me dis que décidément je n'ai aucun scrupule à faire bosser le père comme la fille.

— Tu as quel âge ?

— J'ai eu quatorze ans en septembre.

Son père a dû l'avoir jeune alors, j'ignore son âge, mais il ne me semble pas beaucoup plus vieux que moi.

— Et toi ?

— J'en ai vingt-six.

— Tu es un peu plus jeune que papa. Il en a trente-deux.

Alors il a eu sa fille à dix-huit ans. C'est tellement jeune… Je crois que si j'étais tombée enceinte à cet âge je ne l'aurais pas gardé. J'avais mes études, mes amis, mes sorties, mes envies… Ça pourrait sembler parfaitement égoïste, mais c'est un choix. Cela dit, je me souviens des mots de Zelda quand elle m'a expliqué l'origine de son prénom et je me rappelle que sa maman est morte en couches. Et j'en suis terriblement désolée. Son père est un homme exceptionnel, il s'est occupé de sa fille, tout en devant gérer la perte de la femme qu'il aimait. Et ça, je trouve que c'est merveilleux.

Je crois finalement que je comprends ce besoin qu'elle a de trouver quelqu'un pour elle et pour son père. Ils ont les grands-parents, mais il leur faut sans doute une figure féminine pour aiguiller Zelda dans son épanouissement. Quelqu'un qui sera là pour l'écouter quand sa poitrine se mettra à pousser, quand elle aura ses règles ou des peines de cœur… À moins que ce ne soit déjà trop tard ?

Moi, j'avais ma maman et surtout Dana, avec qui j'ai grandi et tout partagé. Avoir une telle amie à ses côtés, c'est un trésor inestimable.

Sauf qu'elle ne répond pas au téléphone après avoir fait une grosse connerie, cela dit…

— Voilà, le chocolat est prêt.

Alors que je retire le torchon qui recouvre les cookies, Zelda, elle, dépose deux mugs fumants sur la table puis s'assied à côté de moi.

— Je voulais m'excuser pour Dana, je suis désolée de t'avoir embêtée quand tu es arrivée…

Elle me semble bien mature pour son âge.

— Il n'y a pas de mal. Je comprends que tu veuilles trouver une femme pour ton père, mais ça doit venir de lui, on ne doit pas le forcer. Tu n'aimerais pas que tes copines te forcent à sortir avec un garçon que tu ne connais pas trop, pas vrai ?

— Non, je ne crois pas.

— C'est pareil pour lui.

— Je sais, mais j'avais vraiment envie de lui trouver quelqu'un de bien.

— Pour l'avoir côtoyé le temps d'une soirée, je peux te dire que ton papa est un homme super, il trouvera facilement le jour où il en aura envie.

— Il est lent.

— Je pense qu'il cherche une femme qui te plaira à toi aussi.

Elle hoche la tête. Ce n'est pas facile, en plus, elle entre dans sa phase adolescente et les sentiments qui vont grandir en elle seront de plus en plus contradictoires et forts. L'adolescence chez une fille, c'est dévastateur. On doit gérer un corps qui grandit et se transforme, des formes étranges, sans parler des règles qui arrivent parfois subitement. Je ne sais pas ce qu'on a fait au Bon Dieu pour mériter pareil fléau que les règles, mais on l'a fait…

— Tu fais quoi comme métier, alors ?

— J'écris des livres.

— Mais c'est trop cool. Comme ceux de JK Rowling et Rick Riordan ?

— Euh, plus ou moins. J'écris de la romance.

— C'est quand même cool.

J'adore son enthousiasme, il est authentique. J'ai aussi aimé la réaction de son père quand il m'a posé la même question. Il n'a pas cherché à savoir si j'avais un « vrai métier » à côté ou ce genre de conneries qu'on entend parfois quand on dit aux gens qu'on écrit des livres.

— Tu sais ce que tu veux faire plus tard ?

Je lui demande ça, mais elle a encore tellement de temps devant elle pour décider.

— Non, pas trop. J'aime bien les animaux, mais je sais pas, j'aime bien faire de la cuisine avec mamie aussi.

— Tu as bien raison d'hésiter, il y a tellement de choses à vivre et à faire. Tu peux devenir tout ce que tu veux.

Zelda sourit. Je prends un cookie et mords dedans.

— C'est super bon.

— Ouais, mamie est forte pour les gâteaux. Ils sont toujours délicieux. Tu sais qu'elle a déjà gagné beaucoup de concours de cuisine ?

— Je n'en doute pas.

— Tu sais faire à manger, toi ?

Un petit gloussement m'échappe. Je la soupçonne de m'interroger là-dessus dans un but purement informatif.

— Je me débrouille pas trop mal, je pense. Ma quiche lorraine est plutôt réussie.

— J'aimerais bien la goûter un jour.

— Je suis en vacances pour quelques semaines encore, alors on devrait trouver un moment.

Elle acquiesce, tout sourires.

— Et sinon, à part les BTS, tu aimes quoi comme musique ?

— Ariana Grande, elle chante trop bien et elle est trop belle, il y a aussi Lady Gaga et Camila Cabello.

Ça va, je ne me sens pas trop dépassée, car je les connais toutes. J'écoutais même Gaga à ses débuts.

— Ah bah te voilà ! lance soudain Zelda. Il dort presque autant qu'un chat…

Vador, qui avait effectivement disparu depuis quelques minutes, avance vers nous. Il bâille tout en s'étirant et s'installe à mes pieds afin que je le caresse derrière les oreilles.

Une heure et demie plus tard, on frappe à la porte. Je vais ouvrir et mes yeux tombent immédiatement sur le torse de Sawyer. Mauvaise habitude. Je relève la tête et croise son regard.

— Bonjour, il dit.

— Bonjour.

— Il paraît que ma fille est ici.

— Il paraît bien, je lui rétorque. Zelda, ton père est là.

— J'arrive ! elle crie.

Il me sourit.

— Je suis désolé, si elle vous embête, elle est…

— Elle ne m'embête pas du tout. On s'est trouvé des points

communs, on a mangé des cookies accompagnés d'un chocolat chaud, on a passé un bon moment.

— La cheville va mieux ?

— Oui, c'est assez bénin en fin de compte, alors ça devrait se remettre rapidement. Merci de vous en soucier.

Bon sang… j'ai l'impression qu'il n'y a pas plus niais comme dialogue.

— Salut, pa' !

Les lèvres de Sawyer s'étirent instantanément ; je me déporte pour laisser passer sa fille.

— Bonne soirée et merci d'avoir jeté un œil sur elle.

— Pas de quoi.

Zelda me fait signe et je lui réponds en souriant. Je suis certaine qu'elle a fait exprès de rester ici jusqu'à ce que son père vienne la chercher.

Je ne suis pas sortie de l'auberge.

Chapitre 6

Sawyer

— Ça a été, ta journée de cours ?

— Oui.

— T'as fait quoi ?

Je lève les yeux de la gazinière pour regarder ma fille qui est sur son téléphone. Parfois, j'ai l'impression de parler à un mur.

— Zelda ?

— Désolée, je réponds à Léa, elle me demandait ce que j'ai trouvé comme réponse à l'exercice de maths. Elle a un peu de mal.

Je secoue la tête. Parfois, je me dis qu'elle grandit beaucoup trop vite et que je n'ai pas fini de me faire des cheveux blancs. Depuis son entrée au collègue il y a trois ans, j'ai le sentiment que le temps file encore plus vite. Pour l'instant elle ne semble pas encore s'intéresser aux mecs de son âge, mais je me dis que ce jour arrivera bien assez vite, comme celui où elle aura besoin et envie d'avoir un soutien-gorge… *À moins qu'elle n'en porte déjà ?* Bon sang. Parfois, je me demande si c'est pas plus simple d'avoir un garçon.

— Ta journée, ça a été ?

— Ouais, c'était cool. Sauf le cours d'enseignement moral et civique, c'est d'un chiant… Ça ne sert à rien et ça me fait suer.

— Zelda, je dis en grognant.

Elle soupire.

— Je m'amuse beaucoup plus dans les autres matières. En revanche les cours de maths et d'anglais, c'était trop bien.

— Tant mieux. T'as fini tous tes devoirs ?

— Oui, et mes affaires pour demain sont prêtes. Juliette m'a aidée avec le français quand j'étais chez elle. Elle est vraiment gentille.

— Elle a l'air oui, en tout cas c'est sympa de sa part de t'avoir aidée. Mais, elle est en vacances, alors ne va pas l'embêter trop souvent non plus.

— Je ne crois pas que ça la soûle de me voir, je suis d'excellente compagnie.

— Je sais, princesse.

Elle sourit.

— Et puis, comme elle ne peut pas trop bouger avec sa cheville, je lui tiens compagnie. Elle est belle, non ? Moi je la trouve trop jolie. Et toi ?

— Je ne sais pas.

— Tu dis toujours que Scarlett Johansson est belle, alors tu penses quoi de Juliette, tu la trouves belle ou pas ?

— Oui.

En y repensant, je crois que c'est la plus belle femme que j'aie vue depuis longtemps. Quand elle est arrivée dans la cuisine le lendemain de notre rencontre, quelques minutes après que je suis allé la réveiller, cela m'a fait bizarre. Le temps d'une seconde, je me suis senti plus homme que papa et cela n'arrive pourtant jamais.

— Tu sais qu'elle écrit des histoires d'amour ?

— Elle m'a dit qu'elle était romancière, oui.

Je ne suis pas étonné que Zelda s'intéresse autant à Juliette. Je la comprends, c'est vrai qu'on a une routine un peu ennuyeuse ces derniers temps…

— On devrait l'inviter à manger un de ces quatre, lance-t-elle.

— Pourquoi ?

— Bah comme ça… pour être sympa et pour que tu t'excuses pour le fusil.

— Je me suis fait pardonner en prenant soin d'elle après.

— Pour qu'on ait de la compagnie, alors…

Jusqu'à maintenant, j'avais l'impression que je lui suffisais, mais peut-être n'est-ce plus le cas. Zelda grandit et je m'adapte en fonction d'elle. Pourtant, je n'aurais jamais cru devoir m'en occuper seul…

— On ne la connaît pas très bien et elle n'en a peut-être pas envie.

— Je lui demanderai, moi, alors. C'est en parlant aux gens et en les invitant, par exemple, qu'on apprend à les apprivoiser. On mange quoi en attendant ?

— Des spaghettis à la bolognaise.

— Miam.

— Va te laver les mains, on passe à table.

Elle se lève en silence et file dans la salle de bains. J'éteins la gazinière et je mets les spaghettis dans la passoire.

— Tu veux bien mettre la table ? je demande à ma fille quand celle-ci revient vers moi.

— Oui, bien sûr.

Je souris, malgré moi.

Elle me ressemble parfois, mais elle a hérité du caractère enjoué de sa mère. C'est une bonne chose car elle est sociable et n'a jamais peur d'aller vers les autres. J'aime que sa mère vive en elle et je sais que Zelda s'évertue à faire en sorte que ce soit le cas. Cela la rend heureuse de lui ressembler.

Dès qu'elle en ressent le besoin, je lui parle d'elle. Mais je regrette de ne pas pouvoir lui apporter toutes ces choses que seule une maman sait donner. Il m'arrive de temps en temps de penser que j'aurais aimé mourir à sa place. Je me dis que Zelda aurait peut-être été plus heureuse…

Et puis finalement, quand je pose les yeux sur elle, je me dis que je n'ai pas si mal réussi mon coup, après tout. Je suis fier d'être son papa.

— Voilà, me lance-t-elle, c'est prêt. On mange quand tu veux.

Elle me sourit et elle me met en K-O technique sans le vouloir. Et pour cause, son sourire aura toujours raison de moi.

❋❋❋

— Tu as besoin de quelque chose ?

— Comment ça ?

— Je ne sais pas, des trucs de filles.

Je regarde la photo de Griselda sur la table de chevet de notre fille. Elle avait dix-huit ans dessus. Elle sourit à l'objectif. Je crois que si elle était là elle saurait quoi faire, tandis que moi, je me sens ridicule. Je ne devrais pas être mal à l'aise, pourtant… C'est mon enfant.

— Je… non, bafouille-t-elle. Pourquoi ?

On a l'air aussi mal à l'aise l'un que l'autre. C'est probablement dans ces moments-là qu'elle me ressemble le plus.

— Comme ça, je réponds. Je sais que je ne suis pas ta mère, que tu grandis et… Mamie est là si tu as besoin de lui parler de choses que tu ne veux pas me dire. Mais moi aussi, je peux t'écouter si tu en ressens le besoin.

— Je sais bien, papa, t'inquiète. Quand j'ai besoin de quelque chose, je demande.

Je me penche vers elle et j'embrasse son front.

— D'accord, bonne nuit, princesse. Je t'aime.

— Je t'aime aussi, papa.

J'éteins la lumière avant de partir, puis je claque la porte.

Je ne sais pas pourquoi, mais ce soir, je ne peux m'empêcher de penser à Griselda. Quand elle m'a annoncé qu'elle était enceinte, je n'étais ni triste ni heureux, j'étais sur le cul. Je lui ai demandé ce qu'elle voulait faire. Je ne me sentais pas capable de la forcer à assumer cela ou non. Le choix était le sien, car le bébé était dans son ventre, et je voulais la soutenir quoi qu'elle fasse.

Griselda a décidé de garder le bébé et donc moi d'assumer mon rôle de père. À mesure que notre fille grandissait dans son ventre, notre amour l'un pour l'autre, lui, s'amenuisait. On sortait ensemble depuis pas très longtemps et passer de longs moments tous les deux nous a fait comprendre que nous n'étions pas faits pour vivre en couple. Alors, d'un commun accord, nous avons décidé de rompre. Malgré cela, c'était le bébé qui comptait et on voulait lui donner tout notre amour. On ne souhaitait pas qu'il naisse dans un environnement toxique où ses parents se seraient fait la guerre en permanence.

La naissance de Zelda a été le jour le plus beau et le plus triste de ma vie. Quand elle est née, nous n'avions pas encore décidé de comment nous voulions l'appeler… et lorsque sa mère est morte et qu'on m'a demandé le prénom du bébé, j'ai dit Zelda sans réfléchir. Cela ressemblait à un diminutif de Griselda.

Je me souviens que tout est arrivé très vite. J'étais à ses côtés, elle était en train de pousser et elle a donné naissance à notre fille. La sage-femme l'a posée sur la poitrine de Griselda pour qu'elle la voie. Je l'ai entendue lui dire qu'elle l'aimait et elle s'est mise à convulser. Ensuite, on m'a fait sortir de la chambre, loin d'elle et de notre fille. Elle est morte quelques minutes plus tard d'une rupture d'anévrisme et je me suis retrouvé seul face à cette petite chose qui était mienne.

⁂

— Alors, quoi de neuf ? me demande Ugo.

Je bois une gorgée de bière tandis que mon meilleur ami boit un whisky. Comme il a fini son astreinte de 48 heures d'affilée, il est en repos. On se retrouve souvent pour boire un verre et décompresser.

— En ce moment, il y a pas mal de boulot à la scierie. J'en ai par-dessus la tête !

Avec Ugo, on s'est connus au lycée. À un cours de première, nous étions tous deux au fond de la classe. Il fredonnait l'air de *We Will Rock You* de Queen. Je me suis mis à chanter le premier couplet de Freddy Mercury. On a éclaté de rire et on ne s'est plus jamais quittés depuis. Ça dure depuis quinze ans.

— C'est plutôt une bonne chose, rétorque-t-il.

— Ouais, je sais, je suis juste crevé.

— Rien de particulier à raconter, alors ?

Je souris en secouant la tête.

— C'est toi le célibataire sans attache, je te signale. Moi, j'ai une vie bien rangée.

— Quel gâchis ! T'es le seul à te brider. Je suis certain que ta fille se fout complètement de savoir si tu trouves quelqu'un à ton goût ou non.

Ça, je n'en suis pas certain.

— Je…

— Non, ne me sors pas ton éternel « il n'y a que Zelda ». Dis-moi quelque chose qui sort de l'ordinaire, pour une fois.

J'éclate de rire.

— D'accord, j'ai peut-être quelque chose d'intéressant à raconter, dans ce cas… J'ai rencontré Boucles d'Or mardi soir.

— Quoi ? fait-il, perplexe. Ne me dis pas que c'est une copine de ta fille ?

— Non, c'est une femme.

— En chair et en os, pas en plastique ?

Je retiens un ricanement en secouant désespérément la tête. Ugo me regarde toujours comme un dément et passe une main dans ses cheveux.

— Alors, raconte, merde ! C'est qui cette Boucles d'Or ? La mère d'une amie de Zelda ? Une de ses profs ?

— Non, tu es loin du compte. À vrai dire, c'est impossible que tu devines comment je l'ai rencontrée. C'est un truc de dingue.

— Attends, laisse-moi essayer… Elle a sonné à ta porte pour que tu lui achètes des chocolats et comme tu lui as tout pris, car tu es tellement généreux, elle t'a remercié en nature.

— Oui, bien évidemment.

— Avoue, ça aurait été sympa comme histoire. Ou alors mieux : elle était déjà dans ton lit quand tu es rentré, comme si elle t'attendait ! propose-t-il en éclatant de rire.

Sur le coup, il fait fort.

Je hoche la tête alors qu'il avale sa gorgée de travers.

— Mais non, pour de vrai ?

— Ouais, d'où le surnom Boucles d'Or.

— T'es sérieux ?

— Oui, si je te le dis ! Mardi, je suis rentré tard du boulot et Zelda était chez mes parents pour la nuit. J'ai posé mes affaires rapidement et je suis monté à l'étage. Quand je suis entré dans ma chambre, il y avait quelqu'un dans mon lit.

Ugo fait des grands yeux.

— C'est un truc de fou. Elle était à poil ?

— Bon sang, non…

— Qu'est-ce que t'as fait, alors ?

— Je l'ai réveillée avec mon fusil. Au cas où.

Il éclate de rire.

— Putain, t'es vraiment pas commode. La pauvre.

Elle est quand même entrée par effraction… Quoi qu'il en soit, je ne me serais jamais servi de l'arme puisqu'elle était déchargée.

— Qu'est-ce qu'elle fichait là ? demande-t-il en fronçant les sourcils.

— Elle faisait de la randonnée dans le coin, s'est fait mal à la cheville et était en train de mourir de froid. Elle a toqué à la première maison qu'elle a trouvée, la mienne, est entrée en voyant que personne ne répondait et s'est endormie dans mon lit sans le vouloir.

— Sacrée histoire ! Te connaissant, t'as dû être un vrai ours avec elle par la suite.

— Je… ouais, sans doute. Mais comprends-moi, Zelda aurait pu être là et cette femme aurait pu être dangereuse. On ne connaît pas les gens. Toi qui es pompier, tu sais qu'on peut parfois tomber sur quelqu'un d'instable.

— C'est vrai, mais bon… au final, elle s'est juste réfugiée chez toi pour se reposer.

— Quand elle s'est expliquée, je l'ai aidée avec sa cheville, je lui ai prêté des vêtements et je l'ai fait dormir à la maison.

— Dans ton pieu ?

— J'allais pas la faire dormir dans le fauteuil.

Il se passe une main dans les cheveux et soupire.

— Elle était comment, cette Boucles d'Or ?

Plus j'y repense et plus je la trouve belle. Quand je suis allé chercher Zelda et qu'elle a ouvert la porte, elle m'a semblé rayonnante.

— Blonde, aux cheveux ondulés, avec de grands yeux bleus. Très belle.

Mon meilleur ami sourit comme un dément.

— T'as fait quoi le lendemain ? Tu vas la revoir, quand même ?

— Figure-toi qu'elle loge dans un des chalets de mes parents pour des vacances.

— Elle n'est pas d'ici ?

— Non, elle m'a dit qu'elle venait de Paris.

— Ce n'est pas très loin.

— Pas très loin pour ? je demande, perplexe.

— Pour la revoir, répond-il sérieusement. Attends, cette apparition dans ta maison, c'est un miracle. Tu n'arrivais pas à trouver quelqu'un, alors le destin l'a mise sur ta route. Franchement, c'est un signe.

— N'importe quoi.

— Elle réside chez tes parents en plus, c'est le destin, je te dis.

— Mec, si je me mets en couple un jour, c'est avec quelqu'un de sûr. Cela sera du sérieux et du durable. Enfin merde, je ne vais pas commencer une relation avec une personne qui vit à Paris ! Zelda a besoin de stabilité et les relations longue distance ce n'est pas viable.

— Non, Sawyer. Ta fille a juste besoin que tu sois heureux. Je trouve que tu la prends pour excuse beaucoup trop souvent.

— Je suis bien comme je suis.

— À deux, c'est mieux, ajoute-t-il avec un sourire.

— Tu dis ça alors que t'es pas fichu de rester avec la même fille plus d'une semaine. C'est assez ironique, je trouve.

— Ne confonds pas tout ! Moi, je suis volage et je l'assume. J'aime être avec les femmes car je m'ennuie vite quand je suis seul.

Là-dessus, on est d'accord. Il sort toujours à droite et à gauche. Il est comme ça depuis le lycée. Déjà à l'époque, c'était le type le plus populaire auprès des filles.

S'il n'est pas fiable en amour, en revanche, quand il donne son amitié, c'est pour la vie. Il est très loyal et je peux compter sur lui n'importe quand et pour n'importe quoi.

Quand Zelda est venue au monde, mes parents étaient bien sûr présents pour m'épauler, et malgré le drame, ceux de Griselda aussi. J'étais entouré de personnes bienveillantes et aimantes. Et au milieu de ça, Ugo était là, lui aussi. Il ne m'a jamais laissé tomber et m'a toujours aidé, alors que notre relation avait considérablement évolué. Et pour cause, nous ne pouvions plus nous permettre de garder un mode de vie d'adolescents insouciants. On jouait moins aux jeux vidéo, on sortait moins. Et même quand je lui disais de faire la fête de son côté, parce qu'il le méritait, il restait auprès de Zelda pour s'en occuper. C'est l'une des meilleures personnes que je connaisse.

— C'est ridicule, lui dis-je pourtant. Et puis, elle a probablement déjà quelqu'un dans sa vie.

Il rit.

— Tu sais, Sawyer, je vois assez de trucs moches et déprimants avec mon métier. Et cela ne me fait qu'espérer davantage d'en voir des belles de temps à autre. Je me mettrais presque à croire à cette connerie de « magie de Noël ».

Je pouffe à mon tour.

— Je te l'accorde, cette fois, ton histoire valait la peine d'être entendue. Mais au fait, pourquoi tu l'as surnommée Boucles d'Or ? Simplement parce qu'elle s'est invitée chez toi à l'improviste ?

— Il y a de ça, oui… Mais c'est surtout parce que, quand elle s'est retournée dans mon lit, elle a éparpillé ses boucles blondes sur l'oreiller.

— Eh bien ! T'es un sacré romantique toi, en fait.

N'importe quoi. J'ai juste trouvé ses cheveux magnifiques quand ils se sont étalés sur l'oreiller. De là à me dire romantique, je ne suis pas sûr…

Chapitre 7

Juliette

La ville est éclairée de mille et une lumières. C'est si joli. Les guirlandes recouvrent les façades des magasins, les poteaux électriques, et éclairent le chemin pédestre jusqu'au centre-ville. De nombreuses bougies sont disposées à même le sol ; les flammes vacillent à cause du vent. Au détour d'une rue, je tombe sur le marché de Noël bondé de monde. Il y a ceux qui vendent des vêtements rigolos comme des bonnets de Santa Claus, ou des T-shirts humoristiques. D'autres, qui proposent des pièces plus traditionnelles comme des gants ou des écharpes. Il y a aussi ceux qui font découvrir certains de leurs produits locaux, de la nourriture et des boissons chaudes. Au milieu de tout cela, l'odeur du vin chaud se mêle à celle du cacao. C'est assez agréable et cela réveille mon estomac.

Je m'arrête devant le stand de gaufres.

— Bonjour, madame, me lance la vendeuse quand vient mon tour.

— Bonjour, je vais vous en prendre une au chocolat.

— J'en ai en forme de cœur, de sapin ou de Père Noël.

— Va pour le sapin, réponds-je en souriant.

La commerçante hoche la tête et dépose de la pâte dans un gaufrier. Je sors de mon portefeuille un peu de monnaie que je lui donne lorsqu'elle me tend une adorable gaufre en forme de sapin sur laquelle a été saupoudré un peu de sucre glace.

— Bonne soirée, lui lancé-je en partant.

Voilà le genre de chose qui fait du bien au moral.

J'ai encore un peu mal à la cheville, mais j'avais très envie de sortir. Autrement, je serais devenue folle. En plus de cela, mon inspiration ne revient toujours pas. Je pense que j'ai besoin de m'oxygéner davantage. À chaque fois que j'essayais d'écrire quelque chose, je repensais à ma rencontre avec Sawyer.

J'ignore pourquoi, mais quand j'essaie de réfléchir à la manière dont seront introduits mes deux protagonistes, je pense au moment où il m'a découverte dans son lit. En même temps, c'est tellement rocambolesque que ça pourrait fonctionner dans un roman.

Je regarde autour de moi. La plupart des gens ici sont en couple ou en famille. Cela ne fait que renforcer mon sentiment de solitude.

Je ne comprends pas pourquoi Dana ne prend pas la peine de me rappeler. Si c'est parce qu'elle a peur de m'affronter, c'est stupide. Les choses seraient déjà oubliées si on avait simplement pu en discuter calmement. Au lieu de ça, je m'inquiète, car ce doit être la première fois qu'on ne se parle pas pendant aussi longtemps.

Je me pose sur un petit banc, en dehors du marché de Noël. J'ai une très jolie vue sur l'Aiguille de Criou. Il fait nuit et un peu froid, mais le ciel est dégagé alors on voit la neige sur le sommet. La montagne qui surplombe la ville ainsi, je trouve cela si beau. À Paris, il y a bien sûr de très jolies choses. Mais ici… tout est différent.

Alors que je mange ma gaufre, mon téléphone sonne. Je suis soulagée en voyant la photo de ma meilleure amie apparaître.

— Putain, il était temps, je dis en décrochant.

Je colle le téléphone à mon oreille.

— Je suis désolée, répond-elle d'une petite voix. Je savais que tu serais en colère, alors…

— Là-dessus, tu avais raison ! Je suis en colère, et pas seulement à cause de ton coup fourré. Je le suis aussi à cause de ton absence. D'où tu m'évites comme ça ?

— Je voulais juste attendre que tu te calmes un peu et je suis désolée. Je ne sais pas quoi te dire, je…

— Commence par ce qui t'a pris de dire à une gosse que j'allais venir pour elle et pour son père.

— Elle m'a envoyé une lettre tellement touchante, on a discuté un peu et puis, je n'en sais trop rien… je voulais l'aider, car elle en a besoin. Elle a besoin d'une présence féminine. J'ai eu un coup de folie, j'ai pensé à toi. Je me suis dit que tu devais te changer les idées, et puis il y a eu l'annonce du mariage de James, et voilà…

— Mais tu as fait croire à une enfant que j'étais là pour elle et pour faire je ne sais quoi avec son père. C'est horrible, Dana. Tu imaginais quoi ? Que j'allais baiser avec lui et…

— Je ne pensais pas que tu aurais le cran de rembarrer la gosse quand elle te regarderait avec ses grands yeux de biche en te demandant si tu voulais bien l'aider. Je pensais plutôt que tu craquerais et que tu serais coincée. Je t'ai sous-estimée, je crois. Tu arrives encore à me surprendre.

Je soupire. J'aurais pu en rire si je n'avais pas été aussi furibonde le jour de mon arrivée.

— Enfin merde, tu m'as vendue ! je grommelle. Tu croyais sincèrement que j'allais accepter ? C'est surréaliste.

— Je… la gosse est adorable et son père, sexy en diable. Tu l'as vu ? Non, parce que je sais quel est le type d'homme qui te fait fantasmer, et c'est le genre. Il a des faux airs de Josh Holloway.

J'en aurais des choses à dire à ce sujet… mais je lui en veux encore. Elle saura comment j'ai rencontré Sawyer plus tard, pour la peine. D'ailleurs, c'est le prénom du personnage joué par l'acteur dont elle me parle dans la série *Lost*. À l'époque on fantasmait toutes les deux sur lui et sur Evangeline Lilly.

— Enfin merde… ce n'est pas parce qu'il est beau que c'est un type bien, peut-être qu'il est violent ou macho. On ne sait pas, on ne connaît pas les gens.

Elle soupire au téléphone.

— Je n'avais pas pensé à ça. Je suis désolée, Juliette. Mais tu sais, on apprend à connaître les gens en leur parlant…

Je grogne et croque dans ma gaufre.

— Je voulais juste que tu t'évades un peu, reprend-elle. Je t'aime et je n'aime pas que tu sois triste à cause de James. Ça fait trop longtemps que tu déprimes, alors j'avais envie de te pousser vers une aventure afin que tu arrêtes de te morfondre.

Ça, je peux le comprendre.

— Je voulais que tu rencontres des gens pour que tu voies qu'il n'y a pas qu'un seul homme sur Terre et surtout, qu'ils ne sont pas tous pareils.

— Tu m'envoies en Haute-Savoie pour ça, alors qu'on habite Paris, dis-je d'un ton moqueur. Tu ne pouvais pas me trouver un bobo ?

— Pardon, mais entre la lettre touchante de cette ado, et son père super sexy, j'ai craqué.

Je lève les yeux au ciel. C'est vrai qu'il est très séduisant, mais je garde cette pensée pour moi. Autrement, elle va crier au miracle et parler de destin et de licornes enchantées.

— Bon sang, tu rêves éveillée, Dana.

Je l'entends qui soupire au téléphone et alors que j'allais me lever pour prendre la route en direction de la maison, quelque chose bondit subitement sur moi. Je lâche ce qu'il reste de ma gaufre en poussant un petit cri. Quand je baisse les yeux, la grosse tête de Vador repose sur mes genoux.

— Qu'est-ce qui se passe ? demande Dana.

— Salut, Juliette ! s'écrie Zelda au même moment.

— Bon, je dois raccrocher, je lance à Dana alors que l'ado et son père s'approchent de moi.

— Pourquoi ? Que se passe-t-il ?

— On se parle plus tard.

— Ju…

Je raccroche et fixe Vador dont la queue remue frénétiquement. Zelda arrive à mon niveau, tout sourires, et Sawyer…

— Qu'est-ce que tu fais ici ? demande sa fille.

— Je me promène.

— Nous aussi, dit-elle en regardant son père puis moi. Ça va mieux ta cheville, alors ?

— Oui, merci.

— Je suis désolée pour Vador, il a tiré d'un coup sec en te voyant.

— Ce n'est pas grave, il est adorable.

Tandis que Zelda ramasse la laisse du chien, mon regard croise celui de Sawyer. Il esquisse un sourire.

— Bonsoir, lance-t-il.

— Bonsoir.

— J'allais rentrer, je dis, les joues rouges.

— Nous aussi. On peut te raccompagner pour soulager ta cheville ! s'exclame Zelda.

— Je…

— Hein, papa ?

Il la regarde quelques secondes avant de reporter son attention sur moi.

— Elle a raison, j'aurais dû le proposer en premier.

— C'est gentil de votre part, mais je ne veux pas déranger.

Sawyer secoue la tête.

— Ce n'est pas le cas.

J'ignore pourquoi, mais je me sens stressée. Je ne pense pas que ce soit à cause du secret que je partage avec sa fille. C'est autre chose… C'est la première fois que je fréquente un homme, si je puis dire, depuis James. Ça peut paraître complètement fou, mais je les ai tous évités depuis et je crois que j'ai peur. Je me suis sentie tellement triste et trahie quand nous nous sommes séparés et je suis encore tellement déçue aujourd'hui… Je m'en veux d'y accorder de l'importance, d'autant plus parce que je n'arrive plus à faire ce que j'aime le plus au monde : écrire.

— Vous nous suivez ? demande-t-il.

Je hoche la tête en silence. Zelda avance devant nous avec Vador et je me sens un peu gênée de marcher à côté de Sawyer.

— Merci beaucoup, Sawyer. Je vous suis redevable pour beaucoup de choses…

— Pourquoi vous vous vouvoyez ? lance Zelda par-dessus son épaule.

— Je…

Nous éclatons de rire. Cette gosse est adorable. Elle me fait penser à moi quand j'étais jeune.

— Elle a raison, je murmure. Bon sang, elle n'a pas son pareil pour être franche.

— Elle est impitoyable, parfois.

— J'adore son franc-parler, c'est tellement facile de discuter avec elle.

— C'est vrai qu'elle est bien plus sociable que son père.

— En effet, je ne suis pas sûre qu'elle m'aurait réveillée avec un fusil ? je dis, moqueuse.

Un sourire se dessine de nouveau sur ses lèvres. C'est communicatif.

— Papa ?

Zelda s'immobilise. Elle fixe un stand de nourriture sur lequel sont proposées plusieurs spécialités, telles que des diots[1] au vin blanc, de la tartiflette ou encore des crozets[2].

— On peut en prendre ? On pourrait dîner tous les trois, ce soir.

Elle n'en rate pas une, décidément.

Sawyer et moi additionnons silence gêné et regards confus. Zelda essaye clairement de manigancer quelque chose pour que nous nous rapprochions.

— Pourquoi pas ! lance-t-il enfin, joyeux, en rejoignant sa fille devant le stand.

Il passe son bras autour de ses épaules et je fonds tellement c'est mignon.

— Que souhaiterais-tu manger, Juliette ? me demande-t-il.

Je rougis malgré moi avant de m'approcher d'eux pour regarder les plats.

— La tartiflette me tente bien, je lui avoue.

— Alors on va en prendre trois portions, dit-il au vendeur.

Après qu'il a payé, nous nous dirigeons vers sa voiture et je m'installe instinctivement à ses côtés. Le trajet jusqu'à leur chalet se fait dans le calme car Zelda, à l'arrière, a mis des écouteurs.

Une fois à l'intérieur, je ne peux m'empêcher de repenser à cette idée débile que j'ai eue de m'introduire chez lui à l'improviste, le soir de notre rencontre.

— Tu te laves les mains et tu mets la table, Zelda, s'il te plaît.

Sans attendre, elle s'exécute et file dans la salle de bains.

— Je peux laver les miennes ? je demande en désignant l'évier de la cuisine du regard.

1 Saucisse savoyarde traditionnelle.

2 Variété de pâtes spécifiques à la région.

Sawyer acquiesce et se dirige vers le frigo.

— J'ai du chardonnay au frais, ça te dit ?

Oh ! que oui. Cela serait idéal, même, pour détendre l'atmosphère.

— Avec plaisir.

Il sort la bouteille ainsi qu'une carafe d'eau et nous nous installons à table, rejoints rapidement par Zelda. On dirait qu'elle est heureuse.

Sawyer nous sert en vin blanc et nous le dégustons en même temps. Il est fruité, vraiment délicieux, et je prends sur moi pour ne pas le terminer en deux secondes. J'en aurais bien besoin pour sortir le balai coincé dans mon…

— Bon appétit, dit joyeusement Zelda, me sortant de mes pensées.

Nous mangeons en silence. J'ai l'impression de ne pas être à ma place, ici, c'est étrange. Je me sens rarement aussi mal à l'aise que ça. J'aimerais tellement dénicher un article sur Google du genre : « Comment détendre l'atmosphère lors d'une soirée avec des inconnus ? »

— Vous faites le jeu du roi du silence, ou quoi ?

— Zelda…

Elle a raison. Il faut briser la glace, alors je me lance :

— C'était le matin de Noël, l'année dernière. Nous étions réunis avec ma famille dans le salon. Budy, le hamster de la famille, était lui aussi présent et s'occupait tranquillement dans sa cage. Mon père l'observait et commençait à avoir pitié de lui. Après avoir fermé toutes les portes de la maison, il a ouvert la cage pour le laisser gambader dans le salon. Tout le monde était à ce moment en train d'ouvrir les cadeaux. Et puis, tout à coup, j'ai réalisé que je n'avais pas vu Budy depuis un moment. On l'a alors cherché partout… jusqu'au moment où mon père s'est levé du canapé et a découvert le malheureux hamster.

— Il était mort ? demande Zelda.

— Oui… écrasé sous les fesses de mon père.

Sawyer éclate d'un rire franc, très vite imité par sa fille et moi-même. C'est vrai qu'avec du recul cette histoire est plus comique qu'autre chose !

— La pauvre bête, dit Sawyer, hilare. Je ne devrais pas rire, mais c'est tellement drôle.

— Mon père s'en est vraiment voulu, à tel point que nous avons organisé des funérailles dans le jardin.

Je bois une nouvelle gorgée de vin.

— Moi aussi, j'ai une anecdote de Noël ! s'exclame mon hôte. Je devais avoir six ou sept ans. J'ai entendu du bruit dans le salon, une nuit, alors je me suis caché dans les escaliers pour voir si c'était le Père Noël. J'avais entendu dire qu'il n'existait pas.

— Et il n'y était pas, du coup ? je demande.

— Si, si… (Il a l'air tellement dépité que j'ai hâte de connaître la suite.) Je l'ai vu déposer un carton sous le sapin et quelques secondes plus tard, ma mère lui a sauté dessus et son bonnet est tombé par terre. J'ai immédiatement reconnu mon père. Je suis parti me coucher quand ils ont commencé à fricoter. Le lendemain, je leur ai dit que je savais que le Père Noël n'existait pas, mais je n'ai pas osé leur dire comment je l'avais appris…

— C'est à la fois triste et drôle, je réplique.

— Inutile de dire qu'après cela j'ai arrêté d'espionner les gens.

Je rigole et bois une nouvelle gorgée. Ça détend un peu de rire.

Je me rends tout juste compte qu'après James je me suis vraiment renfermée sur moi-même.

— Vous ne décorez pas votre intérieur à l'approche de Noël ? je demande à Sawyer et à sa fille. J'ai pourtant vu que votre jardin et la façade du chalet étaient nickel. Le travail accompli est vraiment superbe.

— C'est papy qui a fait tout ça. C'est un pro !

— En ce qui concerne l'intérieur de la maison, on va bientôt s'y mettre, m'indique Sawyer, je n'ai pas encore eu le temps de m'en occuper. Demain je ne travaille pas, on devrait aller chercher le sapin.

— Cool ! fait Zelda.

— C'est vrai que je travaille beaucoup ces derniers temps, reprend son père, l'air coupable.

— Et puis, il faut avouer que tu n'es pas aussi doué que papy pour décorer.

— Est-ce une façon de me dire que je suis nul ?

— Disons juste que tu as des progrès à faire, papa. Toi, tu fais n'importe quoi avec les guirlandes, tout ça.

Je souris tandis qu'il fait une grimace à sa fille. Ils sont adorables tous les deux, et tellement proches.

— Tu travailles dans une scierie, c'est bien ça ? je demande.

— Oui.

— Et en quoi consiste ton métier exactement ?

— Je gère une équipe pour faire tourner la boîte comme il faut. On a beaucoup de commandes en ce moment. Des pièces de charpente pour les constructions qui reprendront en début d'année, mais également du bois pour l'hiver, parfois des demandes plus élaborées… C'est assez sportif.

— Papa est aussi sculpteur, m'indique Zelda. Il fait de trop belles choses. Tu vois le cerf accroché au mur, tiens ? C'est lui qui l'a fait.

Je me tourne pour observer ce dont elle me parle. Les bois de la bête sont magnifiques. Je serais incapable de faire une chose pareille.

— C'est vraiment réussi.

— Attends, je vais te montrer autre chose.

Zelda s'en va en courant dans le couloir.

— C'est un passe-temps, j'aime travailler de mes mains.

Sa phrase, bien qu'ordinaire, sonne tout à fait différemment à mes oreilles et lorsqu'il se lève et commence à débarrasser la table, je ne peux m'empêcher de regarder ses mains. Elles sont plus abîmées que celles de James, mais plus grandes et plus viriles aussi.

— Je peux ? demande-t-il en désignant mon assiette.

Je relève la tête, un peu gênée.

— Oui, bien sûr, mais je vais t'aider.

— Non, c'est bon. Tu es notre invitée.

Je me lève quand même et j'attrape le sel et le poivre. Sawyer dépose son tas dans l'évier et me débarrasse.

Zelda revient à ce moment-là et me tend une boîte à bijoux sculptée. Son prénom est gravé sur le devant avec une très jolie calligraphie. Il y a des lianes fleuries sur le dessus. Je suis très émue en la prenant dans mes mains.

— Elle me rappelle celle de ma grand-mère, j'avoue alors. Il y avait des fleurs comme ça sur le couvercle. Quand elle l'ouvrait, cela activait une petite musique classique et une ballerine se mettait à danser. J'étais plus fascinée par la ballerine que par les bijoux à l'intérieur. Mais un jour, alors que je la prenais pour jouer dehors, je l'ai cassée. J'étais inconsolable. Ma grand-mère ne m'a pas grondée, elle disait que ce n'était qu'une babiole de rien du tout, mais moi, j'étais si déçue.

— Je suis désolé, me dit Sawyer.

— Ce n'est rien, c'est juste qu'elle m'y a fait penser. Tu as fait une merveilleuse création.

Zelda sourit puis me regarde bizarrement en pinçant les lèvres. On dirait qu'elle veut me dire quelque chose.

— Un problème ? demande Sawyer.

— Non, je… je voudrais simplement parler à Juliette. Un truc de filles. Tu viens ?

Je regarde Sawyer pour avoir son approbation. Bien qu'il semble préoccupé, il hoche la tête, alors je suis Zelda.

Elle m'emmène jusqu'à l'étage, dans sa chambre. Sur les murs il y a des posters d'Ariana Grande, de Selena Gomez et des BTS, le boys band coréen qu'elle adore. Tout autour des barreaux qui encadrent sa tête de lit scintille une guirlande lumineuse. Je remarque également, sur les étagères près de son bureau, une collection de vieux Chair de poule à la tranche abîmée parfois – peut-être appartenaient-ils à Sawyer quand il était jeune – et des petites figurines POP, dont les Super Nanas.

Sa chambre est aussi joyeuse qu'elle.

— Tout va bien, je demande alors qu'elle pose sa boîte à bijoux sur la commode.

Elle hausse les épaules et fait la moue.

— Tu peux me parler franchement, je comprendrai.

— À l'école, en cours de sport, au moment de se changer dans les vestiaires, des filles se sont moquées de moi parce que j'avais des poils sur les jambes. Je voudrais les enlever.

Je suis désolée pour elle. Les enfants sont toujours horribles les uns envers les autres et je me sens flattée qu'elle ait voulu me parler de cette situation, à moi. Je la comprends. Quand j'avais des problèmes de filles, j'allais toujours vers Dana ou ma mère.

— Je comprends. Je crois que je devais avoir ton âge quand j'ai voulu m'épiler pour la première fois.

— Papa ne va jamais me laisser faire.

— Je suis certaine que si. Il va comprendre, je peux lui en parler, si tu veux.

La voilà qui retrouve son sourire.

— C'est vrai ?

— Oui, mais tu sais, ce n'est pas parce que quelques pimbêches se sont moquées de toi que tu dois faire ce qu'elles disent.

— Je sais… je voulais le faire avant mais avec papa c'est pas évident de lui parler de trucs comme ça.

— Je comprends. Tu sais, aujourd'hui se raser n'est pas une obligation. Tu peux rester ainsi si c'est ce que tu veux. C'est pareil pour les aisselles. Il faut avant tout que tu veuilles.

— Je le veux, et puis ça repousse si jamais je préfère avant…

Je hoche la tête en souriant.

— Comme c'est la première fois, il vaudrait mieux de la crème dépilatoire plutôt que le rasoir. C'est facile à utiliser et tu n'auras plus de poils. Tu pourras même t'épiler les aisselles. Il faudra le faire chaque fois que tu trouves que ça se voit trop, mais pas trop souvent non plus, car sinon, ça va repousser trop vite. Je pense que tu es encore un peu jeune pour la cire, il faudra en parler avec ton père.

Elle se fond dans mes bras.

— Merci, Juliette ! Tu es géniale.

Je lui caresse les cheveux tout en me demandant si c'est plus facile de grandir en tant que garçon. Les filles ont tant de choses à gérer : les seins qui poussent, la pilosité, les règles… Je sais que cela peut être lourd émotionnellement, alors je suis contente d'avoir pu lui apporter du soutien.

— C'est normal, ma belle. Je suis une fille, je sais ce que c'est. Je vais aller en toucher deux mots à ton père.

Je sors de sa chambre et je rejoins Sawyer qui est occupé à faire la vaisselle. J'attrape un torchon et m'approche afin de l'aider.

— Est-ce que tout va bien ? il demande.

— Oui, ça va.

J'attrape un verre que j'essuie, et je sens son regard sur moi.

— Je… je n'ai pas le droit de savoir ?

Mon regard croise le sien. Il a l'air tellement perplexe, je trouve ça affreusement touchant. L'ours bourru qu'il était à notre rencontre semble plus adorable à présent.

— C'est juste qu'elle grandit et change un peu physiquement. Elle ressent le besoin de raser les poils de ses jambes.

— Oh putain…

— Euh… ça va ?

— Ça ira… enfin, je suis soulagé. Je pensais que c'était les règles ou un truc plus grave.

— Ça va finir par arriver et cela n'a rien de grave, je dis pour le rassurer.

— Oui, mais là je n'étais pas prêt.

— Je crois qu'aucun papa ne l'est jamais.

— Je… Elle est… C'est ma fille. Et elle grandit beaucoup trop vite.

Je trouve ça adorable.

— Quelles sont les étapes auxquelles je vais devoir être confronté ? Autant s'y préparer le plus tôt possible.

— Au-delà des poils qui poussent, sa poitrine va sûrement évoluer aussi. Elle aura peut-être de l'acné, des cheveux plus gras qu'habituellement, comme les garçons de cet âge. Puis, effectivement, arriveront les règles. Vers seize, dix-huit ans, elle commencera à te parler de sortir, de dormir ailleurs. Et au vu de son caractère intrépide et de sa beauté naturelle, elle risque d'avoir du succès !

Il me lance un regard en biais et j'éclate de rire.

— Beaucoup de succès, je rajoute.

— Tout ça grâce à moi et mes traits exceptionnels.

Je ne réponds rien, me contentant d'attraper une assiette. Même si, bon, c'est vrai qu'il est séduisant. Et plus que ça encore.

— Pour le rasage, on fait comment ? demande-t-il.

— Pour les premières fois, il vaut mieux une crème dépilatoire.

En revanche quand elle aura ses règles, faudra penser à prendre une bière avec les serviettes hygiéniques pour t'aider à passer le cap.

Il m'asperge le visage avec l'eau de la vaisselle et je pousse un cri.

— Oh ! Il ne s'agit que de conseils, je dis, amusée.

— Désolé !

Il sourit à son tour en essuyant la mousse sur ma joue.

Mon sourire cesse et cet effleurement aussi soudain que bref me coupe le souffle. Je baisse les yeux et la tête, je me sens bizarre, comme quand on a ces drôles de sensations qui nous tordent les entrailles lors de nos premiers émois. Je suis un peu chamboulée, et pour rien en plus.

— Merci d'avoir aidé Zelda, reprend-il.

— C'est normal.

— Je te ressers un verre de vin ?

— Pourquoi pas.

Il remplit mon verre.

— Tu n'en prends pas ?

— Non, je te ramène après, alors il ne vaut mieux pas.

Je hoche la tête et le suis dans le salon. Zelda est encore dans sa chambre. Je m'immobilise devant la grande baie vitrée et regarde le jardin et la terrasse. Comme dans mon chalet, il y a un jacuzzi.

— C'est amusant. Je ne t'imaginais pas du genre « bains à remous ».

— Ah bon ? demande-t-il en souriant.

Je regarde son reflet sur la vitre alors qu'il s'avance jusqu'à moi. Il a retroussé ses manches et les deux premiers boutons de sa chemise sont ouverts…

Moi qui pensais craquer davantage pour le look costard-cravate impeccable de James, je me rends compte que les habits les plus simples sont aussi sexy.

— Et pourquoi, selon toi, je n'ai pas le profil à me prélasser dans un jacuzzi ?

— Je ne sais pas, je ne t'imagine pas vraiment barboter pour passer le temps. Je te vois plus avec un bouquin ou alors en train de bricoler.

— Je suis un homme très étonnant.

— Jusque-là, nous sommes d'accord. Mais es-tu en train de me dire qu'en dehors de ta passion de réveiller des inconnues avec ton fusil tu aimes faire trempette de temps en temps ?

Je rêve ou on flirte ?

— Oui, je l'avoue. Mais il me faut une bonne raison pour y aller.

Je bois une gorgée de vin pour essayer de dissiper le rouge qui s'est sans doute emparé de mes joues. J'ignore pourquoi, toute une flopée d'images se bousculent dans ma tête. Et elles sont toutes plutôt sexy et épicées.

— Surtout en hiver…, ajoute-t-il en murmurant.

— Pourtant, c'est en hiver qu'il est sans doute le plus agréable à utiliser. L'eau chaude, la fumée qui s'évapore, le contraste avec le froid saisissant de l'extérieur, un verre de vin et le tour est joué. Un moment parfait.

— Il faudra que tu essayes cela avant de rentrer à Paris, dans ce cas.

— J'y compte bien.

Mon cœur bat à mille à l'heure. Je me sens toute fiévreuse.

Il me fait beaucoup trop d'effet.

J'ignore pourquoi cela semble surgir de nulle part, mais c'est vrai… C'est étrange et déroutant, on dirait que je m'en rends seulement compte maintenant.

— On se regarde un film ?

Zelda me fait sursauter. Je ne l'ai pas entendue arriver. Son père se retourne et passe une main dans ses cheveux.

Je ferais mieux d'y aller. Ce qui se passe est absurde. Si Zelda s'en rend compte, elle va se monter la tête pour rien et croire à des choses qui ne peuvent pas exister.

— Je suis un peu fatiguée, je crois que je vais rentrer.

— Oh…

Elle est déçue, mais c'est mieux ainsi.

— Je vais te raccompagner, fait Sawyer.

Puis en s'adressant à sa fille :

— Tu veux venir avec nous ? demande-t-il.

Quelques minutes plus tard, nous voilà en route. Lorsqu'il me dépose devant le chalet, j'ai une drôle d'impression. C'est la première fois qu'on me ramène chez moi avec un enfant assis à l'arrière. Ça me change des autres types que j'ai pu côtoyer.

— Merci pour la soirée, je lance à l'adresse de Sawyer. Bonne nuit.

Je sors de la voiture et leur fais signe alors qu'ils s'en vont. Je ne rentre pas tout de suite, je regarde d'abord les illuminations sur les chalets du quartier. Les guirlandes décorent les toits et s'enroulent autour des colonnes des porches. C'est simple et efficace, il n'en faut pas davantage pour que la magie de Noël se fasse ressentir.

Je ne peux m'empêcher de me dire que toutes ces lumières de Noël donnent un nouvel habit à la Terre. Et je trouve ça beau.

Alors que je tourne les talons pour rentrer, je crois que je tiens le début de mon prochain roman.

Chapitre 8

Sawyer

J'ai beau être ouvert d'esprit, je suis perturbé devant l'enthousiasme de ma fille face à tous ces produits féminins. Il y en a de toutes les sortes et de toutes les marques. J'ai l'impression de prendre dix ans dans la gueule, d'un coup.

— Celui-là est bien, tu crois ? me demande ma fille.

Pour moi, ils se ressemblent tous, ce sont les mêmes produits, mais avec un nom différent.

— Je ne sais pas, chérie. Prends celui qui te paraît le mieux.

— On aurait dû demander à Juliette de nous accompagner, elle aurait su quoi prendre, elle, au moins.

— Ne me parle pas sur ce ton, je lui fais, un peu froidement. Je suis désolé si je n'y connais pas grand-chose, mais on ne va pas l'embêter à longueur de temps. Elle est en vacances ici, elle ne fait pas de baby-sitting, tu comprends ?

— Je suis certaine qu'elle ne pense pas ça…

Elle baisse la tête, déçue. Et bien évidemment, je m'en veux. Je sais que c'est un moment important pour elle, elle était vraiment contente que je l'accompagne.

Je suis perturbé parce que c'est la première fois que ma fille ne souhaite pas se confier à moi.

— Regarde celui-là, je lui dis en attrapant un tube de crème, il fait le corps, et c'est pour peaux sensibles. En plus, s'il a été élu produit de l'année, c'est qu'il doit être bien ! Si tu veux, on ira à la parfumerie, après, et on t'achètera un parfum.

Ah, voilà ! Je préfère largement quand elle sourit comme ça.

C'est juste que ce n'est pas très évident de regarder grandir la petite puce que l'on tenait dans ses bras à la naissance. Celle que l'on a bercée et dorlotée des années durant.

— Tu as raison, elle me dit, je vais prendre ça. De toute façon, je crois qu'il y a beaucoup trop de produits pour la même chose.

— C'est bien ma princesse, ça !

Après les courses et donc l'achat de son tout premier parfum, nous nous dirigeons vers la maison de mes parents. Vador est ravi de pouvoir gambader ici et saute aussitôt hors de la voiture avec Zelda.

— Oh ! Bonjour, mes amours, lance ma mère en ouvrant la porte.

Elle prend Zelda dans ses bras, et je l'embrasse sur le front en passant devant elle pour entrer.

Dans le salon, je trouve tous les cartons avec les décorations de Noël qui attendent d'être installées. Cela me rappelle que je dois aller chercher nos sapins. Si ça ne tenait qu'à moi, il n'y en aurait pas. Je ne suis pas trop banché décorations, chants de fête et maisons en pain d'épice. La seule chose qui rend Noël agréable à mes yeux, c'est ma fille. Et encore, maintenant qu'elle ne croit plus au Père Noël, il me reste juste l'étincelle de joie que je perçois dans ses yeux quand elle ouvre ses cadeaux.

— Tu veux un café ?

— Avec plaisir, je réponds.

Je suis ma mère dans la grande cuisine.

— Il est où papy ?

— Il doit être dans le garage.

— Je vais lui dire bonjour, lance Zelda.

Je la regarde partir comme une fusée.

— Alors, dis-moi, commence ma mère en me servant une tasse de café.

— Quoi donc ?

Elle a un petit sourire, ce qui ne me dit rien qui vaille. La dernière fois qu'elle a prononcé cette phrase avec ce petit sourire en coin c'était pour me présenter la fille d'une amie à elle. Ça a été un vrai fiasco, elle ne supportait pas Zelda. Le choix s'est vite fait.

— Hier soir, tu as ramené la jeune femme qui est en vacances ici ?

Je soupire.

— Je vois que rien n'échappe à ton œil de lynx.

Et elle en est fière.

— Rien du tout, en effet. Tu sais, je la trouve très belle.

Bon sang.

— Je n'en doute pas, je lui réponds.

Je ne vais pas lui dire que je la trouve plus que belle, elle va encore s'imaginer n'importe quoi.

— Ça m'étonne qu'un garçon aussi intelligent que toi ne s'en soit pas rendu compte.

— Maman…

— Je peux savoir pourquoi tu l'as ramenée ?

De toute façon, elle ne me lâchera pas avant de savoir.

— On l'a croisée au marché de Noël, et Zelda a eu l'idée qu'on mange ensemble et c'est ce qu'on a fait, je l'ai ramenée ensuite.

Elle sourit, tandis que je bois mon café.

— C'est bien. Ça doit te changer les idées d'avoir un peu de compagnie.

Ma mère attend impatiemment que je rencontre quelqu'un.

Elle ne comprend pas pourquoi je reste seul depuis toutes ces années. Cela fait plus de trente ans qu'elle est avec mon père, et elle pense que tout le monde a la même vision de l'amour qu'eux. Sauf qu'aujourd'hui, les choses ne fonctionnent plus nécessairement comme ça.

— J'ai l'impression que Zelda l'aime bien, elle ajoute.

— C'est le cas. Mais arrête de t'imaginer des choses.

— Je n'imagine rien, je constate.

Je soupire en secouant la tête.

— Tu ne nous as jamais vus ensemble. Franchement, elle habite à Paris et j'ai Zelda…

— Ah non, je t'en prie. Ta fille n'est ni une excuse ni un prétexte. En plus, je crois qu'elle aimerait beaucoup que tu trouves quelqu'un.

— Tu crois ou tu sais ?

Elle hausse les épaules, ce qui veut tout dire.

— Quand bien même, je ne vais pas m'enticher d'une femme qui n'habite pas dans le coin, je lui dis. C'est ridicule.

— Mais si personne ne trouve grâce à tes yeux ici, il faut forcément qu'elle vienne d'ailleurs.

Je lève les yeux au ciel.

— L'amour n'a ni âge ni frontière, mon fils. Il te tombe dessus comme une merde de pigeon. Ça peut arriver n'importe quand, sur n'importe qui, et particulièrement quand tu t'y attends le moins…

— C'est très spirituel, maman. Pour résumer, l'amour, c'est comme une merde de pigeon qui te tombe dessus. Ça laisse rêveur.

Elle sourit.

— Tu devrais lui demander si elle veut un sapin, je sais qu'elle part juste avant Noël, mais il y a des gens qui aiment décorer leur maison pour avoir l'esprit de Noël avec eux.

Bon sang, elle ne me foutra pas la paix !

— OK, maman. Je vais lui proposer. Je pars directement après.

Je quitte la maison en marmonnant dans ma barbe. Zelda est encore au garage avec mon père.

Arrivé devant la porte du chalet de Juliette, je me sens bizarre, comme si j'étais barbouillé. Je frappe et la porte s'ouvre quelques secondes plus tard.

— Oh ! Bonjour, Sawyer, s'exclame-t-elle en souriant.

Elle porte un jean taille basse et un petit débardeur rose clair qui épouse sa poitrine à la perfection et s'arrête au-dessus de son nombril, laissant apercevoir sa peau de satin et son ventre plat.

— Bonjour, je réponds.

Ses cheveux blonds retombent en cascade sur ses épaules et j'éprouve l'envie d'y glisser mes doigts pour savoir s'ils sont aussi doux que je l'imagine. Merde, elle est plus belle encore qu'hier.

Elle esquisse un sourire et a l'air à la fois candide et redoutable. Je n'avais jamais autant été perturbé par un sourire. Il pourrait faire faire n'importe quoi à n'importe qui. Moi compris.

— Je… vais chercher les sapins. Pour nous et pour mes parents. Je voulais savoir si tu en voulais un, toi aussi, pour décorer le chalet le temps de tes vacances.

— Oh… euh…

Ses yeux bleus plongent dans les miens et elle frotte ses avant-bras pour se réchauffer. Ça me donne envie de la serrer contre moi.

— Désolé, tu as froid. Je peux repasser plus tard.

— Oui, enfin non… oui, pour le sapin. Tu veux que je t'accompagne ?

— Si tu veux, oui.

Elle hoche la tête.

— J'enfile un pull et des chaussures et j'arrive.

J'ai l'impression de marcher comme un robot jusqu'à la voiture. J'ai la vision de Juliette et de son crop-top coincée dans la tête.

Zelda me rejoint, accompagnée de mon père. Il me serre contre lui.

— Ça va, fiston ?

— Oui, je réponds. Et ta hanche ?

— Un peu douloureux parfois, mais ça va, on fait aller.

C'est un médecin à la retraite. Depuis qu'il a arrêté de bosser, il reste actif en s'occupant des chalets, des jardins. Il n'aime pas rester à rien faire trop longtemps. Lui et Zelda s'entendent bien. Elle adore l'accompagner partout où il va. Elle doit tenir son côté altruiste de lui.

— Je suis prête, lance Juliette en souriant.

Je me tourne vers elle, droit comme un I. Bon sang, c'est quoi mon problème ? Elle porte un gros pull et des chaussures de randonnée, mais elle n'en est pas moins jolie.

— Tu viens avec nous ? demande Zelda, un sourire radieux sur le visage.

Juliette lui caresse la joue en hochant la tête, puis elle regarde mon père.

— Vous allez bien, Phil ?

— Très bien, merci.

Il a l'air ravi.

— Les décorations que vous avez installées dehors sont vraiment très harmonieuses.

— Merci. Vous vous plaisez chez nous ?

— C'est un vrai paradis. Je ne vais pas avoir envie de partir.

— Ça c'est cool, dit Zelda.

Juliette sourit.

— On y va ? je propose. Salut pa'. À tout à l'heure.

Nous montons en voiture. Je me sens perturbé, parce que l'on se retrouve encore là tous les trois. Boucles d'Or est une enchanteresse, elle est dangereusement attirante et je n'arrive pas à rester loin d'elle.

— Vous allez bien ? demande Juliette.

— Oui, répond ma fille. Papa m'a acheté un parfum ce matin, je suis trop contente.

— C'est vrai ? Il sent comment ?

Zelda sort la boîte, toute fière, et la tend à Juliette qui la regarde avec intérêt. Contrairement à bon nombre de femmes que j'ai rencontrées, elle n'exclut pas ma fille, au contraire, elle s'occupe d'elle, la fait se sentir unique.

— C'est un très joli flacon et ça sent bon. Vous avez bien choisi.

— Merci, dit Zelda. Tu vois, t'es pas trop rouillé.

Je grogne alors que Juliette glousse à mes côtés.

— C'est lui qui a choisi, ajoute ma fille. La vendeuse voulait qu'il prenne un truc de femme qui sentait vraiment trop fort, mais il a dit « non, on prend ça ».

— Tu as bien fait, me glisse Juliette.

— Merci.

— Elle va mieux, ta cheville, au fait ? demande Zelda.

— Oui, je crois que je vais pouvoir recommencer à faire quelques randonnées. J'aimerais voir tous les lacs et paysages magnifiques que la région propose.

— Papa connaît plein de beaux endroits. Si tu veux aller quelque part, c'est à lui qu'il faut demander.

— Il faudrait des chemins pas trop compliqués à emprunter, je dis alors.

Boucles d'Or me lance un regard en coin. C'est plus fort que moi, je ne peux pas m'empêcher de la taquiner.

— C'est juste pour que tu ne te fasses pas davantage mal à la cheville, je me justifie. Même si ça va un peu mieux, il ne faut pas forcer.

— Bien sûr, oui.

Je lui adresse un sourire taquin.

— Je connais des coins magnifiques. Je te dirai comment t'y rendre, si tu veux.

— Oui, avec plaisir.

Nous arrivons à l'exploitation de sapins une vingtaine de minutes plus tard. La particularité ici, c'est que l'on peut couper soi-même l'arbre que l'on a choisi.

Je prends une scie à l'entrée des lieux, ainsi qu'une luge sur laquelle je pourrai poser les sapins et les rapporter jusqu'à la voiture plus facilement.

— Euh, pourquoi cet outil ?

— Ici on fait tout nous-mêmes, je précise à Boucles d'Or. Tu ne dois pas faire ça à Paris, je suppose.

Ses yeux s'écarquillent de surprise. Je souris.

— C'est génial comme procédé. Avec ma coloc, on a toujours eu un sapin artificiel.

— Chut, malheureuse ! Si on t'entend, on va se faire chasser d'ici. On est dans le temple du sapin.

Elle laisse échapper un rire adorable.

— Je suis désolée.

— Tu ne savais pas, alors ça ira pour cette fois.

Elle tire la langue et je grogne intérieurement.

— C'est tellement authentique. À Paris, les conifères sont entassés dans les grandes surfaces ou dans des magasins de fleurs. Parfois, ils ne sentent même pas le sapin.

— Zelda adore venir ici. Moi, je ne suis pas spécialement fan de Noël. Les traditions, les décorations, tout ça... ça me soûle un peu.

— Pourquoi ?

— J'en sais rien, je ne trouve pas ça spécialement magique. Et puis, chaque année, ça devient plus marketing que la précédente. Mais comme Zelda adore cette période, je me prête au jeu.

— Faire ça pour elle, c'est justement ce que j'appelle avoir l'esprit de Noël.

— Et quand elle a raison de moi le reste de l'année, t'appelles ça comment ?

— L'amour ! Ou alors, avoir une fille qui manie très bien l'art de la culpabilité.

Nous rions.

Il y a beaucoup de monde sur place, aujourd'hui, et principalement des familles, ou des amoureux qui se tiennent par la main. Cela me fait penser que c'est la première fois que je suis accompagné d'une femme pour venir ici. Habituellement, je viens avec mon père. Mais comme il s'est fait mal à la hanche il n'y a pas très longtemps, je préfère m'en occuper seul.

Les premiers sapins exposés sont les plus petits et ne nous intéressent pas. Nous avançons donc vers les plus grands quand je me rends compte que Zelda ne me suit pas.

— Papa ! crie-t-elle en surgissant d'une allée. J'ai trouvé ce qu'il nous faut. Dépêchez-vous avant qu'on nous les prenne.

— Elle peut se montrer féroce.

— T'as pas idée, je réponds à Juliette.

On rejoint Zelda qui nous attend devant les sapins Nordmann. Ils sont d'un vert foncé et légèrement brillant. Ils font au moins deux mètres. Je sais que dans le fond de l'exploitation certains s'élèvent même à plus de quatre mètres de haut.

— Ils sont jolis, dit Juliette, mais c'est trop imposant pour le chalet, non ?

C'est vrai que l'endroit où elle loge est plus petit que là où sont mes parents.

— Papy et mamie en prennent toujours un comme ça et parfois même plus grand.

— On va prendre celui-là pour eux et un plus petit pour nous.

— Tu veux essayer de couper ? je propose à Boucles d'Or.

Elle secoue la tête, les joues subitement rouges.

— Je te regarde faire, j'essayerai peut-être après…

— Tu m'aides ? je demande alors à Zelda.

Habituée, ma fille hoche la tête et s'accroupit pour relever les branches du bas afin de mieux voir. Je m'accroupis à mon tour et commence à scier le tronc. On pense que c'est facile, comme ça, mais ça tire sur les bras et ça fatigue rapidement.

Je sens le regard de Boucles d'Or fixé sur moi, alors je relève la tête. Je me demande bien à quoi elle pense.

— J'ai quasiment fini, est-ce que tu peux le retenir pour que les branches ne cassent pas ?

— Bien sûr, répond-elle en détournant les yeux.

Zelda se redresse pour que je termine de scier et Juliette rattrape l'arbre. Je l'aide à le poser sur la luge.

— Allez, encore deux, pa' ! m'encourage ma fille.

Quand elle était petite, elle me prenait pour un surhomme. Aujourd'hui, elle doute tellement de moi qu'elle se sent contrainte de m'encourager.

Elle file à la découverte de nouveaux sapins alors que je m'éloigne vers l'accueil de l'exploitation.

— Tu peux la suivre, si tu veux, je lance à Juliette. Je vais mettre celui-là dans un filet, le régler et le ranger dans la voiture. Puis on s'occupera des autres.

— D'accord.

Son sourire me fout de nouveau K-O. Il n'y a pas de doute sur le fait que la belle Boucles d'Or m'ait complètement charmé.

Je les rejoins après avoir mis le sapin dans le 4x4. Elles sont mortes de rire.

— Je suis une vraie bille. C'est une catastrophe, soupire Juliette.

— C'est vrai que c'est pas terrible.

Comme elles ne m'ont pas vu, je me penche à leur hauteur.

— Tout va bien ?

— Nous oui, mais le sapin je ne pense pas, répond ma fille.

Je penche la tête sur le côté pour regarder de quoi elle parle. La coupe n'est absolument pas droite. Elle remonte de plus en plus haut.

— Je pensais t'impressionner, mais voilà…

— Ah ! mais ça m'impressionne beaucoup, je me moque. Il en faut du talent pour scier aussi mal et avoir un sapin de Noël sans pied.

Juliette fait la moue le temps d'une seconde mais ne peut s'empêcher d'éclater de rire.

Je souris alors et prends conscience que c'est la première fois que je ressens une telle alchimie avec une femme.

— Tu veux que je te remplace ? je demande.

— Je crois que c'est plus prudent.

J'essaye de rattraper les dégâts comme je peux. Il faudra que je scie le pied à la maison. Je termine et je me redresse, nous posons le sapin sur la luge, puis je coupe le dernier.

— Voilà une bonne chose de faite, je soupire.

Zelda a un sourire immense sur les lèvres.

— J'ai trop hâte de le décorer ! Tu ne vas pas passer Noël ici, toi, Juliette ?

— Non. Je vais rentrer pour le passer avec ma famille. Je suis venue ici pour me changer les idées et retrouver l'inspiration.

Bien qu'elle hoche la tête, j'ai l'impression qu'elle est déçue. Je crois qu'elle s'attache à Boucles d'Or. Il faut dire qu'elle est gentille et à l'écoute.

Je me demande pourquoi Juliette a eu l'air si triste en prononçant ces derniers mots. J'espère qu'elle est parvenue à retrouver le sourire en venant ici, quels que soient les problèmes qu'elle a laissés à Paris.

— C'est beau, Noël, à la capitale ?

— J'ai toujours vécu là-bas donc j'y suis habituée, mais je dirais oui. C'est plein de lumières, les vitrines habillent les rues avec des animations magnifiques, les magasins de jouets font des mises en scène incroyables avec des trains électriques et des jouets articulés… Enfin, je crois que Noël est beau partout.

Zelda hoche de nouveau la tête. Après avoir payé, on se dirige vers le 4x4 pour charger les deux derniers sapins.

— Tu as besoin d'aide ? demande Boucles d'Or.

— Non, ça ira.

— Tu as peur que je saccage davantage cet arbre ?

— Écoute, étant donné tes exploits…

Elle me tire la langue, alors je l'imite et nous rions ensemble. Est-ce qu'on se drague ouvertement ? Peut-être. Ce dont je suis sûr en tout cas, c'est que j'ai très envie de l'embrasser. *Et c'est sans doute pas bon pour moi…*

❄❄❄

Une fois Zelda couchée, je me pose dans le fauteuil du salon et attrape un polar, mais les premières lignes n'arrivent pas à me faire décoller. J'ai la tête ailleurs. Je délaisse mon livre et prends mon téléphone. Je ne sais pas trop ce que j'ai envie de faire. Je me connecte sur Instagram. Ma dernière publication date d'il y a trois mois, c'était une photo de paysage.

Ugo, mon meilleur ami, poste souvent. Des photos de lui, de ce qu'il mange, de son métier… Et ça attire du monde. Avec Zelda, je n'ai pas vraiment le temps pour ça, ni même l'envie de trop sociabiliser. Mais maintenant que je suis connecté, autant taper le nom de Juliette dans la barre de recherche. Je la trouve de suite. Elle est suivie par beaucoup de monde. Apparemment, ses livres sont des best-sellers et ses publications sont suivies par pas mal de personnes. Je clique sur la plus récente. Elle y explique avoir retrouvé l'inspiration dans un cadre féerique.

Je continue de scroller jusqu'à trouver une photo d'elle en dédicace. Sauf que cette fois, face au cliché, je pense à Zelda. N'est-ce pas étrange de surveiller le profil social de quelqu'un ? Je n'aimerais pas qu'on le fasse avec ma fille. C'est comme violer l'intimité d'une personne, quand bien même il s'agit de quelque chose de public et volontairement exposé aux yeux de tous. Je ne sais même pas pourquoi je regarde des trucs comme ça.

C'est juste que je pensais à elle… Je coupe mon téléphone et ferme les yeux.

Boucles d'Or, pourquoi hantes-tu mes pensées ?

Chapitre 9

Juliette

Quand je lis une histoire, j'aime être transcendée par les mots de l'auteur. J'ai besoin de ressentir mille et une émotions. Je veux être retournée, secouée. Je veux rire, pleurer et vibrer autant que les protagonistes. Quand j'arrive à la fin du bouquin, je veux avoir la sensation que ma vie ne sera plus jamais la même.

J'aime qu'on malmène mon cœur et qu'on le répare quelques pages plus loin. C'est ce que j'attends quand je me lance dans un nouveau roman, et c'est aussi pour cela que j'essaye de faire ressentir exactement la même chose à mes lecteurs lorsque j'écris.

J'avais presque oublié combien c'était bon de se laisser happer par l'écriture à tel point que le temps passe sans que l'on s'en rende compte.

Après avoir passé du temps à choisir les prénoms de mes personnages, un lieu où les faire vivre, et à élaborer un plan à partir de l'intrigue de base, je me suis lancée.

Les premiers chapitres sont toujours les plus compliqués, pour moi. Ils mettent en place l'histoire et il faut trouver le bon dosage entre les explications données sur le contexte et la présentation des personnages.

Je suis allée visiter Annecy.

La Venise des Alpes est vraiment à couper le souffle. Et je n'imagine même pas ce que ça doit être en été. Le lac doit être sublime.

J'ai pris beaucoup de photos lors de ma petite balade. Pour moi, mais aussi comme base de documentation pour mon livre.

J'ai situé mon premier roman aux États-Unis, il se passait durant l'été et les personnages faisaient un road trip. Mon deuxième, je l'ai écrit après avoir visité le Japon, mes personnages s'y rencontraient durant le printemps avant d'être brutalement séparés par la vie. Et pour celui-ci, mon troisième, j'ai décidé de décrire un bout de la France, en faisant naître une histoire d'amour brûlante dans le froid de l'hiver…

Alors oui, c'est super car j'ai enfin trouvé des idées pour écrire. Mais si je devais regretter une chose, ce serait de vivre tout cela seule. C'est quand même beaucoup plus agréable de se promener dans des paysages enneigés avec quelqu'un, exactement comme le feront mes héros…

***

Paris recèle bon nombre de bars sympa, mais je viens de dénicher, je crois, le plus adorable qui soit. Le Chocooning Bar. Un lieu exclusivement dédié au chocolat. Cosy à souhait, la décoration de la cour est un vrai enchantement pour les yeux et le moral. Sapins illuminés, plaids tout chauds, peaux de bête immaculées, lanternes et guirlandes scintillant de mille feux… Je n'ai jamais vu de lieu aussi beau.

L'intérieur n'est pas en reste : tables en bois, bougies, boules à neige. Derrière le grand comptoir, sur lequel on trouve des bocaux remplis de friandises chocolatées, il y a une immense étagère contenant des dizaines de tasses et de mugs de différentes tailles, formes et couleurs, mais tous ont en commun le thème de Noël.

Au menu : bouchées pralinées, macarons, financiers, gaufres, éclairs au chocolat ou tartes chocolat et fève tonka… En d'autres mots, le paradis.

Je m'installe à une petite table en bois après avoir pris ma commande au comptoir. J'y pose mon adorable mug rouge décoré de guirlandes et dont l'anse représente un bonhomme en pain d'épice et attaque les profiteroles auxquelles je n'ai pu résister.

J'ouvre mon ordinateur et ouvre mon fichier texte. Cet endroit sera mon bureau de travail pour la journée.

Je prends une photo pour la poster sur les réseaux sociaux et informer les lecteurs que je suis en train d'écrire… Je crois que je pourrais rester ici indéfiniment si on me le proposait.

— Tout va bien, mademoiselle ? Vous désirez du chocolat chaud ou autre chose ?

Je relève la tête de mon ordinateur et souris à la jolie jeune femme en face de moi. Elle doit avoir mon âge. Ses cheveux blonds foncés sont attachés en une queue-de-cheval basse et elle porte un tablier. Je ne saurais dire pourquoi, mais j'ai l'impression que son visage m'est familier.

— Comme vous n'avez pas levé les yeux de votre PC depuis un moment, je voulais savoir si tout allait bien.

Je regarde l'heure qu'indique mon écran. Cela fait presque deux heures que j'écris *non stop*.

Je lui adresse mon plus beau sourire.

— Je vais reprendre un chocolat chaud, et un macaron, s'il vous plaît.

Elle acquiesce, me gratifie d'un clin d'œil et retourne vers le comptoir. J'enregistre mon document, puis j'étire mes jambes sous la table et je regarde mon téléphone. J'ai reçu énormément de notifications sur la photo postée sur Instagram. Faut dire qu'elle rend super bien. La déco est vraiment belle. Les gens réagissent autant à propos du bar que du fait que j'ai retrouvé l'inspiration.

Je jette un coup d'œil à la serveuse que je vois donner des ordres aux autres serveurs. Je me demande si ce lieu est à elle… Lorsqu'elle revient avec ma commande, je ne peux m'empêcher de lui poser la question :

— Ce bar est à vous ?

— Oui, exactement.

— Je ne suis pas d'ici, j'habite à Paris. C'est l'un des plus beaux endroits qu'il m'ait été donné de voir. L'ambiance, le concept, c'est vraiment magnifique. Je crois que je vais venir ici très souvent pendant mon séjour.

— C'est très gentil, merci beaucoup. J'ai mis tellement d'amour dans ce projet.

— Ça se ressent. Vous gardez cette ambiance festive toute l'année, ou c'est propre à la saison ? Je sais que c'est tendance à Paris, la notion d'éphémère.

Elle cale le plateau qu'elle tient sous son bras.

— On garde cette ambiance, effectivement. Mais nous changeons la carte pour nous adapter aux envies des clients. Nous proposons par exemple des thés et chocolats glacés en été.

— Je trouve ça super. Vous avez une jolie collection de mugs, je remarque.

Elle hoche la tête.

— Oui, j'en amasse beaucoup trop. Le pire, c'est que je ne peux pas m'empêcher d'en acheter de nouveaux quand j'en vois qui me plaisent. Et ils ne sont pas tous exposés ici, il y en a dans l'arrière-boutique en cas de casse.

— Je fais pareil avec les bougies parfumées, j'en ai une tonne chez moi, et même si je n'ai plus de place et que ma coloc gueule, j'en rachète toujours.

Elle s'esclaffe.

— Nous sommes irrécupérables !

— Ça vous ennuie si je prends des photos pour les mettre sur les réseaux sociaux ?

— Non, bien sûr. Allez-y !

— Je vous ai déjà identifiée sur ma photo tout à l'heure, j'ai vu que vous aviez un compte Instagram, et je pense que mes abonnés veulent voir plus de ce lieu magique. En tout cas, en commentaires, vous remportez un franc succès.

— Faites à votre guise. J'ai tellement donné pour ce bar que je suis ravie d'avoir du feedback, particulièrement lorsqu'il est positif. Heureusement que mon frère a participé à rendre ce lieu féerique. Je lui dois beaucoup. Oh… je dois y aller, on me fait signe depuis la cuisine. Je vous laisse tranquille.

Elle ne m'embête pas du tout, mais je comprends qu'elle a sûrement beaucoup de boulot.

Je bois une gorgée de mon chocolat, qui est vraiment délicieux, puis je goûte le macaron qui n'est pas en reste lui non plus. Bon sang… Je n'ai pas intérêt à venir ici trop souvent si je ne veux pas prendre dix kilos. Ou alors, il va falloir que je trouve quelque chose pour compenser… quelque chose d'autre que le sport. Car oui, les squats et moi, ça fait huit. J'ai accepté depuis bien longtemps déjà que je resterais flasque et dépourvus du moindre muscle à vie.

Alors que je finis ma boisson chaude, quelques minutes plus tard, mon esprit s'évade vers Sawyer. En voilà un avec qui je me vois sans mal compenser ma prise de poids certaine. Qu'on se le dise, ce serait beaucoup mieux que le sport, même si je ne doute pas que cela puisse être très physique et musclé…

Ah ! là là ! Je ne peux m'empêcher de l'imaginer de nouveau dans son jacuzzi. On dirait une mauvaise pub de propagande lancée par mon cerveau pour m'inciter à craquer…

Il faut que j'arrête de fantasmer sur lui, ce n'est pas possible, je ressemble à une obsédée. Mais je n'y peux rien, après tout, s'il est très séduisant. Je n'ai pas ressenti cela depuis des lustres, même pour un acteur dans un film. À force de rester bloquée sur ce con de James, je me suis mis de la merde dans les yeux. Mais maintenant que je les ai grand ouverts… Certaines choses ne s'expliquent pas. Aussi idiot que cela puisse paraître, quand je suis à côté de lui, je me sens aussi gauche qu'à l'aise. Sawyer est tellement différent de James, beaucoup plus naturel et mature. Et ses mains…

Bon Dieu, ses mains.

Je ne sais pas pourquoi je les imagine autant de fois par jour me caresser le visage, empoigner mes cheveux, glisser le long de mon dos. Je crois que je suis clairement en manque.

Toutefois, lorsque je repense à ce plan foireux qu'a orchestré Dana, je redeviens raisonnable. Je sais à quel point le désir qu'éprouve Zelda de voir une femme dans la vie de son père est fort, et cela me coupe toute envie d'aller plus loin avec lui. Car je ne veux pas qu'elle se fasse des films si elle venait à voir ou surprendre quelque chose, un rapprochement entre nous. Cette fille est géniale et je ne veux pas qu'elle souffre.

— Je ne sais pas à quoi tu penses, mais ça a l'air sérieux.

Je sursaute en voyant se matérialiser sous mes yeux le beau blond sur lequel je fantasme depuis un quart d'heure.

— Je…

Je suis troublée. On dirait qu'il est encore plus beau chaque fois qu'on se voit.

— Bonjour, il lance en souriant.

— Bonjour.

— On dirait que le destin s'acharne à nous mettre sur le même chemin.

— En effet, oui… mais le destin, c'est quand même plus simple dans les petites villes. À Paris, c'est plus galère.

C'est vrai que c'est étonnant de se croiser de nouveau comme ça, à l'improviste. Sawyer n'a pas vraiment le profil à boire du chocolat chaud tous les quatre matins. Quoique… je suis certaine qu'il pourrait m'étonner sur bien des aspects.

— Tu as l'habitude de venir ici ? je lui demande.

Je commence à rassembler mes affaires pour m'occuper les mains en attendant sa réponse. Je sens qu'il m'observe.

— Tu sembles surprise.

Il n'a pas du tout l'air vexé.

Je hausse les épaules. C'est vrai qu'on dirait que je le juge alors que je ne le connais pas.

— Je ne m'attendais simplement pas à te trouver ici.

— Je suis quelqu'un de très surprenant.

— Ton expertise en fusil de chasse me l'a bien prouvé, donc je n'en doute pas le moins du monde, je réponds avec un sourire.

Son regard est amusé tandis que ses lèvres envoûtantes s'incurvent.

— C'est toi la première qui m'as surpris, Boucles d'Or. Tu étais dans mon lit, je te rappelle.

— Je plaide coupable.

— Ah, Sawyer, tu es là !

Je cligne des yeux, comme sortie brutalement d'un rêve lorsque la serveuse de tout à l'heure vient vers nous. Elle nous regarde avec de grands yeux.

Sawyer lui embrasse la joue, tandis que les miennes me brûlent.

— Est-ce que vous vous connaissez ? elle nous demande sans attendre.

Sawyer répond avant que je puisse le faire :

— Oui. Juliette loge dans un des chalets de papa et maman.

Papa et maman ?

— Millie, je te présente Juliette. Juliette, Millie, ma petite sœur.

Ah ! Tout s'explique. Je me disais bien qu'elle me rappelait quelqu'un. Maintenant que je les vois de plus près tous les deux, je constate qu'ils ont le même regard et le même nez en trompette.

— On avait déjà sympathisé sans se présenter, je lui réponds en souriant franchement. C'est donc toi qui l'as aidée à faire ce bar ?

— Oui. Enfin, j'ai juste fait quelques bricoles par-ci, par-là.

— Quelques bricoles ? s'écrie sa sœur. Tu as fait le comptoir, certaines des décorations aux murs et les étagères où sont disposées les tasses.

Il est vraiment doué. J'avais déjà pu le constater quand j'étais chez lui, mais quand on voit tout cela, on se dit qu'effectivement il a du talent pour travailler de ses mains.

— Tu avais besoin de moi pour quoi ? il demande à sa sœur.

Je me rends alors compte qu'il tient une petite caisse à outils.

— J'ai juste un petit problème avec l'évier de la cuisine. Ça ne t'ennuie pas de regarder ?

— Non, j'y vais.

Je le regarde partir telle une lionne affamée qui voit son dîner se carapater. Une fois qu'il a disparu, je me lève de ma chaise.

— Je vais prendre quelques photos.

Millie hoche la tête, et m'observe pendant que je mitraille les lieux. J'ai beau avoir passé l'après-midi ici, je reste tout de même émerveillée en faisant mes clichés. Cet endroit est le lieu parfait pour les amoureux de chocolat et de Noël.

— Vous êtes ici en vacances, alors ? elle me demande.

— Tu peux me tutoyer. C'est ce qu'on fait avec Sawyer.

— Tu as raison, elle dit en souriant.

— Si tu veux tout savoir, je suis ici en vacances forcées. Ma meilleure amie m'a obligée à quitter la capitale pour que je me ressource.

— J'espère que tu y arrives.

Elle semble vraiment me le souhaiter, ce que je trouve adorable.

— Oui, je réponds. Je retrouve doucement l'inspiration pour écrire.

— Tu écris des livres ? Quel genre ?

— De la romance.

— Ah, mais j'en lis souvent ! Peut-être que je connais les tiennes.

Je me sens toujours un peu gênée dans ces moments-là. Je ne suis pas tellement à l'aise quand je dois parler à des inconnus de mes histoires, dire le titre, tout ça…

— C'est quoi ton nom d'auteur ? Tu as un pseudo ?

Je secoue la tête.

— J'ai gardé mon vrai nom. Je m'appelle Juliette Camara et j'ai notamment écrit *Le périple…*

— … *des cœurs brisés*, elle me coupe. Mais oui, je l'ai lu ! Je l'ai même adoré.

— Merci beaucoup.

Je dois être rouge écarlate. J'ai beau entendre souvent ce genre de chose, cela continue de me gêner un peu quand même.

— J'ai adoré le personnage de Lilas. Elle est tellement fraîche et rigolote, je me suis beaucoup identifiée à elle dans ses réactions et ses répliques. Je crois que c'est la première fois que j'avais un tel coup de cœur pour un personnage secondaire. J'avais trop envie d'un tome avec elle, pour la retrouver et qu'on puisse réparer son cœur.

Ça fait tellement plaisir à entendre ! Ça booste le moral, c'est bon pour l'inspiration.

— Je pense écrire un tome sur elle, en réalité, je lui avoue. Quand, et si, j'arrive à terminer celui que je viens de commencer.

— Oh super ! J'ai vraiment hâte de le lire.

— Merci. Je vais y aller, moi, le temps de rentrer. Je passerai probablement dans la semaine, peut-être demain si je décide de ne pas être raisonnable…

Elle sourit.

— Je peux te raccompagner, si tu veux.

Mon regard croise celui de Sawyer qui avance vers nous.

— Je mange chez mes parents ce soir, alors je peux te raccompagner, c'est sur mon chemin.

— Tu as déjà terminé ? demande sa sœur.

— C'était trois fois rien … Alors, qu'en dis-tu, Juliette ?

Faire le trajet en voiture seule avec lui… Hum, pourquoi dire non ? je m'interroge silencieusement. Peut-être parce que je suis censée l'éviter à tout prix. Parce que cela ne rime à rien de craquer pour un mec qui habite loin de Paris et que je ne reverrai jamais. Et parce qu'il y a cette histoire avec Zelda.

— Pourquoi pas, je réponds pourtant.

Il sourit.

OK, alors il semble que mon cerveau et mes pensées soient en total désaccord.

— J'ai resserré les boulons, précise Sawyer. Mais il faudra changer le joint. Je m'en occuperai demain matin, je crois que j'ai ce qu'il faut à la maison. Et en attendant, c'est sans doute plus prudent de couper l'eau pour la nuit.

Millie a l'air soulagé.

— Merci beaucoup ! J'ai encore pas mal de petits trucs à faire, donc on se retrouve chez maman.

Le beau blond hoche la tête avant de la tourner vers moi.

— On y va ?

J'acquiesce en silence.

— On se voit bientôt, Juliette ? me demande Millie.

— Oui, sans doute ! je lui réponds en souriant.

Je suis ensuite son frère dehors et m'installe à ses côtés dans la voiture.

— Comment vas-tu ? il me demande soudain. Les vacances se passent bien ?

— Oui, ça va. Et toi ?

— Tu ne m'as toujours pas demandé mes recommandations en termes d'endroits à visiter dans le coin, mais à part ça, je vais bien.

— Je n'ai pas envie de te déranger. Tu as déjà fait assez de choses pour moi et, regarde ! Tu continues.

— Tu es toujours gênée d'être entrée chez moi par effraction ?

Il y a une pointe de moquerie dans sa voix.

— Un peu, je lui dis avant de soupirer.

— Et comment on peut y remédier ?

Je sens un petit sourire naître sur mon visage.

— Tu n'as qu'à faire quelque chose de gênant à ton tour, je réponds, amusée.

— Je vais y réfléchir. Ou sinon, on passe cinq minutes avec ma mère et ma sœur. Elles sont douées pour parler des choses qui m'embarrassent. Et quand je dis cinq minutes, c'est une façon de parler, elles sont beaucoup plus rapides que ça pour m'humilier.

J'éclate de rire. Ma mère est un peu comme ça, aussi. Elle adore les anecdotes et ne peut pas s'empêcher d'en sortir en présence d'invités.

— Lorsque j'ai présenté James à mes parents…

— James ? demande Sawyer en me coupant.

J'ai l'impression que le ton de sa voix est un peu dédaigneux.

— Euh, je veux dire, mon ex.

Nos regards se croisent l'espace de brèves secondes avant qu'il se concentre de nouveau sur la route.

— Enfin bref, je reprends. Ma mère a sorti ses éternels albums photos et elle lui racontait les choses les plus humiliantes que je faisais quand j'étais gosse.

— Du genre ?

— Je me suis coupé les cheveux toute seule. Avec photo à l'appui pour montrer l'étendue du désastre. J'ai aussi dessiné sur les murs de ma chambre… ou encore mangé de la lessive.

Il éclate de rire.

— Et ça l'a fait fuir, ton ex ? Parce que moi je trouve ça plus adorable que gênant.

Je me sens rougir à ces mots.

— Non, c'est autre chose, je réponds.

Il ne pose pas plus de questions et je crois que ça me soulage.

Sawyer arrive chez ses parents et se gare. Nous descendons de la voiture.

— Merci pour l'escorte. Encore une fois, c'est très gentil.

J'ai l'impression d'être plus formelle qu'il ne faudrait alors que je le trouve carrément sexy et que je fantasme sur lui sans vergogne.

— Pas de quoi !

On se regarde à nouveau et c'est fou, mais je sens que ça crépite entre nous. Ou alors c'est moi qui suis tellement en manque que je m'imagine des trucs.

— Super, Sawyer, tu es là. Oh ! Bonsoir, Juliette.

Nous nous tournons vers sa mère, qui nous sourit chaleureusement.

— Bonsoir, je dis.

Elle me donne froid dans son petit gilet bleu alors que je caille dans ma polaire.

— Puisque vous êtes là, Juliette, restez donc manger avec nous. On se mettra à table dès que ma fille arrivera.

— Je… ne veux pas déranger.

— Vous ne dérangez pas du tout, j'ai fait à manger pour quinze, c'est trois fois trop ! Alors ça me fait plaisir.

— D'accord. Merci !

— Bah voilà, soupire Sawyer, en se penchant vers moi. Elle ne va pas tarder à arriver, la gêne…

⁂

— Vous vous êtes vraiment rencontrés comme ça ? s'écrie Millie.

Elle a l'air aux anges.

— Oui, je dis en souriant.

— C'est un truc de fou.

Ça, c'est vrai que ce n'est pas commun.

Bien que je ne la connaisse pas depuis longtemps, la famille de Sawyer me fait énormément penser à la mienne. Soudée, aimante, et chiante aussi. Sinon, ce ne serait pas vraiment une famille.

L'intérieur de la maison, où se mêlent des matériaux couleur bois ou écrue, est tout aussi chaleureux que leur accueil. C'est un endroit agréable à vivre et spacieux, et cela donne presque envie de s'y installer.

Nous sommes actuellement dans le salon et on se croirait dans une pub pour de la déco, c'est pour dire ! Entre les flammes de la cheminée qui dansent lentement, le sapin qui brille de mille feux et les décorations de Noël qui se mêlent aux photos de famille, c'est magnifique. J'aime particulièrement les différents modèles de casse-noisettes au-dessus de la cheminée. Il y a également une grande vitrine avec plein de boules à neige dans l'angle de la pièce.

— Ma mère les collectionne, m'indique Millie en suivant mon regard.

— Ça porte un nom, je crois. On dit philatéliste pour les timbres, mais pour les boules à neige, je ne sais plus.

— Chionosphérophile.

— Maintenant que tu le dis… Je vois que ce n'est pas la seule collection que vous avez, en revanche.

— Oui, mon père collectionne les jouets en bois, comme ceux que tu vois là-bas, mais aussi les instruments médicaux d'époque. Je sais, cela n'a aucun rapport !

Je m'esclaffe.

— Et toi, Sawyer ? je lui demande lorsqu'il entre dans le salon.

— Moi ?

Il dit ça d'un air fier.

— Tu as une passion particulière pour quelque chose ?

— Je crois que j'ai échappé à cette tradition, il me répond en souriant.

— Ça dépend, intervient Zelda. Tu as combien de chemises à carreaux, déjà, papa ?

Il lui lance un regard en biais qui me fait éclater de rire.

— Ma nièce a raison, commente Millie. À partir du moment où tu en as plus de cinq, c'est que tu les collectionnes.

— Ne m'embêtez pas. Je n'y peux rien si ça me va bien ! il dit tout en haussant les épaules.

Je m'abstiens de confirmer la chose. Il est inutile de dire que je le trouve canon dans ses fringues, particulièrement quand il a les deux premiers boutons ouverts et que ses manches sont remontées sur ses bras. *Oula, je me perds.* Je bois une gorgée de vin pour me calmer un coup.

Alors qu'il s'assied à côté de sa fille, je m'approche d'une photo qui m'intrigue depuis que je suis dans la pièce. On y voit Sawyer avec un homme plutôt pas mal, pour son genre. Ils sont sur une scène et portent des vêtements des années 1980.

— Je peux savoir ce que signifie cette photo ? C'était à un carnaval ?

— Oh non, répond Millie en riant. C'était à Noël dernier. Tu veux raconter l'histoire, peut-être, frérot ?

Il secoue la tête et plante son regard gris dans le mien.

— La voilà, l'anecdote de la honte, il dit en me faisant un clin d'œil.

J'ai tellement hâte de savoir !

Millie respire un grand coup avant de se lancer :

— Bon alors, je raconte. L'année dernière pour Noël, Sawyer et Ugo, son meilleur ami, nous ont régalés en chantant et dansant sur la chanson *Wake Me Up Before You Go-Go* du groupe Wham! Ils ont remporté un succès fou.

J'ai toujours eu une imagination très fertile, alors je vois parfaitement à quoi cela devait ressembler et je suis bien déçue de ne pas y avoir assisté.

— On a fait ça pour récolter des sous, explique Sawyer.

— Ouais, et cela a bien marché. Vous avez eu une standing ovation, à tel point qu'il vous a fallu rejouer deux fois le morceau tellement les gens étaient emballés.

Je souris. Sawyer me surprend décidément un peu plus chaque jour.

— C'était trop drôle, commente Zelda. Surtout quand la dame ne voulait pas te lâcher.

— J'assume parfaitement. Je chante et danse très bien.

Son père nous appelle :

— On passe à table, les enfants !

Je suis la famille dans la salle à manger. Bien qu'ils soient tous bienveillants avec moi, je me fais un peu l'effet d'un imposteur.

— Tu aimes le bœuf bourguignon, Juliette ? me dit Annie en prenant mon assiette.

Je hoche la tête.

— Considérez que j'aime tout. Sauf les huîtres et les abats.

— Alors tu vas te régaler, le mien est un délice.

Sawyer intervient :

— J'aimerais te dire qu'elle se vante, mais c'est vrai.

Je prends mon assiette après qu'on m'a servie et hume l'odeur alléchante qui s'en échappe. J'ai une faim de loup malgré tout ce que j'ai mangé dans l'après-midi. Je vais rentrer de vacances avec dix kilos en plus, non pas dans les bagages, mais dans les fesses. Millie me sert en vin avant de passer aux autres convives, mais Sawyer lui dit non de la tête quand elle arrive à lui.

Au même moment, elle me demande :

— Alors, Juliette, c'est comment, Paris ?

— Différent d'ici, je réponds en souriant.

— Tu y as toujours vécu ?

— Oui, j'y suis née et j'y ai grandi. Mais avec ma meilleure amie, avec qui je suis en colocation, on voyage beaucoup aussi. On essaye de le faire une fois par an.

— Tu as visité quels pays ?

Je tourne la tête vers Zelda.

— Le Japon, Bali, la côte Ouest des États-Unis, l'Espagne, entre autres, et pour l'année prochaine, on ne sait pas encore.

Millie ouvre grand les yeux.

— Wow, ça doit être génial de voir autant de paysages et de cultures différentes.

— Oui, ça l'est.

— Tu as déjà passé Noël dans l'une de ces destinations ?

— Non, je réponds en secouant la tête. Je passe toujours Noël à Paris. Le 24 avec les parents de ma meilleure amie et le 25 dans ma famille. C'est comme ça tous les ans.

— Vous avez des traditions ?

— On va patiner dans le jardin des Tuileries, et on visite bien sûr le marché de Noël. Nous ne sommes pas croyants, mais nous aimons aussi aller à l'église de la Madeleine pour écouter les chants.

— En voilà de jolies traditions.

Mon regard croise celui de Sawyer et le sourire qui naît sur son visage réchauffe mon cœur.

❄❄❄

— C'était une chouette soirée, je lui dis alors qu'il me raccompagne vers la sortie.

— Tu te sens moins gênée, maintenant ?

— Un peu.

— Ravi de l'entendre.

Millie est partie un peu plus tôt car elle commençait à fatiguer après sa journée de travail et Zelda s'est endormie directement dans un fauteuil du salon où nous avons passé la fin de soirée.

— J'adorerais te voir danser sur du Wham!, tu sais.

Il grogne dans sa barbe puis sourit, avant d'ouvrir la porte d'entrée. Je frissonne. J'ignore si c'est à cause du froid, ou de lui.

— Je ne me donne pas en spectacle gratuitement.

— Quel est ton prix, Sawyer ? Je suis prête à tout.

— Je veux un baiser, Boucles d'Or.

Mon cœur s'arrête une seconde, avant de repartir en battant

plus fort qu'avant. Je dois faire une gueule de trois kilomètres de long, car il me sourit en passant une main dans ses cheveux.

— Je plaisantais. Ne fais pas cette tête, Juliette. Je danse pour toi quand tu veux, avec ou sans mon acolyte.

J'ignore ce qui me prend, ou ce qui dicte mes pas, mais je tire sur sa chemise et plaque subitement mes lèvres sur les siennes. Mais au même moment, Sawyer se recule sans répondre à mon baiser. J'ai l'impression de n'avoir jamais eu aussi honte de toute ma vie. C'est la pire tentative de baiser du siècle. *Je voudrais disparaître.*

— Je suis désolée, je… Excuse-moi. J'ai… je ne sais pas ce qui m'a pris…

Alors que je m'enfonce dans un embrouillamini, Sawyer se penche vers moi.

— C'est moi, je ne voulais pas que tu te sentes obligée à cause de ce que j'ai dit.

— Non, je soupire en secouant la tête. Je ne me suis sentie obligée de rien !

Aussitôt, ses lèvres fondent sur les miennes. Ma confusion disparaît, ou se renforce, je ne sais plus. Je cesse de penser tandis que ses mains prennent mon visage en coupe et qu'il m'embrasse avec plus d'intensité encore. J'ai l'impression que mon cœur va exploser.

Son parfum enivrant, ses mains viriles qui me tiennent, son torse collé contre ma poitrine, ses lèvres douces… Tout est parfait.

— Papa ?

En entendant Zelda l'appeler depuis le salon, nous nous écartons si brusquement l'un de l'autre que je me cogne contre la porte.

— Je suis là, princesse. Juliette s'apprêtait à partir.

Puis il me demande tout bas :

— Ça va ? Je suis désolé.

— Non, tout va bien…

Zelda passe une tête dans l'entrée pour me faire un petit signe de la main avant de s'éclipser.

— Je… J'y vais. On est tous fatigués, alors il vaut mieux qu'on aille se coucher. Bonne nuit, Sawyer.

— Bonne nuit, Boucles d'Or.

Il ferme la porte derrière moi tandis que je sors de la propriété.

Quelle soirée !

Si on met de côté la frustration qui me tiraille le bas-ventre, je dois dire que je me sens tellement légère que je pourrais m'envoler dans le ciel d'hiver.

Chapitre 10

Sawyer

J'ai beau essayer de me concentrer sur la montagne de boulot que j'ai à faire, je n'y arrive pas. Je pense sans cesse à Juliette et à ce foutu baiser. Enfin peut-on seulement appeler ça un baiser ? C'était trop rapide et trop frustrant à mon goût.

J'en veux encore et beaucoup plus ! Je commençais à peine à goûter à ses lèvres lorsque tout s'est arrêté. Tellement frustrant !

Il y avait bien longtemps que je ne m'étais pas senti aussi insatisfait. J'avais l'impression d'attendre ça depuis des jours quand c'est arrivé. Et après coup, je me suis dit que cela allait m'aider à passer à autre chose et à arrêter d'être bloqué sur cette envie. Mais c'est tout l'inverse.

Jusqu'à présent, je n'avais jamais ressenti une telle attirance pour une femme. Tellement que ça me donne des frissons d'y penser. Quand elle sourit, cela me fout complètement K-O. Et ce presque baiser, j'y pense encore et encore…

— Boss ?

Je relève la tête vers Sam, l'un de mes employés.

— Oui ?

Je dois faire une drôle de tronche parce qu'il me regarde bizarrement. Il faut que je me ressaisisse.

— Désolé de te déranger. On a fini de charger les matériaux

pour la clôture et l'abri de jardin des Leroy. Je te préviens juste qu'on part les monter sur place.

— OK, appelle-moi si tu penses que tu n'auras pas fini ce soir, que j'organise l'équipe pour demain.

— Pas de souci.

Il quitte mon bureau aussi vite qu'il y est entré tandis que je me frotte le visage pour essayer de me réveiller. J'ai l'impression que mes pensées m'empêchent d'être attentif et productif aujourd'hui. Je me concentre alors sur mon ordinateur pour regarder mon agenda.

J'ai toujours aimé travailler de mes mains. Petit, je passais des heures sur des jeux de construction. Alors, quand j'ai eu Zelda et qu'il a fallu trouver un boulot pour répondre à ses besoins, j'ai naturellement fait une formation diplômante. Il m'a semblé logique de me diriger vers un travail manuel. Je ne me voyais pas commercial, je ne m'imaginais pas non plus derrière un bureau. Je voulais quelque chose de physique. Je me suis fait engager dans une scierie rapidement. J'y suis resté quelques années, mais l'ambiance n'était pas terrible et quand je rentrais à la maison, j'étais irrité et cela créait des tensions avec ma fille. Alors j'ai lancé ma propre entreprise, avec l'aide financière de ma famille. Et aujourd'hui, je suis fier de ce que j'ai accompli.

La scierie est implantée sur un site de 16 000 m^2, avec des moyens de production flexibles qui permettent de transformer 15 000 m^3 de bois par an. J'ai avec moi une super équipe d'une dizaine de personnes. Et surtout, je suis épanoui.

Je passe l'heure qui suit à calculer et à estimer le volume de bois nécessaire aux commandes que nous devons honorer dans les semaines qui viennent. J'appelle ensuite des forestiers pour acheter la matière première et on décide d'un rendez-vous pour que je puisse m'assurer de la qualité de celle-ci, tout en négociant son prix.

La journée est productive, je suis content que la scierie marche bien, et qu'elle soit plutôt florissante.

Je m'étire en m'appuyant sur le dossier de ma chaise, puis décide de me lever afin d'aller superviser la chaîne de production. Il y a des jours où mon statut de patron m'oblige à rester au bureau pour gérer le carnet de commandes, les appels aux fournisseurs, à mes clients, mais je m'arrange toujours pour travailler de mes mains et toucher le bois. Quand je passe trop longtemps au bureau, l'odeur des machines et de la sciure me manque.

J'attrape mes gants, que je fourre dans ma poche arrière, et mon casque quand la porte de mon bureau s'ouvre brusquement et que deux de mes hommes entrent en panique. L'un d'eux a la main en sang.

Merde !

— Ben s'est entaillé deux doigts, boss !

J'appelle de suite les pompiers. Des blessés, il y en a de temps en temps, mais ça faisait un moment que ce n'était pas arrivé.

— Ils arrivent, je dis après avoir donné l'adresse et raccroché.

J'attrape la première serviette que je trouve et l'enroule délicatement autour de la main de Ben avant de l'emmener dans la salle de repos. La vue du sang ne me dérange pas. J'en ai déjà vu assez pour être immunisé. Et je perds rarement mon sang-froid lors de telles situations, je sais rester calme et prendre des décisions de façon rationnelle. De toute façon, cela ne sert à rien de paniquer.

— Marc, va attendre les pompiers à l'accueil. Puis amène-les ici quand ils arrivent.

— OK, dit-il en partant.

— Que s'est-il passé ? je demande à Ben.

Je passe sa plaie sous l'eau afin de la nettoyer. Elle est méchamment ouverte et assez profonde. Il va devoir faire un petit séjour à l'hôpital.

— Avec un banc de scie, il me répond, malgré la douleur. Deux secondes d'inattention et…

Je m'abstiens de dire quoi que ce soit parce que je sais qu'il souffre. La sécurité, c'est la base quand on bosse manuellement. Autrement, on peut faire des ravages avec les outils et machines qu'on utilise, comme là.

— Tu n'as pas perdu de doigts, c'est déjà une bonne chose.

— On va amputer, tu crois ?

Cette idée semble le paniquer, ce que je comprends.

— Je ne sais pas, je réponds d'un ton compatissant. C'est possible, mais on a réagi rapidement, alors on va voir.

Il grimace et souffle. Il doit souffrir le martyre, le pauvre. Je ne voulais pas le rassurer avec un mensonge. Il m'en voudra encore plus si jamais…

Comme c'est une coupure profonde au niveau des doigts, les nerfs, les vaisseaux sanguins ou même l'os peuvent être touchés. Ben n'est pas le seul à qui cela est arrivé, j'ai déjà dû gérer ce genre de chose depuis ma prise de poste, alors j'ai quelques notions de soins.

Heureusement, les pompiers arrivent une dizaine de minutes plus tard. C'est Ugo qui gère l'équipe et qui les amène à nous, suivi de près par Marc et le reste de mon équipe.

— Que s'est-il passé ? demande mon meilleur ami.

— Il s'est entaillé les doigts sur un banc de scie. La blessure est nette, mais profonde.

— Elle est propre ?

— J'ai l'impression, mais il y a pas mal de copeaux de bois et de la sciure ici, alors c'est possible qu'il en reste dans la plaie.

— OK, je vais prendre ta place. Il a perdu beaucoup de sang ?

— Assez, oui.

Ugo le prend en charge. Il inspecte la blessure.

— C'est pas joli, il constate au bout de quelques secondes. Il faut aller à l'hôpital.

— Pourquoi ? demande Ben. On ne peut pas juste recoudre ?

— Non, la plaie est trop ouverte. Ça nécessite des soins plus importants et minutieux que ça.

Il me regarde.

— Je vais l'amener à l'hôpital. On déterminera là-bas, après examen, si on peut recoudre ou s'il faut amputer.

— Mais, je…

— Repose-toi, Ben. T'as besoin de souffler et de te détendre. Tu dois te faire soigner rapidement si tu veux guérir. Fais confiance aux pompiers et aux médecins, ils savent ce qu'ils font.

— Je l'amène à l'hosto et je t'appelle quand j'en sais plus, me dit Ugo.

— Ouais, merci. Le temps de gérer deux trois bricoles et j'arrive, de toute façon.

❄❄❄

Quelle journée de merde !

Entre les merdes au bureau et la blessure de Ben, je n'ai pas arrêté. Je suis lessivé. Il est 22 heures et je termine seulement. Je n'ai même pas vu Zelda ce soir et elle me manque. Heureusement que mes parents sont présents pour la garder de temps en temps, quand il faut.

Ben ne va pas se faire amputer et par chance, rien de grave n'a été touché. Selon le médecin qui l'a pris en charge, il a eu beaucoup de chance. Même s'il ne pourra pas travailler avant quelques semaines.

Du coup, je dois lui trouver un remplaçant pour que ça continue de bien tourner. Et c'est une galère de plus dont je me serais bien passé.

Il est 22 h30 quand je me gare devant chez mes parents. J'ai pris les affaires d'école de Zelda afin d'éviter de courir demain matin.

Je frappe à la porte.

— Bonsoir, maman !

— Tu as l'air exténué, elle soupire en caressant mon visage.

— Ça va, je réponds. J'apporte les affaires de Zelda pour demain et je voulais juste la voir quelques secondes avant de rentrer.

Je fais souvent ça. La regarder dormir me donne de la force et du courage.

Ma mère pince les lèvres.

— Un problème ?

— Non, c'est juste qu'elle… elle a été voir Juliette dans la soirée et elle s'est endormie chez elle.

Je soupire.

Boucles d'Or. J'ai eu une journée tellement chargée que je n'ai finalement pas eu le temps de penser plus à elle que ça. Ce qui n'est pas plus mal.

— Cette jeune femme est vraiment un ange. Elle est venue me prévenir que la puce s'était endormie et que ça ne la dérangeait pas qu'elle passe la nuit chez elle. Elle a dit qu'elle se chargerait de la réveiller demain matin. Elle est douce avec elle.

— Ouais…

Je suis trop claqué pour réagir davantage sur ce que dit ma mère.

— Je vais lui donner les affaires, alors.

— Repose-toi, chéri. Délègue certaines tâches pour prendre du temps pour toi.

— T'inquiète pas, je gère. Bonne nuit, maman.

Je l'embrasse sur le front et me dirige vers le chalet de Juliette. Je frappe doucement et elle m'ouvre au bout de quelques secondes. Ses cheveux attachés, sa bouche qui s'incurve en une moue étonnée et ses yeux pétillants me font l'effet d'un électrochoc. Cela me rappelle combien je suis resté frustré de notre presque baiser.

— Sawyer ? Tout va bien ?

— Oui, je voulais donner ça à ma mère, mais il semble que ma fille soit ici.

Elle rougit et glisse une mèche de cheveux rebelle derrière son oreille.

— Je suis désolée, je ne voulais pas te déranger, j'ai prévenu ta mère. Elle s'est endormie et je n'avais pas le cœur à la réveiller. Mais si…

— Il n'y a pas de mal, Boucles d'Or. Vraiment pas.

Le soulagement se lit sur son visage. Je l'étudie en silence. Elle porte un legging avec des chaussettes de Noël et un débardeur dans le même style que celui qu'elle portait l'autre jour, sauf que celui-ci a un petit bonhomme en pain d'épice sur le côté gauche.

Elle est aussi belle qu'adorable. Avec son sourire, elle redonnerait foi à tous les sceptiques de Noël.

— Tu veux entrer ? elle me demande.

— Oui, je veux bien. J'aimerais la voir deux minutes.

— Bien sûr.

Elle se déplace pour me laisser entrer. Je connais ce chalet par cœur, j'ai fourni l'essentiel des matériaux pour sa construction et j'ai aidé mon père à fabriquer les meubles. Pourtant, j'ai l'impression d'entrer dans une maison plus moderne, et plus vivante que dans mon souvenir. La présence de Juliette y est sans doute pour beaucoup.

Nos regards se croisent. Elle sourit timidement.

— Zelda est dans la petite chambre du haut.

Je monte les marches alors qu'elle reste en bas. La porte de ladite chambre n'est pas fermée alors je la pousse sans bruit. Zelda est couchée sur le côté, elle dort déjà comme un loir.

Je n'aime pas ces soirs où je rentre trop tard, j'ai l'impression de la délaisser. Je sais qu'elle comprend, mais je culpabilise quand même. Je me rattraperai ce week-end.

J'embrasse son front et je quitte la pièce. Je rejoins Juliette dans le salon. Elle a enfilé un gilet et se lève lorsqu'elle me voit.

— Tout va bien ?

— Oui, elle dort profondément. Merci de t'en être occupée.

— Je n'ai pas fait grand-chose, elle est très facile à vivre et agréable.

— Oui, mais tout le monde ne ferait pas ça.

— Je ne suis pas tout le monde, répond-elle.

Je souris en hochant la tête. La revoir comme ça, après ce qui s'est passé entre nous, est cruel. J'ai toujours très envie de l'embrasser.

— Tu as l'air crevé. Mauvaise journée ?

— Disons qu'elle a été sportive !

— Heureusement, il n'y a personne caché dans ton lit.

Je ne dirais pas non à ce qu'elle y soit maintenant, cela dit. J'imagine que ça se passerait autrement que la première fois… Merde, il faut que je me reprenne et que j'arrête de penser à des choses comme ça.

— Tu veux boire quelque chose ? Un café ? Une bière ? Du vin, ou du soda ?

Mon estomac gargouille avant que je puisse répondre. J'ai eu une journée tellement dingue que je n'ai même pas mangé.

Juliette esquisse un sourire et bon sang, je ne connais pas une femme aussi belle quand elle sourit.

— Je n'ai pas eu le temps d'avaler quoi que ce soit.

— Ça tombe bien, j'ai fait une tarte aux pommes dans la journée, ou alors je peux…

— Un morceau de tarte ira très bien.

Elle passe devant moi et se dirige vers la cuisine.

— Installe-toi, j'arrive.

Je suis crevé, mais bizarrement, je ne me sens plus stressé depuis que je suis ici. Je me sens juste bien. Comme si le fait de trouver quelqu'un à qui parler après cette longue journée était apaisant.

— Tu veux quoi avec ça ? demande Juliette depuis la cuisine.

— Un café serait parfait.

Elle revient deux longues minutes plus tard, me tend une petite assiette sur laquelle il y a un généreux morceau de tarte et pose le café sur la table basse. Elle aussi a un mug et s'installe dans le fauteuil près du mien.

— Tu veux parler d'aujourd'hui ?

— Ce n'est pas très intéressant, je lui réponds en haussant les épaules.

— Ça, c'est à moi d'en juger.

— Un de mes hommes s'est entaillé deux doigts, alors on a appelé les pompiers et il a été transporté à l'hôpital.

— Il va bien ?

— Ça ira. Il aurait pu se faire amputer, mais il a eu de la chance.

— Tant mieux, dit-elle en grimaçant.

Je goûte un bout de sa tarte aux pommes qui est délicieusement sucrée et acidulée.

— Le problème, c'est que ça bouscule mon emploi du temps et qu'avec ça j'ai encore délaissé Zelda ce soir. Je n'aime pas quand je termine trop tard.

— Elle n'a pas l'air si malheureuse que ça, si tu veux mon avis. Et puis ces circonstances sont exceptionnelles.

— Je sais, je réponds. Je n'aime pas la laisser, c'est tout.

— Je comprends. Mais toi aussi tu as le droit de souffler de temps en temps, tu sais.

— J'ai l'impression que tout le monde me dit ça.

— C'est sans doute que tout le monde a raison, alors.

Elle dissimule un sourire derrière son mug. Je dois avouer que j'ai toujours eu du mal à déléguer des tâches et à prendre du temps pour moi.

— Dans ce cas, je lui dis, je vais prendre deux jours de congé et je t'emmènerai en randonnée.

Ses yeux s'écarquillent. Je suis moi-même étonné des mots qui sortent de ma bouche. On en avait parlé, mais je ne sais pas ce qui me prend de balancer ça comme ça.

— Je te promets que tu ne seras pas déçue. Je connais des endroits magnifiques.

Je suis sûr que certains lacs glacés ou cascades que je connais pourraient l'inspirer pour son roman.

— Je n'en doute pas, répond-elle d'une petite voix. Mais je ne veux pas m'imposer dans tes jours de congé.

— Si je te le propose, c'est que ça ne me dérange pas.

Au contraire. J'ignore pourquoi, mais j'aime passer du temps avec elle. Je ne devrais pas, car elle va bientôt partir, mais… c'est plus fort que moi. Et puis, il y a eu ce baiser au goût de trop peu. Je mentirais si je disais ne pas avoir envie de recommencer. Il y avait bien longtemps qu'une femme n'avait pas réveillé mon désir de la sorte.

— Alors avec plaisir, j'aimerais beaucoup t'accompagner, lance-t-elle joyeusement.

Ça a vraiment l'air de lui faire plaisir.

On se regarde sans se parler et comme à chaque fois, j'ai l'impression qu'il y a une drôle de tension dans l'air.

J'aimerais lui prendre son mug des mains et l'embrasser aussi fort que je la désire… mais je n'ose pas. Je dis juste :

— J'ai hâte d'y être !

— Moi aussi.

⁂

J'ai un peu mal au dos quand je me réveille le lendemain. J'ouvre les yeux et je me redresse en grognant. Il me faut quelques secondes pour réaliser que je suis encore dans le chalet de Juliette et que j'ai dormi sur le canapé.

Je souris en constatant qu'elle a mis un plaid sur moi.

Boucles d'Or…

Je me frotte le visage, un peu perturbé, et m'étire. Je la remarque recroquevillée dans le petit fauteuil près du canapé quand je m'assois. J'attrape mon portable pour regarder l'heure. 6 heures du matin. Elle semble encore plongée dans le sommeil.

J'aimerais expliquer la nature du désir qu'elle fait naître en moi, mais c'est impossible.

Soudain, Juliette ouvre les yeux et nos regards se croisent. Elle semble d'abord surprise, puis elle sourit.

— Bonjour, je dis.

— Bonjour.

— Tu aurais dû te coucher dans ton lit.

— Oh ! t'inquiète. Ça m'arrive tellement souvent de m'endormir en bossant sur mon ordi, j'ai l'habitude. Trouver le sommeil devant un feu de cheminée, c'est un must des vacances de Noël.

Je souris. Quand elle se redresse, elle retire le plaid dans lequel elle s'était enveloppée et la bretelle de son débardeur tombe sur son épaule. C'est sans doute l'une des choses les plus sensuelles que j'aie vues depuis longtemps.

Je ne devrais pas regarder, mais Boucles d'Or m'ensorcelle. C'est une enchanteresse qui se faufile dans chacune de mes pensées. Je rêve de glisser mes mains dans ses boucles dorées, de sentir sa peau de satin et de l'embrasser pour goûter à ses lèvres envoûtantes… Merde, je dois penser à autre chose.

— Et le jacuzzi, tu as essayé ? Ça, c'est un must des vacances de Noël !

— Non, pas encore.

— L'idéal, c'est après une longue journée de marche et…

Son regard plonge dans le mien. Son sourire est aussi redoutable qu'un uppercut. Elle me fout K-O, et je dois être maso, car j'ai l'impression d'attendre ça depuis toujours.

J'ai tant perdu l'habitude de ce genre de chose que je me fais l'impression d'être gauche.

Habituellement, je ne vis que pour ma fille. Nous avons tout construit à deux, juste elle et moi. Bien que nous soyons souvent avec le reste de la famille, quand on est à la maison, c'est *nous*, avec nos habitudes et nos rituels.

Le flirt, la séduction, ce n'est pas vraiment moi. Perdre la tête face à une jolie femme, non plus… Pourtant, mes lèvres fondent sur les siennes avant que je puisse réfléchir plus longtemps. Et je craque en entendant son gémissement mourir contre ma bouche quand elle se presse contre moi.

Elle est délicate et délicieuse. Son odeur, sa douceur, tout m'enivre. Ses mains glissent d'abord dans mes cheveux puis se posent sur mon torse. *Je la veux.*

Et pourtant, j'éloigne doucement mes lèvres des siennes afin que nous retrouvions notre souffle.

— Voilà qui rééquilibre la situation, je soupire. La dernière fois m'a beaucoup trop frustré.

Je dis ça, mais l'embrasser de la sorte va nécessairement engendrer de nouvelles frustrations…

— Moi aussi, murmure-t-elle, les joues roses.

J'ai envie de tellement plus, mais ce n'est pas le moment. Et le bruit que l'on entend à l'étage confirme que nous avons bien fait de nous arrêter là. On s'éloigne un peu l'un de l'autre, à regret, mais c'est ce qu'il faut. Je ne veux pas que Zelda s'imagine des choses et puis c'est sans doute mieux comme ça. Juliette va bientôt rentrer chez elle. On s'est fait plaisir avec ce baiser, mais c'était juste un moment d'égarement.

Chapitre 11

Juliette

Lorsque je me retrouve seule dans le chalet, après le départ de Sawyer et Zelda, je soupire profondément. J'ai l'impression d'être restée en apnée depuis le réveil.

Nom d'un sapin sans épines ! Que se passe-t-il dans ma tête ? Je me laisse aller dans les bras de Sawyer comme si cela n'avait aucune conséquence ! Bon, il ne s'agit que de baisers, mais quand même… Surtout que j'ai envie de plus encore. J'ai tout à fait conscience du désir qu'il m'inspire et de l'attirance que j'éprouve pour lui.

Malgré tout, je ne peux m'empêcher de culpabiliser vis-à-vis de Zelda et de la véritable raison de ma venue ici. Sawyer ne peut être qu'un égarement, ce n'est pas possible autrement. J'habite à Paris. Et puis, c'est juste cette ambiance autour de nous qui rend les choses excitantes. Rien d'autre !

***

Il est de bonne heure quand Sawyer frappe à ma porte le lendemain. Je ne sais pas ce qui me stresse le plus. Me retrouver seule avec lui, faire de la randonnée, ou les deux. J'ai une petite boule dans la gorge.

— Tu es prête ?

Il porte un pull noir, un pantalon en toile et des chaussures de marche. Il est vraiment aux antipodes de mon ex que je trouvais si sexy, pourtant Sawyer l'est deux fois plus.

— Tu dis ça comme si tu savais pertinemment que j'allais souffrir, je soupire.

Le sourire qu'il esquisse ne me dit rien qui vaille, mais j'ai vraiment hâte de faire cette randonnée. Pas juste pour l'inspiration.

— Tu vas surtout être époustouflée par ce que tu vas voir.

— Je suis prête, alors.

— Et puis ne t'en fais pas, c'est un chemin facile.

— Tu as si peu foi en moi ?

Il me fait un clin d'œil avant de monter dans son 4x4.

Nous roulons en silence durant de longues minutes et j'en profite pour m'imprégner du paysage qui est à couper le souffle, même depuis la voiture.

Lorsque nous arrivons au point de départ de la randonnée, Sawyer s'arrête et se gare sur un grand parking où il y a déjà quelques véhicules. Il enfile sa veste et prend un sac dans son coffre.

Il fait assez froid dehors, mais le ciel bleu est parfaitement dégagé et le soleil brille. La journée promet d'être belle et la promenade aussi.

— Le temps est idéal, lance Sawyer, comme s'il lisait dans mes pensées. La vue va être époustouflante.

— Je te suis, chef.

— J'aime ton enthousiasme.

Il esquisse un sourire et nous nous mettons en route.

Ici, il n'y a ni building, ni périphérique, ni pollution. Juste la nature et ce qu'elle a de plus beau à offrir quand rien ne vient la détruire.

Alors qu'on s'avance sur un petit sentier terreux et gravillonné, les sapins nous entourent et s'étendent à perte de vue. Je crois que tout cela va vraiment me manquer quand je rentrerai.

— Tu as réussi à retrouver l'inspiration depuis que tu es arrivée ? me demande Sawyer.

Je croise son regard. Je suis un peu surprise de sa question mais flattée qu'il s'intéresse à moi.

— Ça revient doucement, oui. J'arrive à écrire de nouveau, et c'est tellement agréable. Je crois que j'étais perdue depuis un moment et je me retrouve enfin.

C'est la vérité. Je me rends compte que je me suis complètement laissée aller après la rupture avec James. Cet abruti ne méritait pas que je me détruise à petit feu… Pourtant, sans prendre garde, j'ai perdu le goût de tout et même de ce que j'aimais le plus.

Je sais que ce n'est pas quelque chose qu'on peut contrôler, mais mon chagrin n'aurait pas dû durer aussi longtemps.

Ces derniers jours, j'ai pas mal écrit. Après tout ce temps à galérer et à ne plus ressentir la moindre inspiration, je l'ai vraiment vécu comme une libération. Je retrouve ce que j'aime faire et ça me rend joyeuse. Je veux que ça perdure, mais j'ai peur qu'en revenant à Paris tout cela s'en aille. Enfin, c'est idiot de penser à ça maintenant. Le principal, c'est que c'est revenu et que je me sens bien.

— Ça faisait longtemps que tu n'arrivais plus à écrire ?

Nous traversons un pont sous lequel coule un petit cours d'eau. Cette dernière est tellement claire que l'on voit le fond.

— Trop longtemps, oui, je soupire.

— Je suis content que tu y arrives de nouveau, alors. Parfois il suffit juste de changer d'air.

— Merci, je lui dis en souriant. Je suis contente aussi, j'avais l'impression que ça ne reviendrait jamais.

— Et du coup, tu écris sur quoi ? Si tu as le droit d'en parler, bien sûr.

— C'est une romance. J'ai trouvé mon point de départ grâce aux guirlandes lumineuses de ton père. Je ne sais pas pourquoi, elles m'ont inspirée.

Mon roman commence durant les fêtes de Noël. Mon héroïne, âgée de six ans, admire les façades féeriques des grands magasins parisiens. Au fil des années, Noël et sa magie ne cessent de l'enchanter et elle en fait même son métier puisqu'elle devient étalagiste-décoratrice pour ces mêmes boutiques. Celles-ci s'arrachent son talent et son savoir-faire. Et un jour, elle rencontre le héros, un très bel homme qui vient d'hériter d'un grand magasin de jouets et qui va faire appel à ses services…

— Moi qui pensais que ton inspiration venait de moi… Je t'avoue que je suis un peu déçu, et vexé aussi.

Je ris avec lui, alors que nous continuons d'avancer sur le sentier. Mais surtout, je m'abstiens de lui faire savoir que le héros que j'ai imaginé lui ressemble beaucoup physiquement. Je ne m'en suis pas rendu compte de suite, ce n'est qu'en relisant les premiers chapitres que j'ai vu que Sawyer m'inspirait beaucoup.

— Pour en avoir le fin mot, il faudra le lire.

Son regard s'illumine de mille feux et je me sens rougir..

— Je le ferai, compte sur moi.

Mon cœur bat plus fort. James n'a jamais lu ne serait-ce qu'une page de ce que j'ai écrit. Il disait à l'époque que la « romance de fesses » ne l'intéressait pas, et qu'il préférait les livres plus politiques ou philosophiques. En y repensant maintenant, je crois ne l'avoir jamais vu ouvrir un bouquin de ce genre.

— Tu n'as pas la tête d'un type qui lit des histoires d'amour.

Encore une fois, je le taquine, mais c'est plus fort que moi.

— Boucles d'Or, tu me juges beaucoup trop vite.

— Je me trompe ? Tu lis de la romance ?

— Je lirai les tiennes.

Une sensation de bien-être incommensurable s'empare de moi. J'ai l'impression de flotter dans les airs. Me sentir aussi légère m'avait beaucoup manqué.

— J'espère surtout que l'inspiration me suivra à Paris.

Il hoche silencieusement la tête.

— Tu sais, je comprends ce que ça fait. Moi-même, je n'ai pas créé quelque chose de mes mains depuis longtemps.

— C'est l'inspiration qui te manque ?

— Ça, plus la fatigue, plus le boulot, plus Zelda. C'est pas évident de trouver du temps, parfois.

— J'imagine.

— Enfin, il me prendra l'envie d'y revenir quand j'aurai une pulsion.

— Si un jour il te prend l'envie soudaine de refaire une bibliothèque, je te donnerai mon adresse à Paris.

Il me sourit, puis me désigne un flanc de montagne d'où s'écoule une cascade.

— C'est si beau.

— Il y a tellement de coins à voir par ici. Il faudrait rester plus longtemps pour les découvrir.

— C'est ce qui est frustrant avec les vacances. À un moment donné, elles s'arrêtent.

— C'est vrai. Allez viens, il y a encore un peu de marche avant d'arriver en haut.

Le paysage change au fur et à mesure que nous avançons, mais il reste magnifique. Je prends des photos par-ci, par-là et je mémorise tout dans un coin de ma tête pour ne rien oublier.

La côte qu'on emprunte est difficile et j'ai les mollets tendus, mais les nombreuses cascades qu'on aperçoit au loin me changent les idées. Je suis légèrement essoufflée tandis que Sawyer pète la forme. Il a l'habitude de faire ce genre de chose, il faut dire. Je pensais que courir pour attraper le métro était du sport, mais de toute évidence, je me fourvoyais !

Une fois le sommet atteint, la vue est plus que magnifique. Mes yeux en prennent pour leur compte et j'oublie la fatigue d'être grimpée jusqu'ici.

— Voilà, me chuchote-t-il à l'oreille. Nous y sommes.

Je suis émerveillée. J'ai l'impression d'être ailleurs, d'être tellement petite face à la grandeur des arbres, à la puissance de la roche. Les épicéas se reflètent dans l'eau tantôt verte tantôt bleue.

— C'est la présence d'algues bleues qui donne cette couleur vert émeraude au lac, explique Sawyer.

— C'est magnifique.

— Je savais que ça te plairait.

— On ne doit jamais se lasser d'une telle vue, je suppose ?

Il tourne la tête vers moi et me sourit.

— L'automne vaut le détour aussi, car les arbres sont rouge-orangé, les lacs s'accordent à la couleur du ciel et des feuilles tombantes. Là, il n'a pas encore assez neigé, mais il arrive que le lac soit gelé. C'est magique à voir. On vient souvent avec Zelda. Quand je suis ici, je me ressource, je recharge mes batteries.

— Je crois que ces paysages vont beaucoup me manquer quand je serai rentrée.

Il reste silencieux, alors nous nous contentons d'admirer la vue.

Ici, j'ai le sentiment que nous sommes seuls au monde, c'est grisant. Je voudrais que le temps s'arrête ou passe moins vite.

Avec Dana, nous avons beaucoup voyagé, et pourtant, je crois que c'est cet endroit que j'aurai le plus de mal à quitter.

— Tu sais ce qu'on aime faire avec Zelda, depuis qu'elle est petite ?

Je secoue la tête, intriguée.

— Saperlipopette ! hurle-t-il soudain face à la montagne.

Son exclamation résonne tout autour de nous et j'éclate de rire.

— Vas-y, me dit-il en se penchant vers moi. À ton tour, Boucles d'Or. Pousse un cri !

— Euh…

Je me sens un peu gênée, mais lorsque je croise son regard rieur, je me dis que c'est ridicule.

— Cucurbitacée ! je m'époumone dans le vide, à mon tour.

— Voilà, c'est bien ! En revanche j'émets une réserve sur le mot choisi.

— Quoi, tu n'aimes pas « cucurbitacée » ? C'est pourtant tellement adorable. Bien plus original que le tien, pour sûr.

— Le mien a le mérite d'être authentique.

— Qui dit encore saperlipopette de nos jours ?

— Ma mère, répond-il avec un sourire. Constamment. C'est son « putain » à elle.

— OK, j'accepte ces explications. Effectivement, ça rend le mot plus cool.

— Je sais, il dit avec un sourire. Tu n'as pas trop froid, ça va ?

En réalité, je n'y pensais pas.

— J'ai du café dans mon sac et de quoi manger un bout, il précise.

— Un café, je crois que ça me ferait du bien, je lui réponds.

Tandis qu'il s'affaire de son côté, je prends autant de photos que possible, y compris quelques selfies. Lorsqu'il revient vers moi, je suis tentée de l'immortaliser aussi, mais à quoi ça rimerait ?

— Tiens, il est chaud.

Je le remercie. J'admire la couleur hypnotique de l'eau qui tombe des cascades tout en buvant le café qui me réchauffe un tant soit peu.

Après quelques secondes d'hésitation, je finis par lui demander :

— Tu voudrais pas faire une photo avec moi ?

Ses yeux gris plongent dans les miens tandis qu'il se rapproche de moi. Jusque-là, je me suis efforcée de ne pas penser à ce baiser entre nous. Mais quand il est aussi sexy et qu'on semble être seuls au monde, ça devient plus compliqué. Sans répondre, il me prend mon téléphone des mains et il nous photographie l'un à côté de l'autre.

— Elles sont chouettes ! Merci. Je les regarderai quand la Haute-Savoie me manquera.

Il ne répond pas, comme si j'avais jeté un froid.

Finalement, il semblerait que les paysages ne soient pas les seules choses qui me manqueront quand je partirai…

❄❄❄

L'avantage d'être partis de bonne heure, c'est qu'il n'est pas trop tard quand on quitte les lieux.

— Tu as faim ?

— Une faim de loup, je réponds.

— Je te dépose chez toi ou tu te sens capable de supporter ma cuisine et ma compagnie quelques heures de plus ?

— Je pense pouvoir le faire.

À dire vrai, comme je suis rarement seule à Paris, je n'avais aucune envie que ce soit le cas ce soir, particulièrement après cette sublime randonnée.

— Juliette ? Boucles d'Or ?

Mes yeux s'ouvrent brusquement. Sawyer est penché vers

moi. Je constate que nous sommes garés devant chez lui. J'ai dû m'endormir pendant qu'il roulait.

— Désolée.

— Je peux te ramener chez toi, si tu es fatiguée.

— Non, non, ça va.

Il me sourit et nous sortons de la voiture.

La neige n'est pas revenue depuis quelques jours, alors que j'aurais adoré faire un bonhomme avec Zelda.

— Tu veux boire quelque chose ? De la bière, du vin ?

— Du vin blanc serait parfait.

Je ne suis pas revenue chez eux depuis que nous avons mangé ensemble, après nous être vus sur le marché de Noël. Le sapin dont j'ai massacré le pied est joliment décoré dans le salon. Des guirlandes aux boules, en passant par l'ange qui se tient au sommet : tout est blanc. C'est épuré et vraiment beau. Des décorations en bois pendent par ailleurs sur les murs ou ornent la bibliothèque.

— C'est toi qui les as faites ?

— Oui, il répond en me proposant un verre.

Je l'attrape et continue de scruter sa maison. Épurée et simple. Voilà quelque chose qui lui ressemble.

— C'est magnifique. Tu es vraiment doué. Et vous avez fait du bon boulot en décorant les pièces.

— Merci, dit-il d'une voix profonde. C'est Zelda qui me passait commande de ces petites babioles en bois quand elle était petite.

Il est si mignon quand il parle de sa fille.

— Elle n'est pas là, au fait ?

— Non, elle dort chez sa meilleure amie ce week-end.

Mon cœur tambourine légèrement plus vite.

— Je n'arrive pas à savoir si tu es déçue, ou pas.

— Je ne sais pas non plus, je réponds sincèrement.

La présence de Zelda nous rend plus sages habituellement.

Or, si elle n'est pas là, rien ne nous empêchera de craquer. Ça me fait un peu peur.

— Te voilà coincée avec moi.

— J'aurais peut-être dû rentrer, c'est toi qui disais que l'idéal c'était d'utiliser le jacuzzi après une journée de marche.

— Rien ne t'empêche de le faire ici.

Je me sens rougir et pas juste des joues. Tout mon corps prend feu. *Voilà une chose qui ne serait pas arrivée si Zelda était là…*

— Tu as déjà le verre de vin, en plus, ajoute-t-il en souriant.

— Tu viendrais avec moi ?

— Oui.

Sa réponse directe me retourne l'estomac.

— C'est très tentant de te voir barboter dans un bain bouillonnant, cela dit, je n'ai pas de maillot de bain.

— Je te prête un T-shirt à moi.

— Je vais finir par croire que tu veux absolument me voir dans ton jacuzzi, Sawyer.

— Me voilà démasqué, soupire-t-il avec un sourire.

J'ai l'estomac dans les talons et le cœur qui déraille. J'ai peur, aussi. Peur de me perdre et de ne jamais vouloir retrouver le chemin…

Mais il est bien trop tentant de ne pas tourner le dos au danger pour cette fois.

Juste pour cette fois.

— D'accord, je lui dis alors.

Chapitre 12

Sawyer

J'ai eu plusieurs relations dans ma vie, pourtant quand Juliette arrive à la baie vitrée simplement vêtue de mon T-shirt, j'ai l'estomac en vrac et la gorge sèche.

Merde, quoi !

Qu'est-ce qui m'a pris de lui proposer ça ? On dirait le scénario d'un mauvais porno. Je me demande soudain si elle se sent obligée ou même contrainte par mes mots. Je ne veux pas qu'elle ressente ça. Je voulais juste qu'elle passe un bon moment.

— Il caille, dit-elle en frissonnant près de la baie vitrée.

— Pas là où je suis, je réponds. Viens, Boucles d'Or.

Elle avance et ses grands yeux s'écarquillent quand elle sort. Elle sourit.

Lentement, elle entre dans le Jacuzzi et me rejoint.

Elle a raison, je ne suis pas du genre à me prélasser là-dedans. Mais elle est la meilleure raison du monde pour le faire.

— Wow, c'est… génial.

Elle s'installe en face de moi.

— Ton verre est derrière toi, si jamais.

— Si j'avais ça chez moi à Paris, je ne m'en lasserais pas. C'est génial.

Pareil ! *Si elle était tout le temps dans le mien.*

— Heureusement que je n'ai pas essayé celui de tes parents plus tôt. À l'heure qu'il est, je serais toute fripée tellement j'y serais restée.

Son regard bleu plonge dans le mien, à travers le voile de vapeur qui s'évapore du bain. Elle semble irréelle, tel un ange. Un ange redoutable, capable de me faire perdre pied.

— Tu avais perdu l'inspiration depuis longtemps ? je demande pour me changer les idées.

Elle hoche la tête et attrape son verre. Mon T-shirt lui colle à la peau et épouse parfaitement la forme de ses seins. À l'instant T, j'ai encore et toujours envie de glisser mes doigts dans sa chevelure dorée.

Son regard plonge de nouveau dans le mien et son sourire est aussi redoutable qu'un coup de poing en pleine face. Mon putain de cœur bat comme un malade.

— Quand mon ex m'a laissée tomber, souffle-t-elle comme si elle en avait honte, j'ai eu le syndrome de la page blanche.

— Je suis désolé.

Je compatis pour sa douleur. C'est évident qu'elle a encore mal aujourd'hui, et je déteste ce type pour ça.

— C'était il y a longtemps ?

— Il y a un an. Je pensais qu'il allait me demander en mariage quand il m'a annoncé qu'il voulait me quitter pour la fille avec qui il me trompait. Du coup, c'était un peu la douche froide. J'ai tellement honte.

Je suis sur le cul. Je ne comprends pas comment ce type a pu faire ça.

— C'est lui qui devrait avoir honte, lui dis-je, les dents serrées.

— J'aurais préféré m'en rendre compte plutôt que d'espérer aveuglément un avenir que j'étais la seule à vouloir. Et surtout, je m'en veux d'avoir eu tant de mal à reprendre le dessus.

— Comment tu te sens, aujourd'hui, par rapport à cela ?

— Ça va mieux. Et je suis contente de recommencer à écrire ces derniers jours.

— Peut-être que le jacuzzi va t'inspirer.

— Peut-être, oui…

Putain, Boucles d'Or.

— Tu es une femme géniale, Juliette. Ne laisse pas un sombre abruti te persuader du contraire. Il ne mérite pas que tu sois triste, il ne mérite pas non plus que tu perdes ton inspiration.

— Je le sais, je ne compte plus le laisser m'atteindre.

— Il y a intérêt. La vie est trop courte pour se laisser dévorer par un connard.

— Tu sais, je profite. Regarde, je suis dans un jacuzzi, et si tu ne me posais pas des questions sur cet abruti, je n'y penserais même pas. Parce que je suis contente d'être là et parce que je l'ai complètement oublié depuis que je suis ici.

Je souris. Elle a raison, on ne devrait pas perdre notre temps à parler de lui. Il s'en mordra les doigts un jour. Et Juliette rendra très heureux celui à qui elle voudra donner son cœur.

— Je suis content aussi que tu sois là.

— Le jacuzzi te va plutôt bien.

— Je te retourne le compliment, Boucles d'Or.

Elle sourit encore. Je crois que je suis fou de ses lèvres et de son visage qui s'illumine quand elle est heureuse. Sa beauté me coupe littéralement le souffle. Je devrais sortir de là avant de faire une bêtise. Je suis trop excité, j'ai envie d'elle et c'est…

— Je vais t'avouer quelque chose, elle me dit, c'est probablement parce que je te trouve sexy en diable que je ne pense plus à aucun autre homme, ces derniers temps.

Je l'attire à moi et l'installe sur mes genoux. J'ai l'impression que mon cœur va exploser tellement ses mots et sa proximité m'excitent. Elle m'envoûte totalement.

— Sexy en diable ? je répète avec un sourire.

— Oh que oui, souffle-t-elle contre mes lèvres. Tu me fais beaucoup d'effet.

— Et toi, tu es ensorcelante, Boucles d'Or.

Ses mains se nouent derrière mon cou tandis qu'elle m'embrasse. Ses lèvres sont le dessert le plus gourmand qu'il m'ait été donné de goûter ces dernières années.

Lorsqu'elle se recule légèrement, le sourire aux lèvres, elle me donne la sensation d'être dans un songe. La vapeur qui l'entoure la rend encore plus troublante.

Je ne veux pas quitter ce rêve, je veux en profiter avant de retourner à la réalité.

— Je crois que l'une des raisons pour lesquelles je n'aime pas quand Zelda n'est pas là, c'est qu'elle ne peut pas nous empêcher de faire des bêtises, murmure-t-elle.

— Dis-moi de te ramener chez toi. Dis-le-moi maintenant et on restera sages.

— Je n'en ai pas envie. J'en ai assez d'être sage. C'est déjà une folie d'être ici avec toi, alors autant la vivre pleinement.

— Tu vas avoir raison de moi, Juliette, je grommelle.

— Et toi, de mon inspiration…

Ses mots me rendent fou. J'attrape ses hanches et je la rapproche encore une fois de moi. Bien qu'elle porte mon T-shirt, je sens ses seins qui pointent. Je la regarde, je veux mémoriser chaque seconde de cet égarement et les graver dans mon esprit.

— Que se passe-t-il ? Tu me regardes comme si…

Elle ne termine pas sa phrase. Sans doute ne trouve-t-elle pas les mots.

— Ma fille est ma priorité, elle le restera toujours. Toi, tu débarques dans ma vie sans prévenir, tu me souris et me rappelles combien ça me manque d'être un homme.

— Sawyer…

Je prends son visage dans mes mains.

— Quand tu es là, je veux juste être moi, sans que l'étiquette de papa dicte ma conduite. Est-ce que c'est mal de désirer cela ?

— Non.

— C'est mal de te désirer aussi fort ?

Elle secoue la tête en souriant puis caresse ma mâchoire.

— Le fait que tu me poses la question te rend encore plus séduisant.

— Tant mieux, car tu m'inspires énormément de choses, Boucles d'Or. En particulier quand tu me regardes comme ça…

Elle me rend complètement fou et ce soir, je l'assume carrément.

Nos lèvres se rejoignent dans un baiser des plus passionné. Ses mains parcourent mon corps, les miennes, le sien. Je caresse ses cuisses dans l'eau, puis je remonte lentement vers ses hanches. Notre étreinte devient plus intense et nos corps se frottent l'un contre l'autre.

J'ai envie d'elle, à un point que ça me fait mal. Aussi niais que cela puisse paraître, je ne pense pas avoir un jour autant eu envie de quelqu'un.

Nos lèvres s'écartent uniquement lorsque je retire son T-shirt. Elle frissonne contre moi, mais ce n'est sûrement pas à cause de la température, car l'eau est excellente. Egoïstement, j'ose espérer que c'est de mon fait.

Tout en caressant le creux de ses hanches, je la contemple. Elle est presque nue dans mes bras. Seuls ses sous-vêtements en dentelle nous séparent.

Boucles d'Or me fait tourner la tête. Au-delà d'affoler mon

désir, elle affole aussi mon cœur. Et je ne donne pas très cher de moi pour la suite des événements. Je serai à sa merci à coup sûr.

Lorsqu'elle lève le visage vers le ciel, je suis tenté de déposer une myriade de baisers dans son cou, mais ses yeux brillants m'en dissuadent. Elle semble émue.

— Il neige.

En effet, des petits flocons tombent du ciel et viennent mourir dans le jacuzzi. J'étais tellement absorbé par elle que je n'ai rien vu.

Le ciel d'hiver truffé d'étoiles, la neige qui tombe et son corps sensuel, tout cela dans un nuage de condensation… Merde, alors. C'est irréel.

— C'est tellement magique, murmure-t-elle.

— Je suis d'accord.

Elle baisse les yeux pour me regarder et rougit avant de rire légèrement.

— Je comprends mieux… Le jacuzzi, dehors, en pleine nuit… C'est un piège à filles, c'est ça ? C'est ce qui marche systématiquement.

— Bien sûr, j'acquiesce, j'ai l'habitude d'amener des filles ici et de demander à mon pote Météo de faire tomber la neige au moment où les choses deviennent… intéressantes. Un grand classique que j'utilise chaque année à cette saison. Cela marche à tous les coups.

Elle fait semblant de bouder et me frappe le torse.

— Et en vrai ?

J'ai quand même l'impression qu'elle a peur de ce que je pourrais dire et qu'elle craint que je sois un tombeur.

— Boucles d'Or, je te l'ai dit, je suis un papa à temps plein. Je suis loin d'être un tombeur. Ce qui se passe avec toi… je ne peux pas l'expliquer. Je sais juste que ton sourire me fait craquer.

— C'est la première fois qu'on me dit ça, elle murmure dans un sourire.

— Dans ce cas, je suis sincèrement désolé. Tu méritais qu'on te le dise tous les jours depuis ta naissance.

Elle secoue la tête en riant, avant de lever les bras en l'air pour récolter des flocons dans le creux de ses mains.

J'adore sa candeur et la joie qui pétille dans ses yeux.

— On se croirait dans une boule à neige. C'est sublime.

C'est toi qui l'es...

Lorsqu'elle reporte son attention sur moi et glisse les doigts dans mes cheveux, je resserre ma prise sur son corps et laisse sa poitrine se coller à mon torse.

Mon palpitant tambourine encore comme un dingue. Et on est tellement proches qu'elle risque de s'en rendre compte.

— Tu veux rentrer ? je demande.

— Je ne sais pas... Ce serait sans doute mieux.

Les flocons qui nous tombent dessus sont de plus en plus gros.

Je glisse mes mains sous ses fesses et je me redresse en la soulevant dans les airs. Hors de l'eau, il fait un froid de canard. Nous rentrons donc rapidement nous mettre au chaud.

— Tu veux t'installer près du feu ?

— Peu importe, du moment que je suis près de toi, elle répond.

Il ne fallait pas me le dire deux fois. Toujours en la tenant contre moi, je grimpe l'escalier qui mène à ma chambre. Lorsque je la dépose sur le lit, elle soupire. Son corps est parcouru de frissons.

Je me penche alors au-dessus d'elle et l'embrasse langoureusement. J'ai espéré la retrouver ici tant de fois depuis notre rencontre.

— Te revoilà dans mon lit, Boucles d'Or.

— Et tu n'as pas ton fusil.

— Sauf si tu veux que je m'en serve.

Elle retire son soutien-gorge puis remue les hanches contre les miennes.

— Sers-toi juste de ça.

Puis elle se frotte contre mon sexe.

Bon sang !

Je me penche vers ses seins rebondis, les caresse puis en lèche les pointes avant de les prendre dans ma bouche. Ses mains se perdent dans mes cheveux alors qu'elle laisse échapper un gémissement.

— Sawyer, fais-moi l'amour.

Je bondis hors du lit pour fouiller dans les tiroirs de ma table de chevet, le cœur à mille à l'heure, et reviens quelques secondes plus tard vers elle avec un préservatif dans la main. Entre-temps, Juliette a retiré sa culotte, et c'est entièrement nue qu'elle me tire à elle. Je la trouve plus belle que jamais.

— Tu viens ? me demande-t-elle, troublée.

— J'arrive.

Ma bouche glisse sur sa cuisse. Quitte à lui redonner l'inspiration, autant s'en donner à cœur joie. J'ai terriblement envie de la faire jouir.

— Oh ! gémit-elle quand je pose mes lèvres contre son entrejambe.

Son corps tremble, sursaute. Ses jambes s'ouvrent et elle m'invite à la luxure. J'ai faim d'elle et je compte la dévorer tout entière.

Ma langue s'amuse à la découvrir, je l'enfonce dans les replis soyeux de son intimité avant de lécher son clitoris. Je la taquine lentement, doucement, excité par l'idée de lui faire du bien.

— Saw…

Son corps se met à danser contre ma bouche. Je sens qu'elle vient chercher son plaisir et ça me rend dingue. Alors, je lui donne ce qu'elle veut et je l'accompagne quand l'orgasme la surprend.

J'enfile ensuite le préservatif et je m'enfonce en elle, trop désireux de sentir sa chair humide autour de la mienne. Son dos s'arc-boute et elle sourit en enfonçant ses doigts dans mes bras. Doucement, elle relève les jambes et je vais encore plus profondément en elle.

— Putain !

J'ignore si j'ai réellement poussé ce juron, ou si c'est dans ma tête. Les sensations sont tellement... Waouh.

Je me perds dans son regard alors que je vais et viens en elle, le cœur en vrac.

Juliette entrouvre les lèvres et un cri lui échappe, avant que je l'embrasse sensuellement. Nos corps s'emboîtent à la perfection, comme s'ils se connaissaient déjà par cœur. L'osmose, l'alchimie, l'attirance, je ne sais comment nommer ce qui nous unit actuellement, mais je suis convaincu que nous sommes en parfaite adéquation.

Jusque-là, je ne savais pas ce que je voulais pour Noël. Mais, maintenant, je sais. Je veux me perdre dans les bras de Boucles d'Or pour le restant de ses vacances.

Ses mains parcourent mon visage tandis que je fixe ses magnifiques yeux bleus. Lorsque je sens le plaisir atteindre son paroxysme, je pose mon front contre le sien et accélère la cadence. L'orgasme que nous vivons tous les deux simultanément est renversant.

De longues minutes plus tard, lorsque nos souffles erratiques sont enfin calmés, le ventre de Juliette, qui est blottie contre moi, se met à gargouiller.

— Tu as faim, Boucles d'Or ?

— Oui... La rando et le sexe, ça creuse ! Je meurs d'envie d'une raclette et de cookies.

— Hum… Je te propose une patiflette et un chocolat chaud en guise de dessert.

— Une pati quoi ?

— Ce sont des pâtes au fromage, je lui explique en souriant.

— Vendu, je meurs de faim.

Chapitre 13

Juliette

Il est 15 heures.

Je me suis levée il y a environ une heure. J'ai écrit toute la nuit et me suis endormie à l'aube. J'étais tellement inspirée que ça fusait dans mon esprit et que les mots sortaient comme un geyser. Si seulement c'était toujours comme ça…

Je suis postée devant la baie vitrée, une tasse de café dans les mains. La neige tombée récemment est restée sur les arbres et la pelouse du jardin. On se croirait au pôle Nord. C'est vraiment beau.

En détournant le regard vers le jacuzzi, je réalise d'où m'est venu hier soir mon regain d'inspiration.

Sawyer…

C'est lui qui m'a inspiré quoi écrire. Je ne sais pas ce que je m'imaginais quand on s'est mis à flirter, ou quand il m'a fait comprendre qu'il me voulait dans son jacuzzi. Mais ce qui s'est passé entre nous était… incroyable, magique, sensuel. Je me sens toute chose rien que de repenser à son visage d'ange et son torse parfait.

Mon ventre se met à faire du bruit. J'ai faim… Tellement faim que j'ai déjà englouti la douzaine de cookies que j'avais préparés, hier soir. Si je ne me freinais pas un peu, je boufferais encore. À ce rythme-là, je vais vraiment repartir d'ici avec quinze kilos en plus. Que je pourrais toutefois perdre au côté de Sawyer…

Stop ! Il faut que j'arrête de penser à lui.

Cette histoire a commencé par un plan machiavélique orchestré par ma meilleure amie. Et il y a mille et une raisons qui font que ça ne peut pas marcher entre nous. Dont une, qui a quatorze ans et que j'adore. Bref, il faut que je passe à autre chose. D'autant que je rentre bientôt à la maison.

J'attrape alors mon téléphone et mes écouteurs et enfile mes baskets. Je n'aime pas spécialement courir, mais là, j'ai besoin de changer d'air.

Le froid, dehors, est saisissant. Sur la route et les trottoirs que j'emprunte, la neige a été totalement déblayée. Je m'engage donc vers la ville tout en lançant la playlist de Noël que j'écoutais hier soir en écrivant. George Michael se met à chanter *Last Christmas* et je souris instantanément car c'est à mes yeux l'une des plus belles chansons célébrant les fêtes.

Je repense à mon roman, dont j'ai déjà envoyé les premiers chapitres à mon éditrice. J'en suis très satisfaite. Il y a trop longtemps que je n'avais pas ressenti ce sentiment puissant de fierté. C'est quelque chose, quand même. J'avais oublié combien c'est bon pour le travail. Je me rends compte aujourd'hui que le fait de me complaire dans la déprime pendant aussi longtemps n'a fait que me desservir. Plus je me sentais nulle et moins l'envie d'avancer revenait.

Je ne veux plus jamais être comme ça. Je préfère positiver et être à la recherche de nouvelles idées constamment plutôt que d'attendre que le temps passe.

Alors que je suis perdue dans ma réflexion, mon souffle se fait déjà court et un point de côté m'assaille. C'est dingue, je n'ai pas la moindre endurance. En voyant deux nanas en tenue de sport me dépasser, tout en continuant leur conversation, telles des gazelles, je lève les yeux au ciel. La honte !

C'est limite s'il ne me faut pas un inhalateur, là. Je ralentis la cadence en laissant mon esprit vagabonder vers ma vie à la capitale, sans sport. Paris me manque un peu. Enfin, c'est surtout Dana et mes parents qui me manquent…

Lorsque je me rends compte que je suis devant le Chocooning Bar, je me dis que j'ai un problème. Mon cerveau est complètement à l'ouest. J'étais sortie courir pour me changer les idées et éviter par la même occasion de finir tous les biscuits à la maison et voilà que je me retrouve devant le temple du chocolat, qu'on pourrait tout aussi bien appeler « le bar à tentations ».

Oops… I Did It Again.

Je pousse la porte. Presque toutes les chaises sont occupées et une odeur de cacao flotte dans l'air. *Je suis faible…*

Je repère Millie au comptoir, elle est en train de sourire à un homme portant un uniforme de pompier. Ils ont l'air de bien s'entendre. Je m'avance alors qu'il attrape deux sacs en papier et une grosse boîte.

— On se voit plus tard, Millie Jolie, lance-t-il en reculant sans grande volonté.

Intéressant.

— Fais attention à toi.

— Comme toujours.

Le client en question est plutôt sexy dans son genre. Cheveux noirs, sourire charmeur. Il me dit rapidement bonjour avant de filer. De toute évidence, ces deux-là se plaisent.

Je reporte mon attention sur la sœur de Sawyer dont les joues sont légèrement rosées. Je lui lance un regard en biais, pour lui montrer que je lui en veux. Elle perd alors immédiatement son sourire.

— Tout va bien ? Tu fais une drôle de tête…

— Je t'en veux, vile sorcière.

— Mais pourquoi ?

Elle semble sincèrement surprise.

— J'étais sortie pour courir et où est-ce que j'arrive ? Je voulais faire demi-tour et où est-ce que j'entre ? C'est ta faute. Tu as créé un bar trop tentant !

Elle éclate de rire et secoue la tête. Comme il y a pas mal de clients, elle demande à l'un de ses employés de la remplacer et on s'écarte légèrement de la caisse.

— C'est parce que tu as un cœur chocolat.

Je pouffe.

— Mais encore ?

— Il y a les cœurs chocolat et les cœurs salade. Les cœurs chocolat aiment aussi la salade, mais trop de cœurs salade oublient qu'ils aiment aussi le chocolat.

— Où es-tu allée chercher des conneries pareilles ?

— C'est un fait. J'ai renoncé au corps de déesse. J'ai mon petit bourrelet et je l'aime. Il est adorable, je l'ai appelé Eugène. Il s'entend à merveille avec mon cœur chocolat.

— Pourquoi Eugène ?

— Parce que Eugène, ça sent le prénom de boulet. Tu sais, comme un boulet qu'on trouve attachant. Tu vois le genre ?

Je souris.

— Je vois très bien. Et au fait, l'Adonis, c'était qui ?

— L'Adonis ? répète-t-elle en faisant mine de ne pas comprendre.

— Ne joue pas aux plus malignes avec moi, je dis en remuant les sourcils. Je suis romancière, après tout.

Elle devient rouge écarlate. Il ne s'agit donc pas que d'une simple attirance. Elle est carrément sous le charme ! Mais c'est compréhensible. Il est plutôt mignon, et moi-même j'ai un crush sur son frère actuellement, donc… Oh. Est-ce que je viens de m'avouer que je flashe sur Sawyer ? Ou plutôt, est-ce vraiment une révélation ? Je me désespère.

— C'est Ugo, m'apprend-elle. Le meilleur ami de Sawyer.

Je souris.

— Cela ne change rien au fait qu'il soit craquant. Ça fait longtemps qu'Ugo te regarde comme si tu étais le dernier chocolat de la boîte ?

— Je… non, tu te trompes, dit-elle, troublée. Ugo ne me voit pas du tout comme ça. Il se tape plein de meufs. Ce que tu prends pour de l'intérêt, c'est juste de la politesse.

— L'un n'empêche pas l'autre. Je suis certaine, vu la façon dont il te regardait et te souriait, qu'il est à fond sur toi.

— Je ne crois pas, il vient juste ici chercher des douceurs pour la caserne une fois par semaine. En dehors de ça, on ne se voit pas vraiment.

L'amour rend clairement aveugle. Non, mais elle s'entend ? « Il vient chercher des douceurs pour la caserne. » C'est son excuse pour la voir, justement ! Ça me semble tellement évident… Et puis, il l'a dévorée des yeux. Sawyer avait le même regard lorsque nous avons…

— Si tu veux mon avis, je lui dis de but en blanc, il ne serait pas contre l'idée que tu te serves de sa grosse lance à incendie. Tu sais… pour éteindre le feu qu'il fait brûler en toi.

Elle éclate de rire une nouvelle fois.

J'aime beaucoup Millie, elle est douce et vraiment sympa. On rigole bien ensemble, même si on ne se connaît pas depuis longtemps.

— Si tu veux le mien, d'avis, je ne veux pas qu'il l'éteigne, mais plutôt qu'il l'entretienne, ce feu, rétorque-t-elle d'un air rêveur.

— Ça fait longtemps qu'il te plaît ?

— Je ne sais pas. Il a toujours été canon. Ces derniers temps, j'ai un peu plus faim de lui que d'habitude, cela dit. L'horloge biologique, peut-être ? Après, je persiste à croire qu'il ne s'intéresse pas à moi.

— Eh bien, tu te trompes, mais je ne t'en veux pas.

Elle soupire.

— Tu es super jolie, Millie. Arrête de douter de toi. Si tu continues, je vais demander à ce fameux Ugo ce qu'il en pense.

— T'es en manque de sucre, me dit-elle avec un sourire. Tu veux pas un muffin ?

— Je préfère les tablettes de chocolat. Un peu comme celles qu'a très certainement ton pompier. C'est délicieux et surtout recommandé par la plupart des médecins pour vaincre les coups de « moins bien ».

Je remue les sourcils.

— Et toi ? T'aurais pas quelqu'un dans le viseur, par hasard ? Mon frère, peut-être ?

Je me rembrunis, les lèvres pincées.

— Non, personne. J'ai eu une rupture compliquée l'année dernière et j'ai un peu déprimé depuis.

— Je suis désolée.

Je m'en veux qu'elle culpabilise.

— Non, t'inquiète. Je vais mieux. Ma meilleure amie m'a envoyée ici pour que je reprenne du poil de la bête et ça fonctionne plutôt pas mal, je dois dire.

— J'ai rompu avec mon ex, il y a deux ans, alors je te comprends. Je l'ai surpris au pieu avec une autre meuf.

Je secoue la tête, désespérée.

— Le mien me trompait aussi, sauf que j'étais aveugle et que je n'ai rien vu. Il m'a quittée pour elle. Et le pire dans tout ça, c'est que ma meilleure amie m'avait mis dans la tête qu'il allait me demander en mariage le jour même, je te raconte pas la tronche que j'ai tirée quand il m'a larguée…

— Non mais, sérieusement ? Quel connard !

On soupire en même temps.

— Est-ce que cela fait de nous le clan des cœurs chocolat brisés ? je demande d'une petite voix.

— C'est plutôt classe comme nom de bande, je trouve ! Et puisqu'on parle de ce que je connais le mieux, à savoir le chocolat, tu veux boire ou manger quelque chose ?

***

— Mais arrête !

Millie tente de me reprendre le plateau des mains. Je suis restée avec elle jusqu'à la fermeture. Une conversation en entraînant une autre, on a papoté tout l'après-midi. Son pauvre employé, Paul, a bossé comme quatre pendant ce temps. Elle l'a donc laissé filer plus tôt.

Il est maintenant 20 heures, et je l'aide à ranger. Enfin, je la force à accepter mon aide.

— Ça ne m'ennuie pas, je m'en veux d'avoir bouffé tes gâteaux et bu ton chocolat alors que je n'avais pas de quoi te payer.

Elle finit par lâcher prise. J'apporte donc la vaisselle sale dans la cuisine et la dépose dans l'eau moussante de l'évier principal.

— Je me répète, mais ton bar est vraiment un endroit incroyable, je lui dis en revenant vers elle.

— Merci… J'ai toujours adoré cuisiner, en particulier des gâteaux. En fait, j'en faisais souvent quand j'étais stressée ou en colère. Tu sais, comme ces femmes qui font le ménage pour se calmer, moi je cuisinais. Et j'ai toujours eu une prédilection pour le chocolat. Cookies, brownies, cupcakes, muffins, pots de crème…

— Bon sang, si on avait été sœurs, j'aurais toujours tout fait pour te foutre en rogne.

Elle sourit.

— Je vais t'aider pour la vaisselle. J'ai l'impression que tu n'as plus de place dans ta machine. Tu préfères laver ou essuyer ? je demande.

— Laver, répond-elle aussitôt. C'est mon côté maniaque. Quand il y a une tache, je refais tout…

— Maniaque, hein ?

Millie soupire.

— Ou tarée, si tu préfères.

J'éclate de rire tandis qu'elle me donne un torchon. Ça me change les idées de passer du temps avec elle, ça m'évite de rester fixée sur Sawyer.

— Quand j'ai eu en tête le concept de cet endroit, je me suis dit que personne n'allait adhérer, ni même vouloir me suivre. Faire un bar spécialisé dans les boissons et pâtisseries chocolatées, en adoptant un thème festif comme Noël, toute l'année, c'est assez chelou, quand même. Faut l'assumer.

— Les bars à chats, c'est bizarre et pourtant ça cartonne, je fais remarquer.

— J'étais à fond dans mon projet, de toute manière. Je me disais qu'on est à la montagne et que cela faisait partie du charme. J'en ai parlé à Sawyer en premier et il a adoré l'idée. Bien qu'il se fiche éperdument de tout ce qui va avec cette période de l'année, il savait que, moi, j'adorais ça, et il trouvait que ça me correspondait bien.

— Il n'y a que lui qui t'a soutenue ?

Elle secoue la tête en posant une assiette sur l'égouttoir. Je finis d'en essuyer une autre, puis j'enchaîne.

— Non, à ma grande surprise, les gens étaient assez emballés et positifs vis-à-vis de ce projet, y compris mes parents. Aujourd'hui, je suis tellement contente de bosser ici. C'est mon bébé, je m'y sens bien. Et puis, on ne va pas se mentir, les affaires marchent et c'est cool.

— Tu peux en être fière, j'ai eu un coup de cœur en y entrant. D'ailleurs, mon post Instagram avec les photos d'ici a fait fureur.

— Oui, j'ai vu. C'est gentil !

— Je te souhaite vraiment beaucoup de succès par la suite. Et tu peux être sûre et certaine que cet endroit va me manquer terriblement quand je rentrerai.

— C'est pour bientôt ? me demande-t-elle.

— Dimanche prochain… Afin de passer Noël en famille.

Elle hoche la tête.

J'ai hâte de revoir mes proches pour l'occasion. Mais maintenant que j'y pense, je réalise que je n'ai pas encore acheté mes cadeaux.

— Où en es-tu dans l'écriture ?

— Pour tout t'avouer, j'ai bien avancé ! Je suis heureuse d'enfin écrire quelque chose qui me plaît. Après cette longue période de trou, j'ai vraiment l'impression de me retrouver !

— C'est super. Je suis contente pour toi ! Et pour nous. Ça va nous faire de belles lectures.

— J'espère…

Je soupire, malgré moi. Parler de tout cela me fait penser à Sawyer. Et au fait que, sans ma meilleure amie et ce drôle de destin, nous n'aurions peut-être jamais été amenés à nous rapprocher.

Zelda ne m'a plus parlé de tout ça depuis un moment. Elle garde le secret, mais je ne suis pas dupe, je sais qu'elle souhaite toujours qu'on se voie davantage, son père et moi. Seulement, elle ne sait pas que nous avons été plus loin qu'une simple randonnée entre voisins de chalet… *Oh ! bon sang, je déraille.*

Il faut dire que je n'ai pu en parler à personne, pour le moment. Je dis habituellement tout à Dana, mais là, c'est compliqué. Je ne veux pas qu'elle en fasse tout un truc… Peut-être parce que j'ai peur d'être déçue, une fois de plus.

Je dis ça, mais c'est moi qui pars, dans un peu plus d'une semaine…

Tout cela me pèse.

— Si je te disais un truc à propos de ton frère, tu le garderais pour toi ? je demande subitement à Millie. C'est quelque chose qui doit vraiment rester entre nous.

— Euh… oui, répond-elle, hésitante. Enfin, cela dépend de quoi tu parles, tout de même !

Je ne sais pas pourquoi c'est à elle que j'ai décidé de confier ça. J'ai juste envie de soulager ma conscience.

— La vérité… c'est que ma présence ici, à la montagne, est due à ma meilleure amie et à Zelda.

— Comment ça ?

Je lui raconte alors l'histoire de la lettre, le plan de Dana pour me faire venir ici et le rôle qu'elle et la fille de Sawyer voulaient me faire jouer toutes les deux.

Millie est sous le choc.

— Zelda a vraiment fait ça ? Et tu n'as rien dit à Sawyer ?

— Oui. Et non. Je ne voulais pas qu'il lui en veuille ou qu'il s'inquiète.

J'essuie les couverts alors qu'elle vide l'évier et commence à nettoyer les plans de travail.

— J'ignorais qu'elle était triste à ce point. Je suis surtout déçue de ne pas m'en être rendu compte. On est proches, pourtant. Mais ça ne m'étonne pas… elle m'avait déjà dit plusieurs fois qu'elle voulait que son père trouve quelqu'un. Je lui avais expliqué que ça ne se faisait pas comme ça…

— Je lui ai dit la même chose.

— Bon. Après, il faut dire que Sawyer n'a jamais eu aucune relation sérieuse avec une femme. Et quand il décide de s'amuser, si tu vois ce que je veux dire, il fait ça quand sa fille n'est pas dans les parages. Il ne laisse sa chance à personne et c'est bien dommage. Je crois qu'il ne se rend pas compte que Zelda a besoin d'une famille.

— C'est tout à son honneur de faire d'elle sa priorité.

— C'est vrai, répond-elle en hochant la tête. Quand je pense que ma nièce est à l'origine de tout ça… Sacrée maligne !

— Tu ne diras rien à Sawyer, hein ?

— Non, ne t'en fais pas. Je garderai le secret.

Je me sens soulagée. D'une part, parce qu'elle a été l'oreille attentive dont j'avais tant besoin. Et d'autre part, parce que je sais que je peux compter sur elle.

— Cela dit, ta rencontre avec Sawyer est quand même le fruit du hasard. Ni Dana ni Zelda ne pouvaient prévoir que tu t'incrustes chez lui à l'improviste !

— Sûrement une blague du karma, qui n'avait pas apprécié que je dise non à la proposition de Zelda. Franchement, quelles étaient les chances pour que cela arrive ?

— J'avoue que, là, vous avez fait fort. C'était peut-être écrit…

— En tout cas, moi, je n'avais vu écrit nulle part que j'allais avoir le béguin pour lui.

— Le… quoi ?

— Je sais, c'est dingue. Mais ça ne sert à rien de s'en cacher. Il me fait craquer !

Millie me regarde avec un énorme sourire aux lèvres et je me sens rougir.

— Dire que tu me taquines avec Ugo depuis que tu l'as vu, alors que t'es pas mieux !

— C'est vrai… Comment on va gérer tout ça ?

— Essentiellement en bouffant des cochonneries.

— Hum… Je ne vois pas où on pourrait trouver ça…

Chapitre 14

Sawyer

Ce que j'aime le plus dans le fait de créer et de bricoler, c'est quand la matière se transforme. Quand le bois se lisse, quand il s'incurve, quand, après plusieurs heures de travail, il prend la forme que je veux lui donner et devient progressivement autre chose qu'un simple bout de bois ordinaire.

Ça faisait longtemps que je n'avais pas fait quelque chose de mes mains. J'avais oublié combien cela pouvait m'apaiser. Et je n'ai perdu aucun de mes réflexes.

En pensant à la saison, et surtout au fait que Juliette allait bientôt partir, je me suis dit que j'allais lui offrir quelque chose. Quelque chose qui lui ferait penser à moi.

Merde, j'ai l'air d'un grand sentimental, comme ça ! C'est ridicule car cela ne me ressemble pas du tout. Je ne me comporte jamais comme ça, habituellement. Pourtant… j'ai envie de revoir Boucles d'Or, c'est évident. J'ai envie de me perdre dans son corps à nouveau. Cette constatation me déroute. Je me suis toujours satisfait de mes relations éphémères avec les femmes, jusqu'à maintenant. Mon rôle de père prenait le dessus. Or, cette fois, c'est différent. J'ai envie d'être un homme, au même plan qu'un père.

Juliette me fait perdre la tête, elle m'a complètement chamboulé. Enfin… tout cela sera bientôt fini puisqu'elle rentre chez elle. Quand ce sera le cas, je n'aurai plus cette tentation.

— Hey pa' ! Papa ?

Je sursaute et me tourne vers ma fille qui me regarde depuis la porte du garage.

— Un problème, princesse ? je lui demande.

— Je commence à avoir faim, tu veux que je fasse à manger ?

Je regarde mon téléphone, il est 20 heures passées.

— Désolé, j'ai perdu la notion du temps. Ça te dit qu'on commande une pizza ?

— Oui, je m'en charge.

— OK, prends ce que tu veux, ça m'ira très bien. J'arrive.

Elle tourne les talons et je soupire avant de ranger mes outils.

Je rejoins Zelda quelques secondes plus tard, alors qu'elle prépare les couverts. Je l'observe sans rien dire et lorsqu'elle se retourne en souriant, j'ai l'impression de revoir sa mère.

Il faut que j'aille acheter ses cadeaux de Noël. Je suis à la bourre et je ne lui ai même pas demandé ce qu'elle voulait. C'était plus facile quand elle était plus jeune. Quelques peluches et le tour était joué. Maintenant, elle est trop vieille pour ce genre de choses.

J'aimerais lui offrir quelque chose de spécial, de personnel, mais j'ignore quoi. Millie pourrait peut-être m'aider, Juliette aussi, vu qu'elles se parlent souvent. Je vais voir.

— Tout va bien, papa ?

— Quoi ?

Zelda me sourit de plus belle.

— T'as la tête dans les nuages.

— Oui, désolé, je pense au boulot.

— Au boulot, ou à une femme ?

Hein ?

— Comment ça ?

— Je sais pas, moi. C'est juste que tu as souvent l'air absent, ces derniers temps.

Elle a raison. Même si cela lui fait plaisir de le souligner, Juliette occupe mes pensées tous les jours.

— Je sais que tu voudrais que je trouve quelqu'un… Mais ce n'est pas évident, je lui dis en baissant les yeux.

— C'est moi qui t'en empêche ?

— Non, chérie, pourquoi tu crois ça ?

— J'ai l'impression que tu ne vois personne à cause de moi, mais je m'en fous, tu sais. Ça ne me dérange pas que tu aies quelqu'un dans ta vie.

— Je ne ressens pas le besoin d'avoir quelqu'un d'autre que ma fille dans ma vie, tu sais.

— Mais quand je vais partir de la maison, tu seras tout seul.

J'éclate de rire. Il lui prend déjà des envies de liberté à quatorze ans ? Je ne suis pas dans la merde.

— Parce que tu comptes partir ? Ne grandis pas trop vite, ma fille.

— N'empêche que c'est vrai. Vu comme t'es parti, tu vas finir célibataire !

Je m'approche d'elle et la prends dans mes bras. Elle soupire et redresse la tête pour me regarder.

— Quand tu es née, tu es devenue ma priorité. Tout ce que je voulais, c'était que tu ne manques de rien. Les choses n'ont pas changé au fil des années, c'est toujours mon souhait.

Zelda sourit tandis que je lui caresse les cheveux, comme lorsqu'elle était petite.

— Et puis, à l'époque, je ne voulais pas que ta mère soit oubliée. Je sais, c'est compliqué à comprendre, mais j'étais très jeune et stupide. Je ne voulais pas qu'on la remplace.

— J'aurais tellement voulu la connaître… Mais tu sais, papa, belle comme elle était, elle aurait trouvé quelqu'un, étant donné que vous n'étiez plus ensemble. Elle ne serait pas restée seule.

Je lui souris et elle poursuit :

— Juliette, elle est bien…

— Comment ça ?

— Elle est drôle, gentille, et belle aussi.

— C'est vrai, mais…

Je ne sais pas quoi dire. Je me sens pris au piège. Alors, je lui sors ce que je me répète en boucle depuis la première fois que nous nous sommes embrassés :

— Juliette habite à Paris. Si un jour je me mets en couple avec une femme, il faudrait que celle-ci vive près de nous.

— C'est dommage parce que vous allez bien ensemble. C'est ce que pense mamie et je suis d'accord avec elle.

J'y crois pas ! Ma mère ne peut pas s'empêcher de donner son avis sur tout. Je n'aime pas tellement qu'elle parle de ce genre de chose avec Zelda.

— Mamie raconte des bêtises, je lui dis alors en soupirant. Va te laver les mains, j'ai entendu du bruit dehors, je crois que notre pizza est arrivée.

❄❄❄

— Je dois acheter un cadeau à Zelda, tu ne veux pas venir avec moi ? je demande à Millie avec un grand sourire.

— Je suis désolée, mais je suis débordée. J'ai reçu une grosse commande que je dois honorer pour la fin de la semaine.

Je soupire. Ma sœur me tapote alors l'épaule.

— Demande à maman, elle serait ravie de t'aider !

— Non, pas envie. Elle va me soûler avec Juliette.

— Juliette ? Mais pourquoi ? me demande ma sœur.

— J'en sais rien, elle essaye de me caser avec quelqu'un, elle m'agace. Elle a dit à Zelda que Juliette et moi on allait bien ensemble. C'est stupide.

— Vous avez l'air de bien vous entendre, en tout cas…

Je grommelle.

— Tu ne vas pas t'y mettre ?

Elle sourit de plus belle. Je sais qu'on s'entend à merveille et à tous les niveaux… mais je ne veux pas m'attacher à elle, car elle est juste de passage.

— Pour le cadeau, tu devrais lui demander de t'accompagner.

— Juliette ? Pourquoi ?

— Elle n'a pas encore fait les siens. Elle aura peut-être une idée pour Zelda.

— Mouais… je ne sais pas. Comment tu sais qu'elle veut faire ses courses de Noël, d'ailleurs ?

Millie me lance un regard en coin.

— On a passé un moment ensemble, l'autre jour.

Ah…

Je ne saurais dire si je trouve ça bien ou si je suis un peu jaloux. J'espère que Juliette ne lui a rien dit pour nous… Millie n'a pas l'air au courant.

— Tiens, tu peux même lui demander maintenant puisqu'elle est là-bas.

Elle pointe du doigt une table contre le mur du fond.

Je ne l'avais pas vue, il faut dire que j'ai filé directement vers ma sœur.

Penchée sur son ordinateur, Boucles d'Or sirote un chocolat chaud. Maintenant que je la vois, impossible de regarder ailleurs. Lorsqu'elle relève la tête et me surprend en train de la dévisager, elle sourit. Je meurs d'envie de l'embrasser, là tout de suite, au point d'en perdre la tête.

— Vas-y, chuchote ma sœur en me poussant légèrement en avant. Je suis certaine qu'elle va dire oui.

Je grogne dans ma barbe et m'exécute. D'un pas lent, je m'approche de celle qui tourmente mes pensées jour et nuit. Ses cheveux dorés sont dégagés de son visage et doivent tomber dans son dos. Elle porte un pull rose avec un pantalon noir et des baskets assorties à son haut. Elle ressemble à un bonbon.

— Bonjour, je dis en arrivant à sa hauteur.

Elle rougit et sourit de plus belle. Je craque.

— Salut, Sawyer. Tu vas bien ?

— Oui, je réponds. Je vais aller faire des emplettes pour Noël, et j'ai ouï dire que tu avais aussi besoin d'en faire. Alors, je te propose qu'on joigne nos forces.

— C'est Millie qui t'a dit ça ?

— Exactement. Je ne t'oblige à rien, Boucles d'Or.

— Je sais. Tu veux y aller maintenant ?

— J'avais prévu d'y aller demain matin, mais si tu es libre, autant s'en débarrasser au plus vite.

Elle pianote rapidement sur son ordinateur et referme le clapet avant de ranger le tout dans une sacoche. En silence, elle enfile sa veste et dégage ses cheveux coincés dedans. Elle est vraiment magnifique.

— En route ?

— C'est parti.

— On se voit plus tard, Mil's !

Ma sœur nous fait un signe de la main, tout en arborant un immense sourire. Mais qu'est-ce qu'elle a ?

Juliette et moi sortons et allons nous installer dans ma voiture.

— Tu nous emmènes où ? demande-t-elle.

— Annecy. Le marché de Noël y est ouvert toute la journée.

— Super.

Je me mets en route et nous arrivons une quarantaine de minutes plus tard.

Quand on s'avance tous deux dans les rues piétonnes du centre-ville, je me sens un peu dérouté. C'est la première fois que je fais du shopping avec une femme, en dehors de Zelda, Millie et ma mère. Juliette, à mes côtés, est silencieuse et regarde droit devant elle. Est-ce qu'on est tous les deux aussi mal à l'aise l'un que l'autre ? Cela a-t-il un lien avec le fait que nous ayons fait l'amour ?

J'ai l'impression qu'on s'évite.

— Tu dois faire des cadeaux pour qui ? me demande-t-elle.

— Zelda, Millie, ma mère… Tout le monde, en fait.

— Moi, c'est pareil.

— Je ne sais pas quoi prendre pour Zelda, tu n'aurais pas une idée de ce qui pourrait lui plaire ?

Elle se met à réfléchir.

— Tu veux quelque chose de personnel, ou alors un truc à la mode pour les jeunes de son âge ?

— Plutôt quelque chose de personnel.

Boucles d'Or hoche la tête.

— Quand j'avais son âge, mes parents m'ont offert un collier avec un pendentif en forme de rose. Il était canon. Je le portais tout le temps. Je l'ai toujours dans mes affaires, d'ailleurs. Il a une grande valeur à mes yeux.

— Un bijou, c'est une bonne idée, j'approuve.

Je ne sais pas pourquoi je n'y ai pas pensé moi-même. Juliette a l'air ravie.

— Je pense que ça lui plaira, oui.

Nous avançons côte à côte, mais elle s'arrête soudain devant la vitrine d'un magasin de vêtements. Son regard se porte sur une robe rouge.

— Tu en penses quoi ?

— Qu'on dirait qu'elle t'attend !

Je vois son sourire XXL dans le reflet de la vitrine. Je n'aime pas le shopping, et je ne pense pas en devenir un fan aujourd'hui, mais je dois avouer qu'il y a un certain charme à l'effectuer en compagnie d'une femme magnifique.

— Viens !

Elle me prend la main et m'attire dans la boutique. Elle demande sa taille à la vendeuse sans même chercher dans les rayons, puis elle file vers les cabines. Boucles d'Or en sort quelques minutes plus tard vêtue de la fameuse tenue.

— Wow !

Le rouge est ma nouvelle couleur préférée.

— Qu'est-ce que tu en penses ?

— Que tu es sublime, je réponds du tac au tac.

Elle tourne sur elle-même. Mon cœur tambourine au rythme de ses pas. La robe, façon nuisette en soie, épouse ses seins parfaits, son ventre, et est fendue sur le côté gauche. Je n'aime pas spécialement les robes, en particulier quand je pense qu'un jour Zelda voudra en mettre de ce genre, mais sur Juliette, c'est très attrayant.

— C'est le genre de commentaire que j'espère susciter.

Je n'aime pas tellement sa phrase, je n'aime pas non plus l'idée que je ne puisse jamais plus la voir dedans.

— Si tu veux mon avis, tu es superbe avec et sans. Mais il est évident qu'elle te va à merveille.

Elle me sourit, se penche vers moi et m'embrasse sur la joue.

— Merci, Sawyer.

Juliette retourne dans la cabine et je n'ai qu'une envie, c'est de l'y rejoindre et de lui faire l'amour dans cette tenue. Merde, je suis excité.

Nous sortons du magasin quelques minutes plus tard et je pense toujours à elle.

— Bon, c'est bien tout ça, mais on n'a toujours pas de cadeaux.

— La faute à qui ? je raille.

— À cette magnifique robe, répond-elle, tout sourires. C'est elle, la coupable !

Je ris. Je me sens heureux, détendu. Différent.

Nous poursuivons notre chemin et nous arrêtons devant une bijouterie. Comme il n'y a pas grand-chose en vitrine, nous passons la porte. Juliette m'entraîne vers les colliers. Je scrute les modèles.

— Tu préfères de l'argent ou de l'or ?

— Peu importe…

Je me fiche du matériau et du prix. Ce que je veux, c'est rendre ma fille heureuse.

Il y a toutes sortes de colliers, des médaillons avec les signes du zodiaque ou des animaux. Je repère un pendentif soleil qui scintille grâce à des petits diamants. Je le trouve beau, mais comme je suis un homme, j'ai peur que mon avis diverge trop de celui de Zelda.

— Tu en penses quoi ? je demande à Juliette.

— Oh ! Il est vraiment joli.

Je souris.

— Tu penses qu'elle aimerait ?

— J'en suis certaine. C'est un très bon choix, papa poule.

Je grogne, ce qui la fait sourire. Elle interpelle un vendeur et, quand il arrive, jette son dévolu sur des bagues.

— Ma meilleure amie est une fana de bagues, elle en a une bonne trentaine, si ce n'est plus.

Nous sortons du magasin et nous continuons de nous promener dans les rues. Juliette glisse son bras sous le mien mais s'immobilise et écarquille les yeux, la seconde d'après.

— Je… désolée… J'ai tellement l'habitude de faire ça avec Dana quand on sort que…

— Il n'y a pas de mal, tu peux rester accrochée.

Elle hésite un instant, mais décide finalement de se maintenir contre moi et cela me rend tout guilleret.

Je sais que je le regretterai sans doute lorsqu'elle ne sera plus là et que j'aurai un mal de chien à l'oublier. Cependant, à cet instant, je n'ai pas envie de penser à l'après. J'ai envie de profiter de ce sentiment agréable.

— Tu as une idée pour le cadeau de ta mère ?

— J'avais pensé lui acheter une boule à neige, je réponds.

— Tu pourrais aussi la faire. L'année dernière, j'en ai confectionné pour mes proches et cela a eu son petit effet.

— C'est une super idée, je dis. Tu me montrerais comment faire ?

— Oui, elle lance joyeusement. Mais il faut acheter plusieurs choses pour ça.

***

Je soupire en déposant enfin tous les sacs que je portais jusque-là dans mon coffre. Je n'ai pas vraiment envie de rentrer de suite, je veux profiter d'elle encore un peu.

— Tu veux visiter le marché ? je lui demande.

— Oui !

— En route !

Il y a du monde quand on arrive. Mais ça ne m'ennuie pas tellement. Nous nous engageons dans les allées et découvrons avec plaisir tous les stands, qu'ils proposent de la nourriture, des décorations de Noël, des vêtements ou encore des produits locaux. Il y a de tout !

Juliette s'arrête pour prendre quelques photos, notamment de maisons en pains d'épice et de biscuits de Noël. Faut dire que c'est très réussi. Le glaçage des gâteaux est magnifique.

Plus tard, Boucles d'Or s'arrête devant un stand de bonnets de Père Noël. Elle en essaye un avec une fourrure blanche et un gros pompon. Puis, elle se tourne vers moi.

— Viens en essayer un, que je n'aie pas l'air ridicule toute seule.

Un joli ridicule.

— Assume, Boucles d'Or.

En réalité, le Père Noël n'a jamais été aussi sexy. Il faut croire que Juliette est capable de ce prodige.

Elle tire sur mon bras et attrape un bonnet qu'elle enfile sur ma tête. Après quoi, elle glisse une mèche de mes cheveux derrière mon oreille et hoche la tête en souriant.

— C'est parfait. Manquerait plus que tu te mettes à me chanter du *Wham!* et j'aurai vraiment eu des vacances parfaites.

Sans attendre une réponse de ma part, elle paye les deux couvre-chefs et nous continuons à déambuler.

Quand elle repère un sapin décoré, à côté duquel il y a une grosse boîte aux lettres, elle marque un arrêt. Elle attend qu'un couple finisse de prendre des photos devant puis m'y emmène. Elle prend un selfie de nous deux, puis me demande :

— Tu veux bien me prendre seule ?

Je m'exécute. Elle est parfaite sur les nombreux clichés que je fais. Cela ressemble un peu à ces photos parfaites qu'on voit toujours sur les réseaux sociaux en cette période.

Je lui rends son téléphone.

— Tu veux un vin chaud ? Ou un chocolat ?

— Un chocolat chaud ! Il commence à faire frisquet.

Je l'attire dans mes bras sans rien dire. J'ai l'impression d'être stupide et un peu brusque, car je ne fais jamais ça habituellement, mais comme elle ne dit rien elle non plus, j'imagine que ça lui va.

Je m'arrête devant un stand de boissons chaudes et nous prends la même chose. Le temps de siroter notre chocolat, nous nous posons près du canal du Vassé et du pont des Amours. Les barques qui sont amarrées au bord sont couvertes de neige. C'est plus agréable d'être loin des gens.

Le décor, avec pour fond sonore les chants de Noël qu'on entend au loin, est plutôt romantique. Je prends conscience que certaines personnes ont le pouvoir de transformer les choses, de les rendre plus belles, plus agréables, voire magiques. Zelda a ce pouvoir. Je croyais jusqu'à présent que c'était la seule dans mon entourage… Et puis est arrivée Juliette.

C'est la raison pour laquelle, lorsqu'elle tourne la tête vers moi, je me penche et l'embrasse. Sans réfléchir. Parce que j'en meurs d'envie.

Alors que je suis persuadé qu'elle va mettre fin à ce baiser ou me repousser, elle n'en fait rien. Elle place ses bras autour de moi. Me voilà perdu dans des sensations qu'elle seule peut m'inspirer. Ses lèvres ont un léger goût de chocolat dont je raffole presque autant que son parfum qui m'enivre.

Lorsque l'on s'écarte l'un de l'autre, elle semble perdue.

— Désolé, je dis en soupirant.

Je m'en veux. Je crée moi-même ma dépendance à cette femme.

Elle me sourit et murmure à mon oreille :

— C'était plutôt romantique. Et même si ça ne te ressemble pas vraiment de faire ce genre de chose, c'était très agréable.

Je ne me sens pas vexé par ses mots. Au contraire, ça m'amuse.

— C'est ta faute. Ou celle de la robe rouge que tu as achetée, peut-être.

— Elle te plaît à ce point ?

— Disons que je suis presque triste de savoir que je ne te verrai sans doute plus jamais dedans.

— C'est gentil, dit-elle, troublée.

Je la vois rougir légèrement et je me fais la réflexion que mon comportement avec elle est des plus surprenant. C'est si étrange de se comporter comme ça, de trouver ça naturel et d'occulter très loin dans son esprit l'idée que, dans quelques jours, il faudra penser à l'après.

— Je ne sais pas si on peut qualifier cela de gentil… Si tu savais les images qui défilent dans ma tête… de toi, avec cette robe…

Juliette me caresse sensuellement la joue.

— Quand on se perd une fois, on peut appeler ça un égarement. Mais quand on crève d'envie de recommencer, comment appelle-t-on ça ?

Je marque une pause avant de poursuivre :

— J'ai beau essayer de me convaincre que tu n'étais qu'un merveilleux égarement, Boucles d'Or, cela n'enlève rien au fait que j'ai encore envie de toi.

— Sawyer…

Suis-je allé trop loin ?

Juliette se tait. Peut-être est-ce ce dont j'ai besoin pour refréner cette irrésistible attirance que j'éprouve pour elle.

— J'essaye de t'éviter, de te résister, et toi tu me dis ça… On le sait aussi bien l'un que l'autre que c'est un égarement. On devrait pouvoir y résister. Surtout depuis qu'on a… couché ensemble. Ça devrait nous suffire.

— C'est le cas pour toi ? je demande. Parce que pour moi, non. J'en veux plus. Je ne peux pas nier cette évidence.

— Je ne peux pas, non plus, répond-elle. Je pensais que ça partirait avec le temps, que ça s'estomperait. C'est vrai, d'habitude, quand on cède à la tentation, on est repu. Mais là, j'ai toujours « faim ».

— On pourrait appeler ça une parenthèse de Noël. En profiter juste le temps que ça dure et ensuite retourner à nos vies… C'est ce qui va se passer, de toute façon.

Je n'en reviens pas de ces mots qui sortent de ma bouche. C'est tellement loin de ce que je suis que ça me fait flipper. Je ne pense pas à Zelda, ou aux conséquences que cela pourrait avoir sur moi après coup. Je n'ai jamais ressenti cela avant. Je me suis toujours satisfait de ce que j'avais.

— Tu serais une sorte de secret de Noël ? dit-elle avec un petit sourire.

— Un secret, un cadeau, ton Père Noël… Je serai tout ce que tu veux que je sois.

Elle sourit de plus belle et je meurs d'envie d'embrasser cette foutue bouche qui me nargue.

— Un Père Noël très *hot*, dans ce cas.

— Je te laisserai jouer avec ce qu'il y a dans ma hotte, si c'est ça que tu veux.

— Il y a des choses pour moi ?

— Dans celle-là, je te garantis qu'il y a tout ce que tu désires. Seulement… As-tu été sage cette année ?

— Non, minaude-t-elle en secouant la tête. J'ai fait des bêtises dans un jacuzzi il n'y a pas longtemps et j'ai bien envie de recommencer devant un feu de cheminée…

— Tes souhaits seront exaucés, je murmure avant de l'embrasser.

Chapitre 15

Juliette

— Salut !

Malgré le ton de Dana pour me dire bonjour, je remarque de suite qu'elle est malade. Sur l'écran de mon ordi, je fixe ma meilleure amie couchée dans son lit. Elle est malade, c'est certain.

— T'as vraiment une mine affreuse.

Elle geint.

— Je sais, je me sens tellement mal.

— T'as chopé un rhume ?

— Non, j'ai la grippe, elle me répond en toussant. Le médecin m'a clouée au lit jusqu'à la fin de la semaine. Mais toi, ça va ? Tu fais quoi de beau, raconte !

— Rien de fou. Je me balade, je change d'air. J'ai trouvé un bar super sympa. Tu adorerais.

C'est la première fois que je lui mens. D'ordinaire, je lui dis absolument tout.

Quand j'ai rencontré James, elle l'a de suite su. Elle était au courant de toutes les étapes de notre relation. Et les relations précédentes, c'était la même chose. Mais cette fois, c'est autre chose, c'est différent. Sawyer est un secret, une parenthèse que je ne veux partager avec personne. Je souhaiterais profiter pleinement de lui avant qu'il ne m'en reste que de brefs souvenirs. Et puis, je ne veux pas que Dana s'imagine monts et merveilles. C'est pour lui qu'elle m'a fait venir ici, après tout. Cette folie entre Sawyer et moi, c'est sa faute… Et c'est juste une passade.

— J'ai vu ton post sur Instagram ! Ton inspiration est revenue à 100 % ?

— On peut dire ça, oui. J'ai bien avancé sur mon nouveau roman. Et j'en suis plus que satisfaite. J'attends le retour de Clara, mais je pense qu'elle va aimer.

— Ah… Ce que j'aime quand tu retrouves ta confiance en toi, comme ça ! Ça ne te va tellement pas de douter de tes capacités. Je suis contente pour toi.

— Je te confirme que c'est agréable de se sentir de nouveau fière de son travail. Encore plus quand tu as eu un gros passage à vide.

— Si j'avais su que t'envoyer à la montagne te débloquerait, je l'aurais fait bien avant…

Je souris à Dana, sans rien dire.

Le décor enneigé dans lequel je me trouve a joué, bien sûr. Mais c'est Sawyer qui a tout changé. Cet homme est inoubliable. Il n'est pas juste sexy à mourir, il est adorable, charmant. Il est tout ce dont une femme a besoin. Ses regards, ses mots maladroits, mais sincères… Je n'en reviens pas d'avoir fait une fixette sur James pendant si longtemps. Mais aurais-je pu l'effacer de mes pensées, sans Sawyer ? Je ne crois pas…

— Juliette ?

— Hein ? Quoi ?

— Tu pensais à quoi, là ?

— Rien de particulier, je suis fatiguée. Désolée.

Elle me regarde d'un drôle d'air. C'est vrai que je ne suis pas très bavarde. Je contrôle ce que je dis, ayant peur de faire une gaffe.

Je ne peux, par exemple, pas lui expliquer que je craque pour mes voisins préférés. Et une chose est sûre : j'ai beaucoup trop hâte de voir Sawyer.

— Juliette ?

Je lève de nouveau les yeux vers Dana et perçois son sourire moqueur.

— Tu me caches quelque chose ?

— Non, je réponds aussitôt.

— Tu es aussi bizarre que je suis mochement malade. T'es certaine que ça va ?

— Oui, ne t'inquiète pas. Je pense à mon roman, j'ai peur de perdre l'inspiration en rentrant.

Et ça, ce n'est pas un mensonge. Je crains de me sentir frustrée, une fois à Paris. Que Sawyer me manque…

— Pourquoi tu la perdrais ? Tu es sur la bonne voie, ça va aller. Il fallait juste que tu changes d'air. J'ai trop hâte que tu rentres, n'empêche, trop hâte qu'on fête Noël.

— En parlant de ça, j'ai trouvé ma robe. Elle est canon, un vrai bijou.

— C'est vrai ? Montre !

Je vais chercher la robe et la mets bien en évidence devant la webcam de l'ordinateur. La voir de nouveau me renvoie instantanément à la fois où je l'ai essayée devant Sawyer.

— Mais elle est sublime ! crie Dana.

— Ouais, c'est exactement ce que m'a dit…

Je me tais brusquement. J'allais dire une connerie…

— Euh, la vendeuse, quand je l'ai essayée, je reprends posément.

— Tu m'étonnes. Il faut que je m'en achète une aussi pour rivaliser avec toi. Elle est vraiment magnifique.

Je ne sais pas pourquoi, mais j'ai le cœur en marmelade. Enfin si, je sais pourquoi… C'est à cause de *lui*.

Je ne devrais pas m'emballer comme ça, mais il y avait bien longtemps que je n'avais pas ressenti cette sensation singulière de plaire à un homme pour lequel je craque.

Alors que Dana se met à tousser, je me dis que je suis une bien piètre amie ces derniers temps. Me voir déprimer n'a pas dû être facile, m'entendre me plaindre non plus. Et maintenant, je me fais l'impression d'être absorbée par mes pensées et d'être carrément absente pour elle.

— Est-ce que tu m'en veux encore pour cette histoire de plan foireux ? elle me demande d'une petite voix.

Je secoue la tête en souriant.

— Non, ne t'en fais pas pour ça.

Je me fais la promesse de tout lui raconter quand nous nous verrons à Noël. D'ici là, j'aurai réussi à mettre de l'ordre dans mes pensées… et dans mon cœur, je l'espère.

— Je ne me sens pas très bien, mon chat. Je vais te laisser, elle me dit d'une voix enrouée. On se rappellera quand j'irai mieux.

— D'accord…

— Je t'aime, amuse-toi bien.

— Je t'aime aussi.

❄❄❄

Ça te dit une soirée chez ton crush ?

Je relis plusieurs fois le message de Millie. Bien qu'il soit très simple, j'ai du mal à piger ce qu'elle veut dire.

Pardon ?

Elle répond après plusieurs minutes :

Ça te dit une soirée avec mon frère, Zelda et moi ?

Avant d'ajouter :

Il y aura Ugo aussi… J'ai besoin de ton soutien.

Je souris face à mon écran.

Ils se plaisent, ils sont sexy, majeurs et vaccinés… Je ne vois vraiment pas ce qui les retient de se sauter dessus. Rien que pour les voir se tourner autour pendant des heures – et passer du temps en compagnie de Sawyer et Zelda, cela va sans dire – je saute sur l'occasion.

OK je te soutiendrai !

Super ! Je passe te prendre.

Ce qui me laisse le temps de trouver un truc à me mettre. Je n'ai pas grand-chose pour l'occasion dans mon armoire et cela me fait soudain cogiter.

Je retire alors mon sweat à capuche et enfile mon gilet en cachemire que je boutonne jusqu'en haut avant de le rentrer dans mon jean.

— Salut ! lance Millie quand j'ouvre la porte.

— Salut.

Je lui souris.

— Désolée, je suis un peu en retard, je suis passée faire un coucou à mes parents avant de venir.

— Pas de souci. Alors comme ça, tu as besoin de moi ?

Elle rougit.

— Désolée, c'est juste que… il s'est pointé à l'improviste

chez Sawyer alors que je passais lui apporter les gâteaux qu'il me restait et mon frère a eu la bonne idée de nous inviter pour le dîner. Alors, tu vois…

— Tu avais peur de te retrouver solo avec ton crush et de ne pas savoir comment agir ou quoi dire ?

Millie soupire et je comprends parfaitement le trouble qui la tiraille. J'ai le même qui m'habite chaque fois que je vois son frère.

— Disons que ça fait très longtemps que nous n'avons pas passé de soirée ensemble, comme ça. En plus, je n'étais pas du tout prête. Je me suis mal habillée aujourd'hui, j'ai des cernes…

Je soupire. À l'entendre se dévaloriser, je crois me revoir quelques mois en arrière.

— Ne t'en fais pas, Millie, je comprends très bien. Cela dit, j'aurais pu te dire non, pour me venger du coup foireux que tu m'as fait l'autre jour, en nous envoyant faire du shopping ensemble Sawyer et moi.

— C'était un cadeau que je te faisais !

J'éclate de rire.

— Je suis passée chez moi vite fait, j'ai pris deux robes que j'aime bien, tu veux bien me donner ton avis ?

Je l'invite à entrer et nous allons dans la salle de bains.

— C'est bon, dit-elle.

Je me tourne vers elle. Elle a enfilé une adorable robe pull blanche. Ce modèle met particulièrement sa poitrine en valeur.

— J'ai l'air de ressembler à rien… tu en penses quoi ? On dirait que je me suis habillée à l'arrache pour qu'il me remarque, et c'est tellement le cas…

— Tu ne ressembles pas à rien. Tu es superbe. Cette robe est canon.

Elle soupire.

— L'autre est comment ? je rajoute.

Millie me montre la deuxième, une robe babydoll aux manches évasées.

— Elle a l'air ample celle-ci, alors que celle que tu portes te fait des seins du tonnerre, si tu veux mon avis.

— Mais j'ai que mes baskets et…

— Attends deux secondes. Tu chausses du combien ?

— 38, pourquoi ?

Je ne lui réponds pas, je bondis dans ma chambre pour chercher de quoi l'aider. Lorsque je reviens dans la salle de bains, je suis un peu contrariée du regard qu'elle se lance dans le miroir.

— Tiens, enfile ça !

— Qu'est-ce que c'est ? demande-t-elle en attrapant ce que je lui tends.

— Des chaussettes hautes et des cuissardes. Pour un look de Noël super sexy.

— Je ne sais pas si…

— Fais-moi confiance.

Elle hoche la tête, et elle enfile les chaussettes puis les chaussures. Je suis ravie que nous ayons la même pointure. Une fois fini, elle s'approche du miroir et se regarde.

— C'est joli !

— Canon, tu veux dire !

— Je me suis acheté ça au marché de Noël, je crois qu'avec ta tenue ça sera parfait.

Je retire mon bracelet et je lui mets autour du poignet. Il est tout simple, mais j'ai craqué pour le petit flocon. Je crois qu'il m'a rappelé ceux que j'ai laissés se poser aux creux de ma main dans le jacuzzi de Sawyer.

— Voilà, jolie Millie, je dis en répétant les mots de son crush.

— Merci, dit-elle en rougissant.

— Tu sais ce qui rend une femme belle ? je lui dis. C'est son attitude, sa façon d'être. De toute façon, tu es magnifique, Millie. Si tu veux, tu peux aussi détacher tes cheveux, surtout s'il a l'habitude de les voir attachés.

Elle me laisse faire, alors je passe mes doigts dans sa chevelure pour la lui démêler. Si le beau pompier craque pour elle dans son tablier, il craquera assurément pour elle comme ça.

— Désolée de t'imposer mes états d'âme parfaitement ridicules.

— Tu n'es pas ridicule.

— C'est pourtant l'impression que j'ai.

— Si ça peut te rassurer, on sera toutes les deux stressées par un homme, ce soir. Tâche de t'en souvenir la prochaine fois que je viens bosser dans ton bar et que tu diriges ton frère droit vers moi à la première occasion.

On se sourit et elle hoche vivement la tête.

— On se met en route ? je propose.

Je me sens un peu mal à l'aise quand on arrive devant chez Sawyer, malgré le fait qu'il ait installé des guirlandes lumineuses sur le toit de son chalet, ce qui le rend d'autant plus joli.

C'est Millie qui fait le premier pas et pousse la porte d'entrée. Sawyer et Ugo sont assis au bar de la cuisine et boivent une bière.

— Bonsoir, lance joyeusement le premier.

Je me sens rougir alors qu'il pose son regard brûlant sur moi. Malgré tout, je lui souris, retire ma veste, prend celle de Millie et dépose le tout sur une chaise.

— On s'est déjà rencontrés, non ? demande le beau pompier en m'apercevant.

— Oui, je suis régulièrement au bar de Millie. Je m'appelle Juliette.

— Enchanté, moi c'est Ugo. On m'a déjà beaucoup parlé de toi, Boucles d'Or.

Je souris alors qu'il me fait la bise.

— Est-ce qu'il s'est au moins excusé pour le fusil ?

— Même pas.

— Ce mec est un bourrin.

J'éclate de rire tandis qu'Ugo jette un rapide coup d'œil à Millie. Il se croit discret, mais je remarque tout le temps ce genre de chose. Elle lui plaît, c'est tellement certain !

Est-ce que c'est Sawyer qui les freine ? Joue-t-il au grand frère protecteur ? Il ne semble pas être de ce genre-là, pourtant.

Ce dernier se redresse et me propose sa place, mais j'invite Millie à s'y installer lorsque Zelda débarque. Elle vient aussitôt vers moi et m'enlace. Je l'embrasse sur le front. Elle est super, cette gosse !

— Tu vas bien, trésor ?

— Oui, super.

Elle me sourit. Elle porte un pyjama à l'effigie des Super Nanas.

— C'est cool que tu sois là.

— J'adore ton pyjama, je fais remarquer.

Je crois que je commence vraiment à m'attacher à elle. Elle et son père se complètent totalement.

Je crois aussi que je n'aurais jamais dû franchir le seuil de ce chalet. J'aurais dû partir tout de suite quand j'ai su que Dana m'avait prise au piège et que Sawyer était si sexy.

Elle part se chercher un soda avant de s'installer devant la télé du salon, son portable sur les genoux.

J'ai mal au cœur en repensant au fait qu'elle se soit sentie si seule qu'elle a dû contacter Dana.

— Et vous, les filles, vous voulez boire quoi ? demande Sawyer.

— Une bière, comme vous, cela m'ira très bien, je réponds.

— Pareil, enchaîne Millie.

Il acquiesce et s'empresse d'aller vers le frigo. Pendant ce temps, je jette un regard à Ugo et Millie, qui bien qu'assis l'un à côté de l'autre n'osent pas se regarder.

— Comme tu passes ton temps à cuisiner des douceurs pour les autres, lance Ugo à Millie, ce soir, c'est Saw et moi qui allons nous charger de la nourriture.

Millie tourne enfin la tête vers lui. Elle semble ravie.

— Toi, aux fourneaux ? J'attends de voir ! Si ça devient une passion, surtout dis-le-moi. Je t'embauche au Chocooning, direct.

Il ne répond pas, mais j'imagine qu'il meurt d'envie que ce soit le cas. Simplement pour pouvoir passer plus de temps avec elle.

Lorsqu'il lui fait un clin d'œil, Millie rougit jusqu'aux oreilles.

Ils sont adorables. Rien que pour les voir se tourner autour, je suis contente d'être là.

— En plus, si tu fais cramer la bouffe, tu es déjà sur place pour maîtriser les flammes. Trop pratique.

— Exactement, dit-il avec un sourire. Mais ne me crois pas si mauvais que ça en cuisine. Car c'est tout le contraire.

— Et qu'est-ce que tu sais faire de bon ? je demande.

Sawyer me donne ma bière, déjà décapsulée, puis en pose une devant sa sœur.

— Le crumble, c'est ma spécialité.

Millie roule des yeux.

— Mais globalement, je suis assez doué derrière les fourneaux. Je sais tout faire.

— Mais t'as pas fini de te vanter ! lance Sawyer, moqueur. Tu crois impressionner qui ?

S'il savait…

— T'as raison, mon métier seul suffit à faire fantasmer les femmes. Je n'ai pas besoin de mettre en avant le reste.

— Mais bien sûr… De mon côté, je préfère me vanter de rien, comme ça, dans le pire des cas, je ne déçois personne. Et dans le meilleur, je surprends !

Millie soupire et leur lance :

— Vous allez arrêter de vous comparer pour savoir qui a la plus grosse !

— C'est moi, répondent-ils en chœur.

Je ricane, amusée.

Je n'ai jamais fantasmé sur l'uniforme à proprement parler, mais j'ai déjà louché une fois ou deux sur le calendrier des pompiers, je dois l'avouer.

— Tu es en poste depuis longtemps ? je demande à Ugo.

Il hoche la tête.

— Une fois la majorité atteinte et le baccalauréat en poche, j'ai passé le concours d'entrée et me suis engagé en tant que pompier professionnel.

— C'était une vocation ?

— Oui. Pour résumer, mon grand-père était colonel chez les pompiers et un jour je l'ai vu sortir un gosse des flammes. Il a été acclamé en héros et j'ai trouvé ça incroyable. Dès que j'ai pu, je me suis engagé en tant que JSP[1].

— C'est impressionnant.

Je sens le regard de Sawyer sur moi alors qu'Ugo me sourit. Je me demande ce qui lui passe par la tête. De la jalousie ?

— Avec le temps, l'envie de devenir un soldat du feu est devenue plus forte. Aider les gens, leur porter secours, les sauver… En grandissant, le désir d'incarner un héros a été balayé par celui de faire de l'humanitaire.

— Je comprends… Désolée si je suis curieuse. Je ne peux

1 Jeune sapeur-pompier.

pas m'empêcher de poser des questions pour cerner les gens. Cela m'aide aussi parfois à construire d'éventuels personnages de roman. Déformation professionnelle…

— C'est vrai, Sawyer m'a dit que tu écrivais des livres.

Je hoche la tête et je souris, un peu surprise, mais touchée que Sawyer ait parlé de moi.

— Tu comptes écrire un livre sur moi, du coup ?

— Hum… Pourquoi pas prendre un pompier comme héros, oui. Ou mieux, une femme pompier !

Il me sourit tandis que je lui fais un clin d'œil.

⁂

C'est un peu déroutant d'évoluer au sein d'un groupe d'amis différent de d'habitude. Je ne me sens pas mal à l'aise, mais il me manque Dana. Elle serait probablement ravie d'être ici, ou tout simplement de me savoir là…

— Et si on jouait à un jeu, lance Ugo au groupe.

Sawyer lui jette un regard surpris.

— Ça dépend… tu proposes quoi ?

— On pourrait jouer à « je n'ai jamais ».

Sawyer tourne la tête vers sa sœur et moi. Je laisse échapper un petit rire.

— Vous en pensez quoi ?

— Ça me va, répond Millie.

— Et toi ?

— Aussi, je réponds.

— OK, alors je vais chercher des bières.

Je n'ai pas vraiment peur de ce genre de jeux, au contraire, ils m'amusent plutôt. Et puis c'est un bon moyen d'en apprendre un peu sur les autres.

Zelda est allée se coucher depuis un moment maintenant, donc nous nous installons dans le salon.

Sawyer nous sert à boire et, alors qu'il se rassoit, je ne peux m'empêcher de jeter des petits coups d'œil dans sa direction. Il ne porte pas de chemise aujourd'hui, mais un T-shirt blanc qui lui va tout aussi bien.

— Qui commence ? demande Ugo.

Millie hausse les épaules.

— Eh bien, toi, puisque tu as proposé ce jeu.

— OK ! Je n'ai jamais écrit de livres.

Je souris en portant la bière à ma bouche.

— Si c'est juste pour me faire boire, vous allez vous ennuyer, je tiens très bien l'alcool.

Il rit alors que les autres me regardent avaler une gorgée de bière. Sawyer en face de moi enchaîne :

— Je n'ai jamais embrassé le poster d'une star.

Millie soupire avant de boire, et je la suis.

— C'est sûr que t'as fait pire sur tes magazines coquins, lance-t-elle avec un sourire.

Je suis hilare alors que Sawyer grimace.

— C'était qui sur le poster ? je demande.

— Brad Pitt.

Classique.

— Mais qu'est-ce que vous avez toutes avec Brad Pitt ? s'insurge Ugo.

— Tu l'as vu dans *Légendes d'automne* ? je lui demande. Il était si beau…

Millie trinque avec moi.

— Oui ! C'était exactement ça, mon poster ! Et toi, tu as embrassé qui ?

— Chad Michael Murray, j'ai crushé sur lui toute mon adolescence. Et James Marsters, qui jouait Spike dans *Buffy contre les vampires*.

Alors que les garçons semblent désespérés, Millie et moi nous comprenons mieux que jamais.

— À mon tour, elle fait en réfléchissant un instant. Je ne me suis jamais fait prendre par mes parents.

— Comment ça ?

Elle plante son regard dans celui d'Ugo.

— En train de me masturber, ou de faire l'amour, je veux dire.

C'est amusant de voir que, pour cette question-là, ce sont les deux garçons qui boivent une gorgée de bière.

— Et comment vous expliquez ça ? Que vous vous faites griller à chaque fois ?

— Pas à chaque fois, rétorque Sawyer en riant, mais quand tu as un ado de dix-sept ans à la maison, mieux vaut frapper à la porte de sa chambre avant d'entrer.

Ugo n'épilogue pas. J'imagine que ce n'est pas plus mal.

— Je n'ai jamais mangé de nourriture pour animaux, je lance.

Ugo boit et on le regarde tous d'un drôle d'air, Millie la première.

— C'est dégueulasse !

— En fait, pas tant que ça…

— Vraiment ?

Elle semble dégoûtée, mais pas sûr que cela suffise à la guérir de son crush.

— J'ai perdu un pari à la caserne et j'ai dû manger une des boîtes pour chat de Lancelot, notre mascotte. Ce n'est pas ce que j'ai bouffé de mieux, ni de pire, d'ailleurs. Bon, et sinon, c'est de nouveau mon tour. Je n'ai jamais écrit de lettre d'amour.

Je bois avec Millie, puis elle lance :

— J'en ai écrit une à mon ex, une fois. Il n'en a rien eu à faire !

Je lui ai dévoilé tout ce que j'avais sur le cœur, livré mes pensées les plus intimes, et lui, il m'a simplement dit : merci.

— C'était un gros connard, ce mec, précise Sawyer.

Ugo hoche la tête. Ils sont touchants de réagir ainsi, ça montre qu'ils tiennent tous les deux à elle.

— Tu en as écrit une aussi, Juliette ?

— Dans mon livre. Ça compte ?

Millie acquiesce.

— Oui, même si tu as l'air moins ridicule que moi.

— Je ne trouve pas ça ridicule de dévoiler ses sentiments par écrit, c'est beau au contraire.

Elle me sourit, puis se tourne vers son frère.

— C'est à toi, Sawyer.

***

Il est tard quand Millie me dépose chez moi. N'ayant pas la force de me relancer dans l'écriture de mon roman, je file directement dans ma chambre. Je me mets en pyjama, me débarbouille et me glisse dans mon lit.

Alors que je m'apprête à éteindre la lumière, mon téléphone sonne. C'est un message. *De Sawyer.*

C'était très frustrant de t'avoir chez moi et de ne pas pouvoir embrasser ta bouche parfaite.

Mon cœur bat la chamade. Il y avait tellement longtemps que je n'avais pas reçu un tel SMS.

Je lui réponds :

Parfaite ?

Absolument parfaite. En particulier à cause de ton sourire qui est à tomber. Mais ça, je te l'ai déjà dit... J'aurais préféré que tu restes, tu sais. J'aurais adoré t'avoir dans mon lit, ou ailleurs.

Me vient alors une idée folle… À la hâte, je me lève, j'enfile la robe que nous avons achetée ensemble et je me prends en photo avant de lui envoyer.

J'aurais aimé moi aussi.

Je soupire dans l'attente de sa réponse. J'appréhende un peu sa réaction. J'espère que ça va lui plaire et que ce n'est pas trop osé pour lui.

Tu veux me faire mourir, Boucles d'Or ?

Loin de moi cette idée, pourquoi ?

Et tu joues les innocentes en plus ? M'envoyer ça, c'est du sadisme. Ça ne fait que me frustrer davantage.

Je pensais te faire plaisir…

Oh ! mais ça me fait plaisir. Tu ne peux pas t'imaginer à quel point j'ai envie de toi dans cette robe.

J'essayerai de ne pas partir d'ici sans que tu l'aies revue, alors.

Sawyer répond aussitôt :

Boucles d'Or, si je te vois dans cette robe, je risque de

la mettre dans un sale état… Et pas sûr que je te laisse partir, après.

C'est assez bourru, tout ça !

Voilà qui me correspond plutôt bien. ;)

Je souris face à mon écran et tape à toute vitesse :

C'est excitant, aussi.

J'ai hâte de te voir, Boucles d'Or…

Moi aussi…

Chapitre 16

Sawyer

J'ai du boulot par-dessus la tête, aujourd'hui. Les commandes s'enchaînent et trouver un gars pour remplacer Ben s'avère plus difficile que prévu. J'en ai vu dix en l'espace de trois jours. Et le plus embêtant dans tout ça, c'est que, même si je déniche quelqu'un qui a les compétences et l'expérience requises, il faudra tout de même passer du temps avec lui pour lui présenter l'équipe, les équipements et notre mode de production. C'est assez contraignant. Surtout à cette période.

Il faut que je prenne une décision et que j'en embauche un. Toute cette paperasse, ça me fatigue.

Je passe tout l'après-midi sur la route afin d'aller vérifier l'état du bois que je vais acheter aux forestiers et nous convenons finalement d'une date de livraison de la marchandise. Je retourne ensuite au bureau et décide de rappeler un jeune que j'ai vu il y a quelques jours. C'est celui qui a le moins d'expérience, mais qui m'a le plus plu lors des entretiens. Ça lui fera au moins ça à mettre sur son CV.

Une fois mon équipe partie, je reste encore un peu pour vérifier le stock et l'avancée des productions. Je suis content de constater que, demain, trois commandes seront terminées et prêtes à être livrées dans les temps. Ça va libérer de la place pour pouvoir mener à bien la suite.

Il est un peu plus de 20 heures quand je me gare devant le chalet de mes parents afin de récupérer Zelda. Alors que je descends du véhicule et lève les yeux vers leurs décorations de Noël, je ne peux m'empêcher de penser à Juliette. À dire vrai, ma jolie Boucles d'Or est constamment dans ma tête. Elle m'obsède.

Avant je ne pensais qu'à ma fille, ma famille, et mon boulot. Maintenant, il y a Juliette. Même quand je bosse comme un malade, quand je passe du temps avec Zelda, quand je commence à m'endormir… elle est là. Insinuée dans la moindre de mes pensées.

J'ai très envie de la revoir, de l'embrasser, et plus encore.

Je crois que je n'ai jamais été aussi impatient à l'idée d'être en compagnie d'une femme. C'est même absolument certain, compte tenu du fait que j'ai passé mon temps à éviter toute relation pour m'occuper de ma fille.

Il faut dire que ça m'allait très bien comme ça, à l'époque. Je m'en accommodais parfaitement. Mais maintenant que j'ai ouvert les yeux sur cette envie d'être un homme, et pas seulement un père, j'ai peur de ne pas être capable de passer à autre chose.

Quand Juliette partira, je sais que cela ne changera rien à mon envie d'elle. Et je dois dire que c'est très frustrant.

J'en viens carrément à me dire que j'aurais préféré ne jamais la rencontrer. Qu'elle ne se soit jamais introduite chez moi et que je ne l'aie jamais laissée me séduire comme elle l'a fait. Alors, rien dans mon quotidien millimétré n'aurait changé et tout serait plus simple.

Mais est-ce vraiment ce à quoi j'aspire, la simplicité ? Boucles d'Or ne m'a-t-elle pas ouvert les yeux sur qui j'étais vraiment, et sur qui je souhaite devenir… ?

En m'apercevant sur le pas de sa porte, ma mère me fait un immense sourire.

— Bonsoir, mon lapin !

— Salut, maman, je dis en embrassant son front.

Alors qu'elle me laisse entrer, Vador me saute dessus pour me faire fête. Je le caresse derrière les oreilles.

— C'est qui le meilleur des chiens ? C'est qui le plus beau ?

Il aboie.

— Tu vas bien ? Tu as l'air fatigué.

Je lève les yeux vers elle. Elle m'observe d'un air soucieux.

— Comme d'hab', il y a du boulot. Mais ça va.

Nous entrons dans la cuisine et y découvrons mon père, derrière les fourneaux. Je vais l'embrasser.

— Tu as trouvé un gars à embaucher ? il me demande.

— Oui, ça y est. J'ai pris un jeune qui manque d'expérience mais qui semble assez solide.

— C'est bien, ça.

— Oui, je pense que ça peut lui être bénéfique de bosser chez nous. Et puis, je suis sûr qu'il va dynamiser l'équipe.

Mon père sourit.

Zelda arrive à cet instant dans la cuisine et vient me faire un câlin. Quand elle était enfant, elle se jetait littéralement dans mes bras. Depuis qu'elle est ado, elle se montre plus pudique.

— Ça a été, ta journée ?

— Oui, elle me dit joyeusement. Notre prof de physique nous a proposé d'aller observer les étoiles en fin de semaine.

— Ah bon ?

— Oui, on va observer les Géminides et on va dormir dans une grande auberge en forêt. J'ai trop hâte.

— Cela aura lieu quand, exactement ?

— Vendredi, on revient le samedi soir, et on va faire de la randonnée aussi. Si ça t'intéresse, j'ai tous les renseignements sur une brochure dans mon sac.

— OK, je regarderai ça en rentrant.

— Cool ! dit-elle, le sourire aux lèvres.

Je ne peux m'empêcher de sourire aussi. D'une part, parce que son excitation est contagieuse. Et d'autre part, parce que cela signifie que je pourrai passer du temps en compagnie de Boucles d'Or sans que rien ni personne ne puisse nous déranger… juste avant qu'elle parte puisque son retour est prévu dimanche.

— Tu as fait tes devoirs ?

— Oui, je m'étais assez avancée, donc je n'avais pas grand-chose. Je dois juste préparer une fiche de lecture pour avant les vacances. Je m'en occuperai avant qu'on parte observer les étoiles.

Je vois qu'elle a déjà tout planifié. Elle tient assurément ce côté pratique et ordonné de moi.

— C'est quoi le titre du livre en question ?

— J'avais plusieurs choix, mais j'en ai pris un de la série *Percy Jackson*, de Rick Riordan. Et c'est super bien, c'est sur la mythologie, Percy, c'est un demi-dieu, le fils de Poséidon et il doit trouver l'éclair de Zeus.

— Ça m'a l'air cool, je dis.

— Oui, je lirai les autres ensuite.

Zelda se dirige vers le salon en nous lançant :

— Je vais préparer mes affaires.

Vador la suit, en balayant sa queue de gauche à droite. Ma mère en profite alors pour me faire du coude.

— Toi et ta sœur passez pas mal de temps avec Juliette, j'ai l'impression.

Elle a toujours eu l'art et la manière de sortir des petites bombes de ce genre. C'est un talent comme un autre, et il faut dire qu'elle a le don de le dégainer au bon moment.

Je ne suis pas idiot, je sais qu'elle voit comment je suis, et qu'elle a probablement compris qu'on se plaisait, mais j'aimerais qu'elle saisisse aussi que c'est juste comme ça. Qu'il n'y a pas de plan sur le long terme, ni rien…

— On se voit de temps en temps, oui.

— C'est bien, ça vous fait de la compagnie. Elle est si gentille et jolie.

Mon père lève les yeux au ciel.

— Qui ça ? demande Zelda en revenant vers nous.

Elle a été rapide.

— Juliette, lui répond ma mère avec un clin d'œil.

— Elle est géniale. Elle a toujours plein d'attentions pour moi et m'écoute quand j'ai besoin de conseils.

C'est vrai que c'est quelqu'un de très bienveillant. Quand je pense qu'il y a un type qui avait cette femme dans sa vie et qui a laissé passer sa chance comme un crétin ! J'espère pour lui qu'il le regrette.

Ma mère sourit affectueusement.

Je me rapproche de Zelda pour la regarder dans les yeux.

— Tu sais, si les gens sont aussi géniaux avec toi, c'est parce que tu l'es également. Tu as pris beaucoup des qualités de ta maman. Tu as son sourire, sa gentillesse, sa beauté… Tu lui ressembles tellement.

Elle hoche timidement la tête. Je sais que ça lui fait plaisir d'entendre ça, mais que ça la rend triste aussi. Et bien que je n'y sois pour rien, je ne peux m'empêcher de culpabiliser qu'elle n'ait pas eu la chance de connaître sa mère. J'aimerais avoir le don de lui offrir quelques instants avec elle, rien que ça, mais j'en suis incapable. Je ne peux que lui raconter les souvenirs que j'en ai et lui dire combien elle était merveilleuse.

— Tu es prête ? On va y aller.

— Oui, je vais chercher la laisse de Vador.

Nous disons bonne nuit à mes parents et nous rentrons à la maison, elle et moi.

***

Zelda a très envie de participer à ton atelier boules à neige maison. Elle a hâte.

Je pose mon téléphone et reprends ma gouge droite pour poursuivre ma sculpture.

Zelda dort, je me suis installé dans le garage où j'ai tous mes outils à disposition. Je voulais lire un peu, mais j'ai préféré terminer ce que j'avais commencé. Le bois a pris la forme que je voulais lui donner, il faudra encore que je le lisse, que je le traite, mais pour l'instant je lui donne sa forme. Si j'ai le temps, j'essaierai un peu plus tard de mettre de la peinture.

Je suis ravie. Je n'imaginais pas un instant le faire sans elle !

Moi, si, pour être honnête… J'espérais être seul avec toi.

OK, je passe pour un père indigne, mais pour cette fois, j'ai le droit.

On n'aurait pas beaucoup travaillé.

Ou de façon très laborieuse.

Ces messages me font penser à cette photo d'elle dans sa fichue robe. Bon sang, je mentirais si je disais que ça ne m'a pas fait d'effet et qu'en y repensant ça ne m'en fait pas encore. Elle était magnifique sur cette photo, dans cette robe, avec son sourire… Merde, il vaut mieux que je pense à autre chose. Elle me répond :

On fait ça quand ?

Demain, tu en penses quoi ?

Ça me va, je ferai des petits gâteaux. Je suis dans un mood biscuits de Noël, guirlandes et chocolat chaud.

Quand Zelda était petite, je me démenais pour lui offrir tout ce qu'elle voulait, qu'elle ait des étoiles plein les yeux. Maintenant qu'elle est grande, c'est elle qui fait le plus d'efforts pour décorer la maison, pour que nous trouvions le meilleur sapin et même pour le menu du réveillon.

Me promener avec Juliette dans le marché de Noël m'a ouvert les yeux. Il faut croire qu'avec la bonne personne les choses que l'on pense habituellement banales peuvent devenir supportables, voire carrément agréables. Je crois que ce ne serait pas si désagréable d'avoir quelqu'un avec qui partager ce genre de moments au quotidien.

Sinon, Zelda s'en va deux jours, juste avant ton départ. Elle va observer les étoiles avec l'école et la première chose à laquelle j'ai pensé, c'est toi.

C'est une invitation ?

Je réponds immédiatement :

Oui, j'ai très envie de passer du temps rien qu'avec toi.

J'ai hâte d'y être et de passer du temps avec vous demain.

Je souris en me remettant à sculpter.
Moi aussi, Boucles d'Or.

❄❄❄

— J'ai trop hâte qu'on y soit.

L'enthousiasme de ma fille est palpable. Elle est surexcitée à l'idée de passer du temps avec Juliette et moi, et ne s'en cache pas.

— On aurait peut-être dû apporter quelque chose à manger, elle me fait remarquer.

— On ira chercher quelque chose si jamais.

Elle hoche la tête et j'accélère légèrement, pressé d'être arrivé.

— Qu'est-ce que tu penses de Juliette ?

La question franchit mes lèvres sans que je m'y attende vraiment. J'ignore pourquoi je lui demande ça, alors que je sais très bien qu'elle l'adore. J'ai l'impression de chercher une approbation. Quel genre d'approbation, au juste ?

— Je la trouve trop cool. Et je suis certaine que vous iriez super bien ensemble.

Je manque de m'étouffer avec ma salive. Je tourne brièvement la tête et la vois me sourire malicieusement.

— Et toi ?

— Comment ça, moi ?

— Tu penses quoi d'elle ?

— Je pense la même chose que toi, c'est quelqu'un de super.

À quoi bon mentir sur ce point ? C'est tout le reste qui est délicat.

Je sens le regard de Zelda sur moi.

— Je crois qu'elle nous aime bien aussi.

— Oui, sans doute.

— J'aurais aimé qu'elle reste plus longtemps.

— Moi aussi.

C'est rare que je me confie autant à Zelda. Même si, il faut avouer, la principale raison expliquant cela est que je n'ai jamais matière à parler ainsi. Mais aujourd'hui, c'est différent.

— En vrai, papa… Je pense que Juliette est parfaite pour toi. Et que tu n'en trouveras pas d'autre comme elle.

— Qu'est-ce qui te fait dire ça ?

— D'accord, je suis peut-être encore trop jeune pour comprendre certaines choses, mais j'ai des yeux et je vois quand vous vous souriez, ou vous regardez.

— C'est amical, princesse.

— Mouais. Il lui reste encore quelques jours avant de partir. Je pense qu'il faudrait en profiter. Après tout, c'est Noël. On assistera peut-être à un miracle…

Elle se retient de rire et je soupire, faussement exaspéré. En réalité, j'adore son esprit vif.

— Tu trouves ça drôle ?

— Un petit peu. J'aimerais bien…

— On verra, je la coupe aussitôt.

— En tout cas, pour une fois, t'as pas mis de chemise à carreaux. Comment ça se fait ?

— Je sais pas, c'est bizarre.

— Très bizarre.

Nous arrivons devant le chalet de Juliette alors que nous rions encore.

Zelda s'empresse de frapper à la porte et Juliette nous ouvre après quelques secondes. Elle nous accueille avec un grand sourire. Elle a de la farine sur la joue et le front. C'est adorable. À tel point que je crève d'envie de l'attirer dans mes bras pour l'embrasser.

Mais c'est Zelda qui s'élance vers elle.

— Salut !

Juliette l'enlace et lui embrasse la joue.

— Tu vas bien, ma belle ?

— Oui, je suis ravie d'apprendre à faire des boules à neige maison.

— On va bien s'amuser.

Ma fille hausse les sourcils.

— C'est quoi cette odeur ? Ça sent trop bon !

Juliette nous fait signe d'entrer et de la suivre jusqu'à la cuisine.

— Je suis en train de préparer des sablés de Noël.

— Cool ! On va t'aider, alors.

Zelda s'élance à sa suite, mais moi, je reste dehors, comme un con. Juliette revient alors sur ses pas pour me voir et sourit. *Quel sourire !*

— Tu déposes juste ta fille pour le cours, et tu t'en vas, c'est ça ? Tu repasses la prendre quand ?

Elle joue admirablement bien le jeu, et ça me donne encore plus envie de me jeter sur ses lèvres. Si elle savait combien j'ai envie d'elle.

— Bon, sérieusement, Sawyer… Tu entres ?

J'acquiesce en souriant et elle me fait la bise. Alors qu'elle recule, je ne peux m'empêcher de passer mes doigts sur sa joue.

Elle devient écarlate.

— Tu avais de la farine juste là, et tu en as sur le front aussi.

Elle l'essuie d'un revers de la main.

— Merci.

Cette fois, je la suis en retirant mon manteau que je dépose sur une chaise dans l'entrée.

— Ils viennent juste de sortir du four, annonce Juliette. J'allais faire le glaçage.

— Besoin d'aide ?

— Les volontaires sont toujours les bienvenus.

Je me penche alors vers l'évier et Zelda m'imite et se lave les mains elle aussi. Ensuite, je glisse un doigt dans un bol rempli de farine sur la table et dessine deux traits sur mes joues, façon peintures de guerre.

— Je suis paré !

— Et cela te va très bien ! dit-elle en me souriant.

Les gâteaux en forme de sapin, de renne, et de bonhomme de neige qu'elle nous montre dégagent une odeur délicieuse. Différente de ceux qu'a l'habitude de faire ma mère.

— Ils sont à quoi ? je demande.

— À la mélasse. Et je ne voudrais pas me vanter, mais c'est une tuerie.

J'esquisse un petit sourire moqueur et elle arque un sourcil.

— Quoi ? Tu ne me crois pas ?

— Je dois d'abord goûter pour te le dire.

Zelda ferme les yeux.

— L'odeur est à tomber. J'ai trop hâte de les manger.

— Heureusement que tu es là, lui répond Juliette.

Puis elle s'adresse à moi :

— Tu vois, au moins ta fille, elle, a du tact. Les hommes des montagnes, vous êtes vraiment bourrus.

— *Très* bourrus, et gourmands, aussi. Il ne faut rien leur promettre sur la bouffe, à moins de vraiment assurer derrière. Mais dis-moi, tu en connais beaucoup, des montagnards ?

— Un seul, ça me suffit amplement. Je n'ai pas envie de rencontrer d'autres fusils.

Je ne sais pas pourquoi, mais toute cette conversation m'excite. Je me penche alors au-dessus de son plat et pique un sablé.

— Je ne t'ai pas autorisé à faire ça !

Juliette manque de me frapper avec une spatule en bois, mais j'esquive à temps et je ris comme un gosse.

— Désolé, je ne résiste jamais à l'appel d'un gâteau qui sort du four.

— Tu me fais honte, papa, soupire ma fille en secouant désespérément la tête.

Elle et Juliette se regardent et j'ai la sensation que le monde a été mis sur pause alors que je les observe. Mon cœur a un raté, avant de repartir de plus belle. Rien vraiment n'a changé durant cette seconde, *sauf dans mon cœur.*

J'ai compris. Non, plutôt je comprends, enfin.

— Alors ? demande Juliette.

Le biscuit en forme de petit bonhomme est chaud dans ma main, mais je croque dedans à pleines dents. Bon sang, c'est un pur délice.

— J'avoue, c'est délicieux.

Zelda s'empresse alors de demander :

— Je peux goûter ?

Je donne le morceau de gâteau qu'il reste à ma fille et ses yeux s'arrondissent alors qu'elle le fourre dans sa bouche.

— Putain, ils sont…

Je la dévisage alors qu'elle plaque une main sur sa bouche. Juliette éclate de rire.

— Je crois que quelqu'un me doit des excuses.

Je lui fais un clin d'œil tandis que ma fille termine sa bouchée.

— Pardon pour la grossièreté, mais ils sont trop bons, dit-elle en se mordillant les lèvres. C'est quoi ta recette ?

— Ça, c'est un secret, Zelda, répond Boucles d'Or.

— Mais comme tu t'en vas, il faut nous la donner, comme ça on pensera à toi chaque fois qu'on en mangera.

Ma fille, ou l'art et la manière d'arriver à ses fins.

Mon visage se fend d'un sourire. Pour une fois qu'elle n'utilise pas son don sur moi…

— Dans ce cas, promis, je vous la donnerai. Mais pour l'heure, place au glaçage.

Je m'installe à côté de ma fille, qui est, elle, au côté de Juliette. La voir entre nous deux me provoque un sentiment étrange de fierté.

— OK, alors dans un récipient il faut mélanger le blanc d'œuf qui est là, et le jus de citron.

Zelda s'exécute.

— Maintenant, il faut verser le sucre progressivement, tout en mélangeant.

Je fais ce qu'elle dit tandis que ma fille mélange doucement. Nous n'avons jamais fait ça ensemble auparavant. C'est très agréable.

— Il faut que le mélange soit lisse et brillant.

— Ça devrait être bon, dit Zelda après un moment.

— Encore un peu, lui conseille cependant Juliette.

Comme elle a l'air d'avoir mal au bras, je prends le relais.

— Comme ça, c'est bon, annonce Boucles d'Or en posant une main sur mon épaule. On va le répartir dans deux récipients.

C'est elle qui s'en charge. Elle verse d'abord du colorant rouge dans l'un et puis du vert dans l'autre. Nous touillons ensuite chacun de notre côté les deux mixtures et en remplissons deux poches à douille.

— Il y a des pinceaux aussi.

— On peut commencer à les décorer ? demande Zelda.

Juliette hoche la tête. Alors que je m'affaire distraitement à faire des guirlandes avec les biscuits en forme de sapin, je jette un coup d'œil à Juliette, qui, après avoir décoré un petit sapin, est penchée sur celui de ma fille pour l'aider.

Je les observe en silence. Ainsi face à elles, je ressens de la joie et de l'apaisement à un niveau que je n'avais encore jamais atteint. Et je m'en veux de me laisser aller à aimer ça, car bientôt, Juliette ne sera plus qu'un lointain souvenir…

Je secoue la tête et j'attrape d'autres biscuits que je décore quand je perçois le regard de Boucles d'Or braqué sur moi.

— Je suis déçue, soupire-t-elle.

— Pourquoi ?

Mes biscuits ne sont pourtant pas si moches…

— Je comptais me moquer de toi, mais tu es décidément plus doué que nous.

Ah ! Je lui fais un immense sourire.

— C'est vrai que je suis naturellement doué. C'est chiant, mais c'est ainsi.

***

Chocolat chaud, biscuits et atelier boules à neige… Si on m'avait dit en début d'année que je participerais à tout cela, que j'y trouverais de l'amusement, et même du plaisir, je n'y aurais jamais cru.

— Mamie sera trop contente, fait Zelda, aux anges.

— J'espère bien !

Je fixe la table du salon sur laquelle sont disposés des tas d'accessoires. J'ai l'impression de remonter le temps, quand je faisais des ateliers créatifs avec Zelda pour l'occuper.

— On commence par quoi ? demande-t-elle justement.

— Choisis la figurine que tu veux et colle-la ensuite sur le couvercle du bocal, répond Juliette.

Ma fille se penche alors sur la table et observe les petites décorations. Sapin, renne, pingouin, casse-noisette, paquet en forme de cadeau, il y a l'embarras du choix.

— Le casse-noisette est trop beau, je ne crois pas que mamie en ait une comme ça et ça fera plaisir à papy aussi.

— Je ne crois pas non plus.

Alors elle le prend. De mon côté, j'attrape le petit lampadaire.

— Je conseille d'appuyer quelques secondes sur la figurine afin qu'elle tienne bien, reprend Juliette.

Les lèvres pincées, comme à chaque fois qu'elle se concentre sur quelque chose, Zelda s'exécute et je l'imite. Je colle le lampadaire et rajoute deux petits sapins enneigés pour créer une jolie atmosphère de Noël. Quand j'ai terminé, je lance un bref regard à Boucles d'Or et me rend compte qu'elle me dévisage. Nous nous sourions brièvement puis faisons comme si de rien n'était. Je me demande quelles pensées lui traversent actuellement l'esprit. Je donnerais tout pour le savoir.

— En attendant que la glu se solidifie, on va préparer l'intérieur du bocal. Alors, alors… ça, c'est de l'eau déminéralisée. Et ici, nous avons de la glycérine.

— C'est quoi ?

— Ça s'achète en pharmacie, ça va servir à ce que les paillettes tombent plus lentement.

— Cool, je peux le faire ? Je remplis jusqu'où ?

Juliette lui montre puis s'attelle aussi à la tâche à l'aide d'une cuillère à café.

— Il en faut trois. On peut en mettre plus, mais je trouve que trois, c'est bien.

Ma fille acquiesce et s'exécute. À mon tour, je joue le jeu en répétant les mêmes gestes.

— Maintenant, on met soit des paillettes, soit de la fausse neige, c'est toi qui choisis.

Zelda réfléchit deux secondes.

— Je vais prendre des paillettes rouges et des dorées, ça va bien rendre avec le casse-noisette.

— Très bon choix, répond Juliette.

Je reste silencieux, les observant.

Il y a des instants simples parfois, anodins, qui nous font prendre conscience de choses aussi importantes qu'évidentes. Je pensais ne manquer de rien et pourtant… En regardant Juliette et Zelda, je réalise ce que je n'ai pas.

Juliette.

Boucles d'Or.

Je la veux…

Chapitre 17

Juliette

Zelda s'est endormie dans le fauteuil, alors nous nous sommes réfugiés dans la cuisine pour pouvoir discuter sans la réveiller.

— Comment avance ton roman ? demande Sawyer.

J'aime qu'il s'intéresse autant à ma passion.

— Très bien, je réponds, ravie. J'ai atteint les cinquante mille mots.

— Waouh, c'est beaucoup, non ?

Je termine ma gorgée de vin et je secoue la tête :

— Pas tellement, cela correspond à un petit roman. Ce n'est pas assez pour moi.

— Moi, ça me paraît énorme.

Je lui souris. Quelque part, ça l'est. Il faut savoir et pouvoir les sortir, ces mots. Il ne suffit pas de les aligner, il faut que ça ait un sens et que ce soit intéressant.

— J'en vise minimum quatre-vingt mille à chaque livre et…

Je me mords la lèvre inférieure.

— C'est barbant, hein ?

— Absolument pas ! Si je te demande, c'est que je veux savoir. Continue, Boucles d'Or.

C'est agréable de se sentir écoutée.

— Viser les cinquante mille, c'est mon premier cap, ensuite vient celui des quatre-vingt mille. C'est un minimum pour moi quand j'écris et s'il y en a plus encore, c'est du bonus. Je n'aime pas écrire des petits romans, cela me donne une sensation d'inachevé. J'ai l'impression qu'il y a encore des choses à dire.

— Et si tu ne les atteins pas ?

— Ce n'est encore jamais arrivé, je dis en souriant.

— Je trouve ça impressionnant d'être capable d'écrire des histoires.

— Et sculpter des boîtes à bijoux à sa fille, ou encore des animaux en bois, ça ne l'est pas, peut-être ?

Ses yeux, plongés dans les miens, brillent de malice.

— C'est différent. Ce que tu fais me semble bien plus impressionnant. Tu travailles avec un plan ?

— Généralement oui. J'en fais un chapitre par chapitre, j'écris les points importants qu'il doit s'y passer et je me fixe un minimum de trois mille mots pour ces derniers. Mais cette fois, j'écris au feeling, sans plan, j'avance au gré de mon inspiration.

— Du coup, tu en es à la moitié ?

— Oui, c'est ça.

— Donc c'est officiel, tu as retrouvé l'inspiration ?

— Il faut croire, j'approuve en souriant.

Mais jusqu'à quand… ?

— Félicitations ! lance-t-il joyeusement en levant son verre. Si ça se trouve, je t'ai causé un choc post-traumatique en te réveillant avec le fusil et j'ai tout débloqué.

Je lève les yeux au ciel, ce qui le fait rire. Intérieurement, cependant, je me dis qu'il y a une part de vérité dans ce qu'il dit. Sans ma rencontre avec Sawyer, je n'y serais jamais arrivée…

Qu'est-ce qu'il est craquant quand il sourit de la sorte et que ses cheveux sont légèrement ébouriffés !

— Si ça te fait plaisir d'y croire, je te mettrai dans les remerciements.

— Euh, je pense mériter bien plus que cela. Que dis-tu de partager tes droits d'auteur ?

— Tu peux toujours courir, Sawyer…

Je marque une pause, embêtée.

— Quel est ton nom de famille, au fait ? Je n'ai jamais pris le temps de te le demander.

— Éden.

Vraiment ?

Maintenant qu'il le dit, je me souviens que la résidence de ses parents s'appelle « Les Chalets de la Vallée d'Éden ». Habille jeu de mots.

— Je disais donc… Avec tout mon respect, Sawyer Éden, va te faire voir.

— Si c'est comme ça, je me contenterai des remerciements. Mais attention, Boucles d'Or, si je m'aperçois finalement que je ne suis pas dedans, je ferai un scandale.

— Promis, je lui dis.

Il sourit joyeusement.

— Plus sérieusement, je suis content pour toi, ça a dû être frustrant ces derniers mois.

— Très. J'avais l'impression de couler, c'est probablement idiot, mais aujourd'hui je revis avec ce roman. C'est une bouffée d'oxygène, je me retrouve et j'ai encore tellement de choses à écrire dans cette histoire.

— Si jamais tu perds l'inspiration en rentrant à Paris, rien ne t'empêchera de revenir ici pour le finir…

J'ai la sensation qu'il voudrait me dire plus, mais il n'en fait rien. Il y a une drôle de chose qui flotte dans l'air. Quelque chose de magique.

— J'espère que tu arriveras à le finir, je l'achèterai. Je veux le lire…

— Je… Euh…

Je rougis jusqu'aux oreilles.

— Je ne pense pas que ce soit ton genre de lecture.

— Non, c'est vrai. Mais j'ai lu *La Fille de papier*, de Guillaume Musso. C'est presque le même genre, non ? Et puis là, comme c'est toi qui l'as écrit, j'ai très envie de le découvrir.

Je me sens tiraillée entre l'émotion et l'appréhension.

— Sauf si tu penses qu'il y a des choses que je ne dois pas lire. Tu as inclus un jacuzzi dans ton histoire ?

— Non, pas de jacuzzi, je réponds, gênée.

Mais ton joli minois, si.

— Dommage, ça aurait fait une super scène.

— Tu t'y connais en scène de romance coquine, toi ?

— Disons que si je me base sur l'agréable moment qu'on a passé ensemble toi et moi, je me dis qu'une romancière talentueuse pourrait retranscrire ça à la perfection.

Je lève les yeux au ciel.

— Il faudra me donner ton avis, alors.

— Compte sur moi, dit-il.

Je secoue la tête en souriant. Je me sens si bien avec lui…

— Tu as toujours voulu écrire ?

— J'ai fait des études littéraires sans vraiment savoir ce que je voulais et puis, comme je lisais beaucoup et que j'avais une imagination débordante, je me suis prêtée à l'exercice. Je t'avoue que je n'y croyais pas du tout.

C'est tellement agréable de se sentir écoutée.

— Tu as bien fait, on dirait.

— C'est ma meilleure amie qui a envoyé mon premier roman à une maison d'édition, elle a fait ça à mon insu.

— Elle a eu raison.

J'attrape un gâteau, il n'en reste plus beaucoup. On s'est goinfrés au goûter. Vin blanc, biscuits de Noël et Sawyer, voilà un combo des plus singulier, mais étonnamment délicieux.

— C'était un super après-midi. Je pense pouvoir dire sans trop me mouiller que ma fille l'a adoré également.

— Le plaisir est partagé.

— Je crois qu'elle manque de moments comme celui-là.

Sawyer ferme un instant les yeux, comme s'il regrettait ses mots.

— Avec une femme, tu veux dire ?

Les lèvres pincées, il hoche la tête.

C'est plus qu'une constatation, c'est une réalité. Zelda a vraiment besoin de ça et je me sens comme la pire des égoïstes de lui offrir alors que j'avais dit que je ne le ferais pas. Alors que je m'en vais dans quelques jours.

— Désolée…

Il fait non de la tête et me sourit. Son regard plonge plus profondément dans le mien.

— J'ai juste un peu peur de l'avenir. Peur que le manque de sa maman ne soit jamais comblé.

— C'est parce que…

Je m'arrête dans mon élan et il arque un sourcil.

— Tu peux me demander ce que tu veux, il n'y a pas de problème. Je n'ai pas grand-chose à cacher, tu sais.

— C'est parce que tu l'aimes encore que tu n'as personne dans ta vie ?

Cette question me brûlait les lèvres. Sawyer plisse les yeux et je me dis que c'est sûrement beaucoup trop personnel. Je n'aurais pas dû.

— Avec Griselda on s'est aimés comme le font deux jeunes insouciants : en profitant sans penser à la suite. Nous savions pourtant très bien que cela n'allait pas durer pour la vie…

Oh…

— Elle était enceinte de six mois quand on s'est séparés. Notre priorité, c'était Zelda, on voulait qu'elle vive heureuse et sereinement. Notre histoire était terminée, mais une autre était sur le point de commencer.

— Je comprends… Comment est-elle décédée ?

Je me rends compte de l'indiscrétion de ma question après coup. Pourtant, j'ai réellement envie de savoir ce qui s'est passé.

— Désolée, je…

Sawyer secoue la tête et me caresse la joue. Bien que la conversation ne s'y prête pas, j'ai des picotements dans le ventre quand sa peau touche la mienne.

— Il n'y a pas de mal. Elle a fait une rupture d'anévrisme juste après l'accouchement. Elle avait Zelda contre sa poitrine et d'un seul coup, elle a convulsé. En moins d'une seconde, je me suis retrouvé seul. Seul avec un bébé de quelques minutes à peine. C'était terrible. Je n'y croyais pas. Et je ressentais des choses tellement paradoxales.

Il soupire.

— J'avais un profond chagrin pour Griselda, j'étais dévasté, mais d'un autre côté, j'étais heureux d'être papa, j'éprouvais déjà pour ma fille un amour sans limites.

Les larmes me montent aux yeux. Je me sens tellement triste pour lui, pour Zelda et pour cette femme que je ne connaîtrai jamais.

Sawyer sourit d'une façon bienveillante et rapproche mon tabouret du sien.

— Ne pleure pas, Boucles d'Or.

— Désolée, je soupire. Je trouve ça injuste pour elle… et pour vous.

— C'est la vie, il faut faire avec.

Il me caresse la joue et nos regards se croisent. J'aurais aimé qu'ils ne connaissent jamais cette souffrance. Je n'ose pas imaginer ce qu'il a dû ressentir. Je voudrais me blottir contre lui et lui dire qu'il a fait un travail d'enfer avec sa fille.

— Pourquoi n'as-tu jamais rencontré quelqu'un ?

Sawyer hausse les épaules. Il est séduisant, gentil, attentionné. Sa fille est géniale. N'importe qui craquerait pour eux. Comment l'éviter ? Moi-même, j'en ai été incapable.

— Au début, je n'avais pas le temps. M'occuper de Zelda, lui apporter de la stabilité, tout en apprenant moi-même à devenir adulte… C'étaient là mes priorités. Et puis, au fil du temps, cela devenait de plus en plus difficile de trouver quelqu'un qui accepte que j'aie déjà un enfant. Mais cela m'était égal, car Zelda me suffisait, je n'avais besoin de personne d'autre.

Il est adorable.

— Ma mère me rebat tout le temps les oreilles avec mon célibat. À croire qu'un père seul ne peut s'occuper comme il faut de sa fille. Parfois, c'est un peu vexant.

— Tu penses vraiment qu'elle te voit comme ça ?

— Oui… Non. Je ne sais pas. Mais de toute manière, je préfère être seul que mal accompagné. Zelda passera toujours avant le reste et quiconque n'est pas d'accord avec ça est libre de partir. Tu comprends ?

— Parfaitement.

Il me sourit.

Il est à tomber.

Cette fierté qu'il a d'être papa le rend si beau. Et le pull noir qui moule son torse à la perfection, aussi. *Je suis en train de lui succomber.*

— Quand je suis près de toi, il dit en me regardant dans les yeux, j'aime à penser que je ne suis pas juste un papa.

— C'est le cas. Pour moi, tu es Sawyer. L'homme que j'apprends peu à peu à connaître depuis mon arrivée ici, mais également le papa de Zelda. Le fait que tu sois capable de veiller à la bonne éducation de ta fille ne t'empêche pas de me faire l'amour comme tu l'as fait, avec intensité et… sensualité.

Son regard se fait ardent tandis que mon corps se transforme en braises. Je me sens fébrile… comme à chaque fois que mon corps appelle le sien, qu'il ne désire qu'une chose : que l'on se touche. C'est un besoin irrépressible et irrésistible.

— Avec intensité ? demande-t-il.

La façon dont ses yeux scrutent mes lèvres, comme si les dévorer était devenu son objectif numéro 1, fait battre mon cœur à toute vitesse. Je ne crois pas avoir un jour ressenti des sensations aussi brûlantes et douces à la fois.

Alors que je m'apprête à céder, Sawyer m'attire doucement à lui et m'embrasse.

J'ai l'impression d'avoir attendu ça depuis trop longtemps. Son contact, son odeur, sa peau, tout m'avait manqué.

Alors qu'il passe ses doigts dans mes cheveux, je caresse son torse couvert et me colle à lui plus que de raison. Au même instant, sa poitrine se soulève brusquement et notre baiser devient plus sauvage. Sa langue rencontre la mienne tandis que ses mains glissent sur ma nuque. Dans un grognement il descend de son tabouret et s'invite entre mes jambes.

— Ça fait des jours que j'attends ça, grommelle-t-il lorsque l'on s'écarte, à bout de souffle.

Je pose mon front contre le sien. Doucement, je caresse sa mâchoire. Je me sens électrisée par son contact. Une alchimie nous relie.

— Moi aussi.

— T'as pas idée de l'effet que tu me fais. Je t'ai dans la tête, Boucles d'Or, dans les entrailles aussi. Je pense constamment à toi, même quand je m'occupe, tu reviens toujours dans mes pensées, comme une boucle infinie. Et comme un idiot, j'en redemande parce que ça me plaît.

— Sawyer…

Il sourit, très certainement conscient de la force que peuvent avoir de tels mots sur moi. Et à juste titre. Personne ne m'a jamais dit de telles choses, pas même James.

— Si cela peut te rassurer, là tout de suite, je ne te vois pas comme le père de Zelda, mais comme l'homme avec lequel j'ai envie de passer la nuit.

— Tu es très inspirante, je dois dire.

Doucement, il se penche vers moi et embrasse la naissance de mon cou. Puis sa langue taquine ma peau devenue sensible à cause de ses baisers et provoque chez moi une volée de frissons.

— Très, très inspirante, murmure-t-il contre moi.

Avant ce moment, je ne m'étais encore jamais sentie comme les héroïnes de mes romans : désirées par les héros qu'elles convoitent depuis le premier chapitre et qui leur font tourner la tête.

— Qui aurait cru que le montagnard flippant qui m'a réveillée avec un fusil dirait des choses aussi belles.

Il éclate de rire.

— Comme quoi, je suis plein de surprises.

Ça, c'est sûr… Et il est très agréable d'être surprise de la sorte, jour après jour.

— Non, ne fais pas ça, dit-il en fronçant les sourcils.

— Quoi ? je demande, perplexe.

— Me sourire comme ça alors que j'ai envie de toi et que j'essaye de ne pas te sauter dessus. C'est de la torture.

— Oh. Désolée.

J'aime ses compliments, je me sens encore plus belle à travers eux et mon sourire s'élargit.

— Boucles d'Or, dit-il d'une voix profonde.

Ses mains descendent le long de mon dos et je meurs d'impatience à l'idée qu'il me touche davantage, plus intimement...

— J'ai envie de toi, chuchote-t-il. Continuellement.

Sans échanger un mot de plus, nous nous embrassons encore et quand je sens ses doigts sous mon chemisier en soie, mon cœur rate un battement. Ses mains chaudes et un peu rugueuses me font frissonner.

— Sawyer...

Sa bouche se pose sur mon menton puis descend sur ma gorge. Le désir me tiraille le ventre.

— Tu n'avais pas fait ça depuis combien de temps avant moi ? je demande.

— Je ne sais pas, quelques mois... pourquoi ?

— Je trouve ta technique très au point.

— Avec toi, c'est différent des autres fois. Cela n'a jamais été aussi intense. Ce n'est pas comparable. Le désir qui me consume quand je pense à toi est d'un autre niveau.

Il me regarde, sourit, et je caresse ses cheveux avec tendresse. Une fois de plus, ses mots ont raison de mon cœur et je ne sais pas quoi lui dire en retour tant cela me touche. Alors, je l'embrasse doucement. Cette impression d'être sur la même longueur d'onde, c'est grisant. Sawyer s'ajuste à moi, son corps bouge en rythme avec le mien. On est complémentaires.

Ses doigts ouvrent les premiers boutons de mon chemisier. Mon cœur bat plus vite, mon ventre me brûle. Je ne veux pas qu'il arrête.

Malgré tout, non loin de nous, il y a Zelda. Elle peut débarquer à tout moment.

— Sawyer, je soupire alors que ses doigts crochètent un autre bouton.

Sa bouche descend encore et se positionne entre mes seins.

Je ferme les yeux et laisse ma tête partir en arrière. *C'est tellement bon...* J'aimerais que le temps s'arrête, je voudrais rester ainsi dans ses bras pour toujours et ressentir cette légèreté encore et encore.

J'ouvre les yeux quand il m'embrasse la poitrine. Mes doigts dans ses cheveux se crispent et je tremble. Je le rapproche alors de moi, le serrant aussi fort que je le peux.

— On devrait arrêter, il y a Zelda.

— Je sais, mais c'est plus fort que moi.

Il se redresse et ses lèvres caressent les miennes sans pour autant les embrasser. C'est aussi doux qu'agréable. Quand il s'éloigne de moi, la frustration est mordante. J'ai encore envie de lui.

— Si tu es libre vendredi soir, Zelda ne sera pas là, on pourrait passer du temps ensemble, avant que tu partes.

Cette fois, mon cœur se serre. Je rêve de cette soirée, autant que je l'appréhende.

— Ça va être long d'attendre jusque-là...

— Je peux t'aider à patienter, murmure-t-il.

— De quelle manière ?

Son regard se fait de nouveau ardent, et je fonds comme neige au soleil. Sa main me prend délicatement le menton, comme si j'étais la chose la plus précieuse en ce monde, et il me force à relever la tête.

— Laisse-moi te montrer, Boucles d'Or.

Je hoche la tête sans pouvoir parler, les mots me manquent. *Encore.*

— D'accord, je murmure enfin.

Avec un sourire malicieux, il se penche et dépose un baiser sur mes lèvres. Il est tellement délicat que je tremble de nouveau. Je me nourris de ces sensations, je les mémorise aussi fort que je le peux pour ne jamais les oublier.

Doucement, il ouvre les boutons de mon pantalon et y glisse la main.

— Je voudrais faire bien plus, soupire-t-il.

Ses doigts caressent mon sexe et j'ai l'impression de tanguer. J'ai envie de lui faire du bien moi aussi. Et même si c'est mal, même si ça ne nous satisfait pas complètement, je veux le faire, alors je l'imite. J'ouvre les boutons de son jean sous son regard de braise et je le caresse à mon tour.

Dans un même rythme, en parfaite symbiose, nous nous caressons, le regard perdu dans celui de l'autre.

Son souffle me caresse le visage quand il se penche pour m'embrasser. C'est plus intense que jamais, sans doute car c'est un jeu imprudent…

Ça faisait longtemps que je n'avais pas joué à ce genre de jeux, mais c'est tellement bon que rien d'autre ne compte. Rapidement, nos respirations sont ponctuées de gémissements et nous succombons au plaisir.

Quelques secondes plus tard, il m'embrasse, un sourire plaqué sur les lèvres.

Cher Père Noël, cette année, je veux Sawyer pour Noël ! Ne me déçois pas.

Chapitre 18

Sawyer

— À quoi tu penses, mec ?

Je regarde Ugo qui me regarde en souriant, une bière à la main. C'est pas franchement difficile de deviner mes pensées puisque celles-ci sont continuellement tournées vers Juliette. Je ne fais même plus l'effort d'essayer de la chasser de mon esprit. Au contraire, je la laisse vagabonder à l'intérieur comme bon lui semble.

— Tu l'as dans la peau, reprend-il sans attendre ma réponse. T'es complètement mordu.

— Je ne vois pas ce qu'il y a de mal à ça.

— Il n'y en a pas. C'est juste bizarre pour moi de te voir aussi attiré par une femme alors que depuis toujours on dirait que tu y es allergique.

— Ouais, je sais, je n'arrive pas à me l'expliquer.

— Fallait bien que ça te tombe dessus à un moment ou un autre.

Je bois une gorgée de bière. J'ai arrêté de réfléchir, de toute manière, de me poser des questions. Boucles d'Or me plaît et c'est tout. Je crois que je n'y peux rien et que je ne peux pas lutter contre ça.

— Je n'ai pas envie qu'elle parte, je lui avoue.

— Alors empêche-la de partir, répond mon meilleur ami en haussant les épaules.

Plus facile à dire qu'à faire. Je ne vais tout de même pas lui demander de tout plaquer et de rester ici alors que sa vie est à Paris et qu'on ne se connaît que depuis quelques semaines. Je ne peux pas faire ça, je n'en ai pas envie.

— Non, je lui dis.

— Pourquoi non ?

— Parce que je ne vais pas la forcer à rester, je ne peux pas faire ça. Elle a une vie ailleurs et j'ai la mienne ici. L'idée qu'elle s'en aille bientôt me fait clairement chier mais je ne vais certainement pas lui demander de rester.

— Il va bien falloir que tu fasses quelque chose. T'es amoureux, elle aussi et…

— Elle aussi ? je le coupe.

Il me regarde en souriant.

— C'est évident, tu vas me faire croire que t'as pas remarqué comment elle te regarde ? Ça se voit que vous vous plaisez et c'est cool, je suis content pour toi. Mais il va falloir que tu trouves une solution si tu ne veux pas finir le cœur en miettes.

— Il n'y a pas vraiment de solution. Si on doit se revoir, alors on se reverra. Elle n'est pas encore partie, et puis Zelda s'en va deux jours avec l'école, on aura un peu de temps pour…

Je me tais quand j'aperçois son regard lubrique.

— Tu ne finis pas ta phrase ? Ça m'avait l'air intéressant pourtant.

— Va te faire voir, t'as compris le principal.

— C'est tellement rare que tu t'envoies en l'air. Moi je te raconte tout en général et toi, tu ne me dis rien.

— Va chier. Il n'y a pas grand-chose à savoir, de toute manière.

— C'est ça, ouais, je te connais assez pour savoir que tu mens. D'ailleurs, ton sourire en coin te trahit complètement. T'es un vrai livre ouvert, mec.

— Puisque tu sais si bien lire en moi, je n'ai pas besoin de te raconter, alors.

Il éclate de rire.

— Elle est sympa, en tout cas, et très jolie.

Je reprends mon sérieux. On a passé une super soirée tous ensemble l'autre jour et elle s'est bien entendue avec Ugo. Je crois que tout le monde l'apprécie. En même temps, elle est on ne peut plus gentille, donc je ne vois pas qui pourrait ne pas l'aimer.

— Elle est géniale avec Zelda aussi. Elle s'est beaucoup attachée à elle et réciproquement.

— C'est une occasion en or. T'en auras pas beaucoup des comme ça, d'ailleurs, t'en as jamais vraiment eu. Faut pas la laisser filer.

— J'en ai conscience.

Mais je préfère ne pas y penser. Pas encore. On verra bien quand nous nous retrouverons seuls.

La dernière fois que nous avons fait l'amour, c'était assez sauvage, abrupt, à l'image de deux adolescents incapables de contrôler leur passion. Malgré tout, c'était fantastique.

J'ai envie de croire qu'elle est aussi mordue que moi et qu'elle est triste à l'idée de partir. Même si je ne l'en empêcherai pas, j'aimerais qu'on se revoie…

— Et toi, du nouveau ? je lui demande, pour me changer les idées.

— Nope.

— Juliette a peut-être une copine à te présenter, une fille avec qui tu aurais envie de te poser.

Il boit une gorgée de sa bière et secoue la tête.

— Je passe mon tour, je n'ai besoin de personne pour trouver la femme de ma vie.

— Ça veut dire quoi, ça ?

— Ça veut dire ce que ça veut dire. La femme de ma vie, elle n'est pas bien loin, je le sens.

— Je ne comprends rien à ce que tu racontes.

Ugo esquisse un sourire.

— Je sais, je le fais exprès. La femme de ma vie, je l'ai déjà trouvée, mais je ne crois pas que je l'intéresse.

Je manque de m'étouffer.

— Pardon ?

Non seulement il ne m'a rien dit, mais en plus il existe sur cette Terre quelqu'un qui lui résiste ? Surprenant !

— Millie, c'est elle, la femme de ma vie, lâche-t-il comme une bombe.

Je me fige.

— Millie, ma Millie ? Ma sœur ?

Il éclate de rire en hochant la tête. Quoi ?

Je lui lance un regard en biais, cherchant à savoir s'il plaisante ou pas, mais il semble tout à fait sérieux.

— Tu as des vues sur ma sœur ? je demande.

Je ne suis pas en colère, je cherche juste à comprendre ce qui se passe.

— Pourquoi tu crois que je vais acheter des trucs à bouffer chez elle toutes les semaines ?

— Mais tu ne m'as jamais rien dit…

— Parce que ça ne fait pas si longtemps que ça.

— Il va falloir que tu m'expliques mieux.

Il se passe la main dans les cheveux.

— Tu m'en as trop dit, balance ! je dis.

— Son ex, il n'a jamais rien dit à personne, mais c'est moi qui lui ai collé un pain dans la gueule quand il lui a fait du mal.

— Je suis sur le cul. Si je m'attendais à ça…

— Je suis allé chercher des trucs à bouffer pour la brigade, comme toutes les semaines, mais contrairement à d'habitude, elle semblait triste ce jour-là. Elle a fini par craquer et par me dire ce qui s'était passé. Je l'ai prise dans mes bras pour la consoler et je n'avais plus envie de la lâcher. Je ne sais pas comment te l'expliquer autrement. Je l'ai toujours trouvée jolie, mais je n'avais jamais vraiment posé les yeux sur elle parce que c'était ta sœur. Or, depuis ce jour-là, Millie me trotte dans la tête. En fait, je t'ai menti quand je te disais que j'enchaînais les conquêtes ces derniers temps. C'était faux ! Mais bon… C'est à elle que je devrais dire tout ça, pas à toi.

— Putain !

— Tu vas pas te mettre à jouer les grands frères protecteurs ou une merde dans le genre ?

Il plaisante, mais je le sens inquiet tout de même. Je secoue la tête. Je ne vois pas bien pourquoi je leur interdirais de sortir ensemble s'ils en ont envie.

— Je suis surpris de n'avoir rien vu, c'est tout. Millie est assez grande pour savoir ce qu'elle veut et tu es mon meilleur pote, alors je ne vois pas où est le mal si vous vous kiffez. Pourquoi tu ne m'en parles que maintenant ?

— Bah j'en sais rien, comme ça. Tu es en boucle sur Juliette alors je me suis dit que j'allais te confier ce que je ressentais pour Millie. Et je dois avouer que ça soulage un peu de libérer tout ça.

— Tu vas lui dire ?

Il fait non de la tête.

— Quand elle ira mieux, peut-être que j'essayerai de lui montrer qu'elle me plaît, mais j'ai peur que ce soit encore trop tôt.

— Je ne crois pas qu'elle pense encore à son ex, si c'est ça qui te freine.

— Je ne sais pas, elle a quand même vécu un sale truc avec lui. On verra…

— Je n'en reviens pas…

Il rit tandis que je soupire et me laisse aller contre le dossier de ma chaise.

— Je te préviens, en revanche, qu'à la moindre connerie, si tu la fais pleurer ne serait-ce qu'une fois, par exemple… je te défonce la tête.

Ugo acquiesce, l'air sûr de lui.

— T'inquiète pas. Un jour, je la rendrai heureuse.

L'entendre dire ça, c'est un peu dingue, parce que ça ne lui ressemble pas du tout. Il faut croire que l'amour change les gens. Moi-même j'ai changé en laissant Juliette s'approcher un peu trop près de mon cœur. Et je risque sans doute d'y laisser des plumes…

— Bon sang, nous voilà dans le même merdier ! soupire Ugo.

***

Je suis assez fier de mon équipe. Ils ont honoré une nouvelle commande en un temps très resserré. Encore une et nous aurons fini pour cette année. D'ailleurs, nous avons largement dépassé les chiffres de l'an dernier. Je suis plutôt content d'avoir trimé pour créer mon entreprise quand je vois qu'elle tourne aussi bien. Je sais que ce n'est pas donné à tout le monde et je mesure la chance que j'ai.

Une fois toutes les commandes achevées, je fermerai la scierie pour une semaine, comme tous les ans. Ainsi, tout le monde profitera des fêtes de fin d'année après un dernier rush intensif. De quoi se requinquer avant la prochaine saison.

On frappe à la porte de mon bureau. D'ordinaire, mes gars toquent une fois puis entrent, sauf quand ils savent que je suis en réunion ou que je reçois des clients.

— Entrez ! je lance en me redressant.

Je m'attendais à tout sauf à découvrir la magnifique blonde qui se présente devant moi.

— Juliette ?

Raide comme un piquet, j'arrête ce que j'étais en train de faire et me lève de ma chaise. Mon cœur s'emballe.

— Bonjour, dit-elle en dégainant son sourire à tomber.

Bon sang, si je m'attendais à ça. Elle ferme la porte derrière elle. Je me frotte le visage, j'ai l'impression de rêver. Mon corps aussi s'éveille… je ne m'attendais pas à la voir aujourd'hui, et ça me rend heureux.

— Bonjour, je réponds.

Elle s'avance jusqu'à mon bureau. Je la regarde, je n'arrive pas à dévier mes yeux d'elle. Je suis complètement chamboulé, mais je commence à avoir l'habitude avec elle.

— Qu'est-ce que tu fais ici ? je demande.

— Je suis désolée de débarquer comme ça, je voulais te faire une surprise.

Je contourne mon bureau et l'attire dans mes bras pour l'embrasser. Elle se laisse faire. C'est plus fort que moi, je ne peux pas m'en empêcher. *Que c'est bon !* Je ne sais pas pourquoi j'ai tant besoin d'elle, pourquoi j'aime tant la toucher. C'est viscéral.

— J'adore ce genre de surprise.

Je sens son sourire contre ma bouche.

— J'avais envie de voir où tu travaillais.

— Ça illumine ma journée.

Elle sourit encore.

— Alors, c'est ton bureau ? Tu n'as pas mis de sapin, ce n'est pas très festif !

Je ne peux m'empêcher de rire.

— Tu veux que je te fasse visiter ?

— Je te suis, chef, dit-elle en se mettant au garde-à-vous.

— Ne m'appelle pas comme ça, mes gars vont me chambrer sinon.

Elle fait la moue.

— C'est encore plus tentant…

— Boucles d'Or, tu ne perds rien pour attendre.

— Je sais.

J'enfile ma veste et elle me regarde, les yeux remplis de désir. Je lui tends un casque de protection et elle fronce les sourcils.

— C'est obligé ?

— C'est la tenue obligatoire.

À contrecœur, elle l'accepte alors et le met.

— Bon, j'ai l'air de quoi ? demande-t-elle en tournant sur elle-même. Je suis jolie ?

Elle est adorable. Sexy et foutrement adorable.

Quoi qu'elle fasse, elle me fait complètement craquer.

Je l'ajuste sur sa tête et je souris quand je vois ses joues devenir écarlates. Je prends doucement son menton entre mes doigts et je l'embrasse à nouveau.

— Ça répond à ta question ?

— Oui.

— Allez viens.

Je lui fais visiter le premier hangar dans lequel il y a deux raboteuses et réponds à chacune de ses questions, amusé par sa curiosité. J'ignorais qu'elle s'intéresserait à tout cela. Les gars doivent se demander ce qui se passe et qui elle est, mais personne n'ose rien dire.

— C'est très bruyant.

— Oui, mais on s'y fait. Les gars bossent avec des casques anti-bruit.

— Et il n'y a pas de femmes dans ton équipe ?

— Euh… non.

Je suis un peu gêné de répondre ça, je n'ai pas envie qu'elle me prenne pour un macho ou un type qui ne veut pas embaucher de personnes de sexe féminin sous prétexte que le boulot est parfois difficile et souvent physique.

— Il n'y a que des hommes qui se présentent quand je fais des entretiens d'embauche.

Elle sourit.

— Quoi ?

— J'ai cru pendant une seconde que tu avais vraiment une phobie des femmes. Et que j'étais une exception à la règle.

— Mais tu es une exception, Boucles d'Or. Je te l'ai déjà dit. Et non, je n'ai pas de phobie des femmes. Tu veux voir le reste, plutôt que de me faire passer pour un goujat ?

Elle s'esclaffe.

— Oui ! Comme ça, je peux prendre des notes pour un futur bouquin.

— Une romance sur une scierie, ça doit pas être terrible.

— Sur le gérant d'une scierie, en revanche…, dit-elle, rêveuse.

Oh ! Boucles d'Or, tu me rends fou.

Chapitre 19

Juliette

— Je suis trop contente de passer l'après-midi avec toi ! s'exclame Zelda.

Comme elle n'avait pas cours cet après-midi et que ses grands-parents étaient en déplacement, je suis venue dans le chalet de Sawyer pour m'occuper d'elle et faire des papouilles à Vador. Je suis contente, moi aussi. Je l'avoue, ce que je redoutais le plus est arrivé. Je me suis attachée à elle. Plus que prévu, plus que de raison. J'adore cette ado pleine de vie, gentille et avec une bonne dose d'insolence. Elle me fait penser à moi quand j'étais plus jeune.

Si seulement je ne devais pas rentrer à Paris…

— Qu'est-ce que tu veux faire ? je lui demande.

— On peut réaliser des vidéos TikTok, ça te dit ?

— Euh… je ne sais pas trop.

— Oh ! Alleeeez, s'il te plaît ! fait-elle avec ses grands yeux de biche. Pour me faire plaisir.

Comment résister ?

— D'accord, mais je ne te promets rien de bien fabuleux.

— T'es géniale ! s'écrie-t-elle en se jetant dans mes bras.

Elle sort son téléphone de sa poche et ouvre l'application en question.

— Regarde. Ça, c'est Mrs Rose, une influenceuse. Elle a lancé un challenge de danse. Et elle nous montre comment faire.

Nous nous mettons en position et essayons de reproduire les mouvements indiqués. Je dois avouer que je ne me débrouille pas trop mal. Il faut dire que Dana me force à en faire, quelquefois.

Zelda, de son côté, danse comme une pro. Elle a déjà bien assimilé tous les gestes chorégraphiés.

— Tu triches, tu t'es sûrement entraînée avant, je lui dis.

Elle sourit, radieuse.

— Allez, on se lance en musique !

Je retire mon pull pour être plus à l'aise. Je répète les gestes, remue plusieurs fois les épaules puis je regarde de chaque côté, ensuite, je bouge les hanches deux fois et je me dandine en faisant des moulinets avec les bras.

— Waouh, t'es balèze, lance Zelda. Tu sais déjà tout faire !

— J'ai suivi des cours de hip-hop avec Dana quand j'étais plus jeune, et puis ce n'est pas très compliqué avec les explications.

— Danse avec moi.

J'attrape ses mains pour la faire tourner sur elle-même. Son sourire est contagieux, mais le regard qu'elle me lance me coupe le souffle. C'est un regard profond. Un regard d'amour. Et soudain, le secret que nous avons en commun, celui qui explique ma présence ici, devient encore plus pesant. J'ai eu tendance à l'oublier ces derniers jours tant je me sentais bien auprès d'eux, mais ces yeux-là… Elle me rappelle que je rentre dans quatre jours… Je voudrais lui dire, le lui rappeler, mais je ne veux pas gâcher le bonheur qui se lit sur son visage. J'ai toujours détesté les au revoir… Je crois que ceux-là vont me dévaster.

— Je vais compter, d'accord ? Chaque chiffre équivaut à un mouvement. On fait épaule, épaule, épaule ensuite tête à gauche, tête à droite, puis coup de hanches, coup de hanches, et après on se dandine. D'accord ?

Elle hoche vivement la tête.

— Et un, deux, trois, quatre ! Et un, deux, trois, quatre ! Et on danse !

— Trop cool !

— On gère.

— Ouiii !

On répète encore et on s'amuse comme deux enfants.

La voir sourire, lui faire plaisir, ça me rend heureuse. J'en ai besoin.

Je n'aurais jamais dû les approcher de si près, elle et son père…

— Tu veux manger quelque chose ?

— Ouais ! Enfin, oui, se corrige-t-elle.

Elle me suit dans la cuisine.

— Eh, Juliette, elle me fait alors que j'ouvre le réfrigérateur.

— Oui ?

Elle s'assoit sur l'un des tabourets.

— N'y a-t-il pas moyen que tu rallonges un peu ton séjour ici ?

Bam, coup au cœur.

— Il faut que je rentre chez moi pour fêter Noël avec mes proches, je réponds.

— Mouais… Tu pourrais faire ça ici, ou les inviter, tiens ! Je suis sûre que tu préfères la montagne à Paris, maintenant.

— C'est différent… J'ai tous mes repères là-bas. Mes amis…

— Mais ici, t'as moi et papa, et Millie aussi.

— C'est vrai…

Elle baisse la tête. J'ai l'estomac en vrac. Tout cela est trop compliqué. Je ne peux pas lui apporter ce dont elle a besoin. Et je m'en veux. Parce que quand je serai partie, elle reviendra à la case départ. Celle qui l'a poussée à écrire un SOS à une influenceuse pour aider son père à trouver une femme.

— J'imagine que, parce qu'on ne se connaît pas depuis très longtemps, on compte moins à tes yeux. Nous ne sommes pas une raison suffisante pour que tu restes ici.

Je dépose l'assiette de cookies que j'avais sortie et je lui prends la main.

— Ce n'est pas parce qu'on ne se connaît pas depuis longtemps que notre lien est moins fort. Le temps n'est pas une mesure d'amour. Tu es importante, tu as ta place dans mon cœur et tu le sais.

— Tu t'es quand même attachée à nous, alors ?

— Oui, énormément, je réponds en hochant la tête.

— Et tu vas partir quand même ?

— Oui, Zelda. J'ai des responsabilités à Paris, mais ça ne m'empêche pas d'être triste. Tu vas me manquer. Mais je compte bien revenir ! Si je suis invitée…

— Tu dis ça comme ça, mais tu ne le feras pas. C'est comme quand on dit à des amis qu'on va s'écrire pendant les vacances. Finalement, on ne le fait jamais.

— Ce n'est pas vrai, ma belle. Je ne te fais pas des promesses en l'air.

— Je suis persuadée que Dana avait raison : tu es faite pour papa. Vous vous entendez super bien.

— C'est vrai, oui.

— Il t'aime, je le sais. Et toi, tu l'aimes aussi, pas vrai ?

Mon cœur s'affole subitement. Je ne sais pas quoi répondre à ça. C'est difficile, elle pourrait mal interpréter mes propos, je pourrais la blesser, lui faire croire des choses… Même si… C'est vrai que j'ai le béguin pour lui. Et plus que ça, peut-être… Mais je dois d'abord réussir à lui en parler à lui.

— J'ai beaucoup d'affection pour lui, tu as raison.

Ma réponse a l'air de la décevoir.

— Ce n'est pas assez pour que tu restes.

— C'est compliqué.

— J'imagine… J'espère juste que tu vas revenir.

Je lui tends mon petit doigt, qu'elle crochète avec le sien.

— Promis.

Après quoi, je nous sers deux verres de jus d'orange et j'allume la radio.

— On parle de moi depuis tout à l'heure. Mais toi, tu as un amoureux ?

— Non, répond-elle en secouant la tête. Mais j'ai un crush. Il s'appelle Roméo, c'est un garçon du collège. Il joue de la guitare, il est doué et très mignon.

J'ai l'impression de me revoir à son âge. J'étais fleur bleue, moi aussi. Mais contrairement à elle, qui est adorable, j'avais de l'acné partout sur la figure.

— Mais c'est papa ! s'écrie subitement Zelda. La radio, c'est…

« … Oui, comme nous le disions, une explosion aurait été entendue aux environs de 17 heures à la scierie Éden. Une vaste fumée noire s'échappe actuellement des lieux. Les pompiers sont sur place pour maîtriser les flammes, mais à l'heure qu'il est, difficile de déterminer l'ampleur des dégâts. Nous ne savons pas non plus s'il y a des blessés. »

Mon cœur tressaute. Qu'est-il arrivé ? Est-ce que Sawyer est blessé ? Et Ugo ? Il doit sûrement être sur les lieux. Bon sang… mais qu'est-ce qui se passe ?

Je panique l'espace d'une seconde et demie et puis mon regard se pose sur Zelda. Il faut que je me ressaisisse. Ce n'est pas moi qui compte, là tout de suite. Le plus important, c'est elle.

— Mon Dieu, est-ce que papa est…

Elle se précipite vers l'entrée, ses yeux sont brillants.

— Il est…

— Non, tout va bien, ne t'en fais pas, je…

— On doit aller voir s'il va bien, on doit l'aider et…

Elle s'apprête à ouvrir la porte quand j'arrive dans son dos et la prend dans mes bras. Elle se débat mais je tiens bon.

— Je dois y aller.

— Tu ne peux rien faire, Zelda. Tu ne peux rien faire contre les flammes.

— Mais il ne me reste plus que lui. Je ne veux pas qu'il meure comme maman…

Elle éclate en sanglots contre moi. Son chagrin me prend aux tripes.

— Il ne va pas mourir. Il ne va pas t'abandonner, il va rentrer. Calme-toi, ma douce.

Elle se retourne pour se blottir davantage dans mes bras et je resserre mon étreinte en priant pour avoir raison.

Chapitre 20

Juliette

Il est 23 heures.

Zelda dort depuis un moment maintenant, tombée d'épuisement avec tout ce stress. Il faut dire que j'ai passé la soirée à la rassurer, ne l'étant pourtant pas moi-même. Nous n'avons toujours aucune nouvelle de Sawyer…

Ses parents étant partis deux jours, j'ai pris soin de leur petite-fille.

— Bon sang, je vais devenir folle si j'entends une fois de plus leur messagerie, dit Millie en s'énervant sur son portable.

Elle est venue directement après le travail. Malheureusement, elle n'en sait pas plus que nous. D'après les dernières infos, le feu serait maîtrisé, mais nous ne savons toujours pas s'il y a des blessés. Et ça m'angoisse.

— Moi aussi, je soupire en faisant les cent pas.

— C'est fou qu'on ne sache rien, quand même. Je suis sa sœur, la police pourrait me tenir informée ! Et s'il était…

— Il va bien, je la coupe. Ne t'imagine rien.

— Je suis terrorisée…

— Moi aussi.

Quand on entend les pneus d'une voiture crisser sur le gravier, on se rue vers la porte sans réfléchir. J'ouvre au moment où *il* sort de son véhicule. C'est plus fort que moi, je cours vers lui et je me jette dans ses bras.

Je suis tellement soulagée, tellement heureuse.

— On a eu si peur.

D'un geste tendre, il me caresse la joue.

— Tout va bien.

Sa voix est rauque, éreintée. Il doit être fatigué.

— Tu vas bien ?

— Ça va…

Je laisse Millie enlacer son frère et nous allons nous poser dans le salon.

Les vêtements de Sawyer sont méconnaissables, couverts de cendres. Il a également un pansement sur le front.

— Que s'est-il passé ?

— Je ne sais pas… Il y a eu une explosion et des étincelles en ont provoqué d'autres. Le bois a vite pris feu…

— Il y a beaucoup de dégâts ? Des blessés ? demande Millie.

— Un blessé léger. Ugo et son équipe ont assuré.

Nous soupirons toutes les deux, rassurées.

— En revanche, j'ai perdu un hangar avec deux machines…

— Je suis désolée.

— L'assurance couvre les dégâts, tout ira bien de ce côté-là, mais je n'avais pas besoin de cette galère…

Sawyer passe une main dans ses cheveux et grimace en sentant son pansement. Personne ne le remarque, mais je tremble comme une feuille, je cache mes mains entre mes cuisses pour ne pas montrer cette fragilité. Il est là, en face de moi, et pourtant j'ai encore peur. J'ai passé la soirée à rassurer Zelda et Millie, à me montrer forte pour elles, pour les rassurer, alors le contrecoup me percute maintenant. J'ai eu peur, tellement peur… Je mesure en le regardant que ce n'est plus un béguin, c'est plus que ça... bien plus que ça, j'en suis amoureuse.

— Je... je vais prendre un café, vous en voulez ? je demande en bafouillant.

— Non, j'en ai trop bu, réponds Millie.

— Non merci, dit Sawyer en se redressant. Tu devrais rentrer, Millie, il est tard et tu dois te reposer. Tout va bien, j'ai besoin d'une douche et de dormir.

Je les observe, elle lui sourit et hoche la tête. C'est comme s'ils se parlaient par télépathie...

— OK, si tu as besoin, je suis là.

— J'aimerais bien que tu prépares des douceurs pour la caserne, je sais que c'est leur job, mais ils ont super bien bossé et ça leur ferait plaisir...

Elle s'avance vers son frère alors que je me dirige vers la cuisine.

— Pas de souci, tu peux compter sur moi. Je prépare ça pour demain.

— Apporte-les à Ugo, ça lui fera plaisir.

Dans la cuisine, j'appuie mes paumes sur le plan de travail et je souffle pour me calmer.

— Bonne nuit, Juliette, lance Millie.

Je lui fais un petit signe avant qu'elle disparaisse avec Sawyer. Je me sers une tasse de café ; lorsqu'il revient, j'ai le cœur en vrac pour tellement de choses que c'est le chaos dans ma tête et mes pensées. Comment réagir ? Comment interpréter ces sentiments qui mûrissent en moi ? Et surtout, que dois-je faire, maintenant ?

— Et Zelda, comment va-t-elle ? me demande-t-il.

— Triste, inquiète, mais elle va bien. On a pris soin d'elle. Tu peux aller la voir et la réveiller si tu veux, elle sera rassurée et n'en sera que plus heureuse.

Il esquisse un sourire plein de tendresse.

— Non, je vais aller prendre une douche, me débarrasser de ces vêtements et de cette crasse qui me colle à la peau, je…

Sa phrase reste en suspens. Tout ce j'ai envie de dire est compliqué, il ne veut sans doute pas l'entendre maintenant.

— Bien sûr, vas-y. Prends ton temps, tu en as besoin.

Sans un mot ni un sourire il fait volte-face et se dirige vers la salle de bains. Il a l'air éreinté et accablé aussi, j'aimerais le rejoindre pour l'aider, le rassurer, mais je crois surtout qu'il a besoin d'être seul un moment, et ce n'est pas plus mal… je ne sais pas quoi faire face à ce que je ressens pour lui. En plus il y a ce coup fourré à expliquer, mais ce n'est pas le bon moment.

Il est plus de minuit quand Sawyer sort de la salle de bains après s'être octroyé une douche rapide. Il revient dans le salon et me serre contre lui. Il a le corps tremblant et cela me brise le cœur. Je me blottis contre son torse et le laisse enfouir son visage dans mon cou. Les gouttes qui perlent de ses cheveux me donnent des frissons.

— Sawyer…

— Merci, souffle-t-il. Merci d'avoir pris soin de Zelda, de l'avoir rassurée, de t'être occupée d'elle comme tu l'as fait.

— C'est normal.

Il se redresse et secoue la tête.

— Ça compte beaucoup pour moi. Je te suis reconnaissant.

— Après ces heures de silence, ça ressemble à un miracle de te voir ici…

Ses mains abîmées viennent caresser mon visage et remettent une mèche derrière mon oreille. Bon sang, le regard qu'il me lance, c'est le même que Zelda et ça me prend aux tripes.

— Il fallait éteindre les flammes, s'occuper des employés, j'ai accompagné le blessé à l'hôpital et j'ai appelé sa femme et puis l'assurance et… j'ai pas vraiment eu le temps de voir la soirée passer, à vrai dire.

— Je comprends… je suis désolée pour toi, c'est…

Je sens une boule dans ma gorge et les mots restent coincés. J'ai envie de lui dire des choses, mais il y en a trop, je ne sais pas vraiment par où commencer.

— J'ai eu la peur de ma vie…, je soupire.

— Moi aussi, mais ça va mieux, maintenant.

— Il est tard. Nous devrions aller nous coucher.

Je me défais de son étreinte pour me diriger vers la porte, quand il m'arrête en attrapant mon poignet.

— Reste avec moi, Boucles d'Or. J'ai besoin d'être près de toi.

Chapitre 21

Juliette

Je m'émerveille comme une enfant en contemplant le lac glacé qui s'étend à mes pieds. Les roches sombres des montagnes contrastent avec la neige qui habille leur sommet et le reste de la forêt alentour. Quant au soleil, il brille de mille feux et illumine toute la vallée. Il est tôt, mais la journée promet d'être belle.

Malgré l'incendie de la veille, Zelda est partie en excursion avec sa classe. Elle était heureuse de retrouver son père quand elle s'est réveillée et aussi contente de constater que j'avais passé la nuit chez eux. Il a insisté pour qu'elle fasse la sortie avec sa classe. Sawyer aurait dû se ménager un peu après les événements récents, mais il a juré qu'il allait bien et qu'il ne voulait pas se morfondre chez lui. Alors, j'ai cédé, c'est vrai qu'il semble en forme, après tout.

Quand je repense à cette soirée, cette attente interminable, j'en ai des frissons. Je suis resté blottie contre lui toute la nuit, je n'ai pas vraiment dormi, trop perturbée par la peur que j'avais ressentie et par les sentiments que j'éprouve pour lui.

— Tu as déjà patiné sur un lac ? me demande Sawyer, près de moi.

Je tourne la tête vers lui et découvre qu'il tient deux paires de patins dans les mains. Malgré le pansement qu'il a sur le front, il me semble en forme et joyeux.

— Jamais, je réponds en souriant.

— Tu as envie d'essayer ?

— Oui… Mais je ne suis pas sûre que tu aies ma pointure.

— Du 38 ? J'ai ce qu'il faut.

Je hausse les sourcils, ébahie.

— Comment sais-tu que je fais du 38 ?

— J'ai regardé sous tes chaussures, rétorque-t-il en souriant.

Je décide de le taquiner un peu :

— C'est quand même étrange de faire ça…

Son sourire s'agrandit.

— J'étais bien obligé vu que je voulais t'emmener ici.

Nous nous asseyons et nous enfilons les patins. Au moment où je noue les lacets, je me demande s'il est possible d'être aussi heureuse que triste en même temps ? Je ne veux pas partir d'ici.

Je fixe la montagne devant moi.

— Les paysages d'ici vont tellement me manquer. C'est magnifique.

Lorsque je sens la main chaude de Sawyer se faufiler dans la mienne, je tourne la tête vers lui. Je me sens troublée par son regard, par ses gestes. Troublée parce que les paysages ne sont certainement pas ce qui va me manquer le plus…

Il me sourit et m'entraîne vers le lac. Il n'y a personne, juste la nature et nous. C'est assez unique et charmant, un peu à l'image de Sawyer.

— Raison de plus pour en profiter le plus possible.

Je suis légèrement déséquilibrée quand on arrive sur la glace, mais je parviens toutefois à me stabiliser grâce au soutien que m'apporte Sawyer.

— Tu viens souvent patiner ici ? je lui demande alors que je prends l'initiative de m'écarter de lui.

Il me dépasse et patine avec aisance sur le lac. Gracieux et rapide, on dirait qu'il glisse sans patins tant ses gestes sont impeccables. Un vrai prince.

Plus j'apprends à le connaître et plus il me fait craquer… Quand je pense que je voulais à tout prix l'éviter quand je suis arrivée ici… Maintenant, je ne peux plus m'en passer.

Satanée Dana. J'en viens à regretter qu'elle ne m'ait pas réservé davantage de jours ici pour profiter plus longtemps de Sawyer et de la compagnie de Zelda.

Je sors de mes pensées lorsqu'il revient vers moi. Alors qu'il a le sourire aux lèvres, j'arque un sourcil.

— C'est censé m'impressionner ? Tu pouvais juste me dire oui.

Il tourne autour de moi, fier de lui. Même comme ça, il est à tomber…

Je devrais le pousser pour qu'il se casse la figure, histoire que l'on rigole un peu, mais je connais le karma, et il me le ferait payer.

— Je viens tous les hivers, me répond-il enfin. C'est notre spot préféré avec les copains. J'y passais beaucoup de temps avec Ugo, Millie et Griselda. C'est elle qui m'a appris à patiner, elle était vraiment douée car elle suivait des cours étant plus jeune.

Oh… Une vague de tristesse me submerge à l'évocation de tels souvenirs. Cela doit être douloureux pour lui de m'en parler.

— Dès que Zelda a eu l'âge, je l'ai emmenée pour qu'elle pratique avec moi. Et aujourd'hui, elle raffole du patinage ! Je crois que c'est une manière pour elle de se rapprocher de sa mère et de ce qu'elle aimait.

Je souris à Sawyer. Son regard est doux. Il n'a pas la moindre idée de combien je le trouve touchant. Il est fou de sa fille et leur duo est plus que fusionnel. Cela ne m'étonne plus qu'ils se soient fait une place dans mon cœur si facilement.

— Je me suis dit que j'allais te faire découvrir ce petit spot avant que tu partes, comme ça, si tu n'as pas le temps d'en faire à Paris, tu n'auras pas de regret. Et puis, mieux vaut ici, dans la nature, sans personne pour traîner dans tes pieds ou te bousculer, qu'au milieu de la foule…

— Tu as eu raison. C'était une excellente idée. J'adore ! Mais comment ça se fait qu'on soit seuls, il n'y a pas de randonneurs ?

— Non, dit-il en souriant. Ce domaine est privé, il appartient à la famille d'Ugo, et mon privilège en tant que meilleur ami, c'est d'avoir le droit d'y venir et d'impressionner les jolies Parisiennes.

— T'en connais beaucoup des jolies Parisiennes ?

— Une seule et ça me suffit, lâche-t-il en reprenant mes mots.

Je souris.

— Assez discuté. Et si tu me montrais comment tu patines ? demande Sawyer, d'un air amusé.

Je m'exécute, en essayant de me montrer confiante. Je ne suis certainement pas aussi douée que lui, mais je me débrouille quand même et avoir la chance de faire du patin sur un lac gelé rend la pratique d'autant plus agréable. C'est une première pour moi.

On est seuls au monde. Cette sensation est délicieuse et me permet de me libérer complètement.

Je patine plus vite, je virevolte.

La boule désagréable que j'avais dans la poitrine après ma rupture a bel et bien disparu. Je ne m'en étais pas rendu compte. Elle qui était si pesante ces derniers mois est partie sans que j'y fasse attention.

Lentement, je pivote vers Sawyer. Il n'a pas bougé et se trouve désormais loin derrière moi. Je prends de l'élan et me dirige vers lui.

C'est quand même un peu fou la vitesse à laquelle bat mon cœur à mesure que je m'approche de lui. Mais s'il n'y avait que ça… Je sais pertinemment que j'ai un sourire niais plaqué sur le visage. Un sourire qui grandit quand il me rejoint et attrape mes bras pour nous stabiliser.

— Moi qui pensais que tu passerais ton temps à glisser et à pousser des petits cris de peur.

— Est-ce que tu me sous-estimes, Sawyer Éden ?

— Peut-être un peu, même si c'est plutôt toi qui fais ça d'habitude, rétorque-t-il en me donnant un coup d'épaule.

Alors que je ris, je me sens soudain troublée par son regard, étourdie par sa présence. J'ai peur de laisser mon cœur ici en rentrant à Paris. En fait, je sais que je vais le laisser là si je ne lui dis pas. Je ne veux pas déprimer encore des mois à cause d'un homme. Si seulement l'attirance entre nous n'était que d'ordre physique… Mais non, cela va bien au-delà de ça.

Sawyer me prend la main, et m'entraîne avec lui. Il ne va pas trop vite, de sorte que nous puissions profiter du paysage. J'ai l'impression de ne m'être jamais sentie aussi libre. C'est comme si j'étais tout à coup entrée dans un autre monde.

Sawyer accélère légèrement, mais sa main ne quitte pas la mienne. Le froid qui me fouette le visage me rend encore plus vivante.

— C'est dommage que Zelda ne soit pas là !

Je le pense vraiment, j'aime quand elle est avec nous.

— Je ne dirai pas que c'est dommage, car cela nous permet d'être rien que tous les deux. Et comme tu t'en vas dans quelques jours, c'était quelque chose dont j'avais très envie.

Il s'arrête, et je freine sec pour rester à sa hauteur. D'un geste ferme, il me réceptionne dans ses bras.

— Je vais avoir du mal à me passer de toi, Boucles d'Or…

— Tu crois ?

— Je le sais, répond Sawyer.

— Ah…

Il se penche vers moi et m'offre le plus doux baiser qui soit.

Je me laisse alors happer par les sensations qu'il provoque en moi. Il m'étourdit, me donne l'impression d'avoir dix-sept ans à nouveau et de goûter au vertige des premières étreintes, des premiers sentiments amoureux… C'est un tourbillon d'émotions déroutant, qui me ravage les entrailles et me réchauffe le corps. Je m'accroche à lui, à ses lèvres, à nous… Bientôt, nos mains s'agrippent aux vêtements de l'autre et nous nous rapprochons encore jusqu'à ce que le bout de nos patins se touche.

— Je n'avais pas prévu ça maintenant, soupire-t-il.

Lorsqu'il éloigne ses lèvres des miennes, je me dis que nous sommes dans un rêve. Le lac glacé, la forêt enneigée, notre histoire… Tout semble magique.

— Comment ça ? je lui demande en souriant.

Je rougis sous son regard de braise.

— Tu sais bien… Chaque fois que nous sommes tous les deux, sans personne autour…

— Je sais… je ne pense pas qu'on y puisse grand-chose, cela dit. C'est incontrôlable.

— J'ai toujours du mal à comprendre pourquoi tu me rends fou comme ça. Explique-moi ce que je vais faire quand tu ne seras plus là.

Dans trois petits jours…

L'émotion me noue la gorge. Je n'ai pas envie de partir. Je n'ai pas envie de le quitter, de quitter Zelda, et même Millie…

— Je n'ai pas envie d'y penser, je murmure en collant mon front au sien.

Nos regards s'accrochent. Durant plus d'une dizaine de secondes, on se perd l'un dans l'autre.

Il paraît que lorsque deux amoureux se regardent leur rythme cardiaque se synchronise. Et quelque part, j'ai l'impression que c'est vrai : nos cœurs battent à l'unisson.

Je pose une main sur son menton et caresse sa mâchoire.

— Prends tout, Sawyer, je murmure.

Il embrasse mes doigts lorsque je les glisse sur ses lèvres.

— Prends tout ce que tu veux, autant que tu as besoin. Prends-moi, fais-moi l'amour, rassasions-nous l'un de l'autre.

J'ai à peine le temps d'apercevoir son regard incandescent qu'il se jette voracement sur mes lèvres. Je lui réponds avec ardeur tandis qu'il me prend dans ses bras. Il me soulève et me porte jusqu'au 4x4.

J'ai le cœur en vrac, les genoux qui tremblent, le souffle saccadé. L'air est si frais, et pourtant nous brûlons.

— Là, comme ça ? je demande en regardant autour de nous.

— Comme ça, grogne-t-il en plongeant dans mon cou.

Il se débarrasse de ses patins, puis des miens ainsi que de nos blousons, et les jette dans le coffre. Ses mains un peu fraîches se faufilent sous mon pull en laine. Il effleure ma peau délicatement et je sursaute.

— Désolé.

— Je supporterai le froid. Touche-moi, Sawyer…

Ses mains remontent vers mes seins. Il les empoigne dans un grognement quand il se rend compte que je n'ai pas de soutien-gorge. Impatient, il remonte mon pull pour me découvrir. La température extérieure fait durcir mes tétons. Ça le fait sourire le temps d'une seconde. Après quoi, il me dévore et j'oublie le froid.

Tout ce qui compte, c'est cette flamme brûlante qui nous ravage encore une fois.

Dans un gémissement, j'attrape le bord du coffre d'une main et je glisse l'autre dans ses cheveux. La manière dont il me touche, m'embrasse, me donne l'impression d'être unique. Cela ravive mon plaisir.

Il relève la tête.

— Tu trembles…

— De désir. Uniquement de désir.

— On va se consumer, Boucles d'Or.

— Montre-moi, je murmure en tirant sur son pull.

Après nous être partiellement déshabillés, il s'enfonce en moi d'une seule poussée et je gémis sous l'assaut de ses premiers coups de reins. Les sensations de chaud et de froid se mêlent. Je n'ai jamais connu une telle excitation, une telle envie de jouir contre lui.

Je me laisse aller en arrière, m'allonge dans le coffre. Je réalise alors que je suis en train de faire l'amour au beau milieu de la forêt, sous un ciel incroyablement bleu, avec un homme que je n'ai envie de quitter pour rien au monde. Un homme qui me fait me sentir bien. Qui me rend heureuse.

— Juliette…

Le regard de Sawyer me transcende. Je me sens jolie, désirée… aimée.

— Regarde-moi, ordonne-t-il.

Je plonge mon regard dans le sien tandis qu'il m'assène des coups de reins toujours plus intenses.

Il se penche vers moi, plaque une main près de mon visage et me retire totalement mon pull, cette fois-ci. Sa langue et ses lèvres marquent ma peau. Il est partout à la fois et c'est si bon que ça me fait mal.

Je m'arc-boute en réponse à son corps dur qui me prend

toujours plus profondément. Lorsque je lève les jambes pour les passer sur ses épaules, il pousse un soupir bruyant.

— Tu vas me tuer.

Ses mains s'agrippent à mes genoux et il m'écarte les cuisses avant de caresser mon clitoris du bout des doigts. J'étouffe une plainte en me mordant la lèvre.

— Sawyer…

— Je meurs d'envie de ça, m'avoue-t-il. J'ai faim de toi.

Je suis sans voix, incapable de lui répondre.

Je me sens partir, le tiraillement dans mon ventre se fait de plus en plus fort. Mon plaisir va exploser, je le sens. Sawyer continue de me caresser en allant et venant en moi et alors que je bouge les hanches pour le suivre, un orgasme intense s'empare de moi. Je jouis en étouffant mes cris dans ma main.

Troublée, je croise le regard émerveillé de mon amant qui n'a, semble-t-il, pas perdu une miette du spectacle. Il se penche, et lentement s'enfonce en moi jusqu'à la garde. Je me redresse alors, sentant une seconde vague de plaisir ranimer le feu en moi. Je noue mes bras autour de son cou.

— Ça vient… encore, je chuchote à son oreille.

Il m'embrasse langoureusement tout en continuant de me faire l'amour. Bientôt, je ne suis plus capable de me retenir et je perds pied, de nouveau, mais accompagnée par lui, cette fois. Nous étouffons notre plaisir dans le cou de l'autre et restons ensemble sans bouger un long moment.

— Je… n'avais jamais connu ça, je murmure, alors que nous reprenons nos esprits. C'était… Waouh.

Il se redresse juste assez pour qu'on se regarde. Je ne l'ai jamais vu sourire autant.

— Tu étais divine, Boucles d'Or. Te voir succomber au plaisir était l'une des plus belles choses qu'il m'ait été donné de voir.

Il me caresse la joue avec douceur. Comme d'habitude, je sens mes joues rougir. Mais cette fois, il n'y a pas de gêne entre nous. C'est autre chose…

Du bonheur brut.

— En revanche, dit-il en changeant de position, je ne suis pas rassasié, ma beauté. Il m'en faut plus. Beaucoup plus.

Je mordille son oreille.

— Alors prends, Sawyer, je lui répète. Prends tout. Encore et toujours.

Chapitre 22

Sawyer

Je ne veux pas qu'elle s'en aille. Je veux qu'elle reste près de moi, près de nous.

C'est terrible. Et pourtant, je n'ai pas le choix. Il n'y a rien qui la retient ici, quand bien même j'espérais que Zelda et moi soyons suffisants. Son boulot, sa famille, ses amis… tout ce qu'elle a, qu'elle a construit, est à Paris.

J'aimerais réussir à lui dire qu'elle va me manquer atrocement. Que tout cela n'était pas un simple égarement. Pas pour moi, en tout cas… J'ai trouvé mon chemin en la rencontrant. Je suis tombé amoureux.

Mais les mots ne sortent pas. Ils me brûlent la langue mais refusent de se faufiler hors de ma bouche. Je ne veux pas être celui qui l'oblige à renoncer à tout.

Alors, je vais me contenter de profiter du temps qu'il me reste à passer avec elle. Et peut-être que cela sera moins douloureux après son départ…

Je mets la gazinière sur feu doux et me retourne pile au moment où elle fait son entrée dans la cuisine. Comme le loup de Tex Avery, je deviens dingue à la seconde où mes yeux se posent sur elle.

Elle porte une robe, mais pas n'importe laquelle. La rouge, celle qui tourmente mon esprit depuis notre séance de shopping.

— Tu es magnifique.

Elle s'avance vers moi.

Elle m'envoûte complètement.

— Je t'avais dit que je la mettrais rien que pour toi alors je l'ai glissée dans mon sac. Une sorte de cadeau de Noël.

— Et je pense que ça fait de moi l'homme le plus heureux du monde, ce soir.

Je tends la main, elle l'accepte et se laisse attirer dans mes bras. Je les noue autour de sa taille.

Qu'arrive-t-il aux gens qui jouent à ce genre de jeu ? Comment s'en sortent-ils ? Indemnes ou fracassés ? Je ne suis pas certain de la réponse. En fait, je ne suis plus certain de rien.

Et si je n'avais pas envie de m'en sortir indemne ? Et si je choisissais d'avoir le cœur fracassé, si cela signifiait de rester avec elle ?

Je la laisserais volontiers me ravager à condition qu'elle m'autorise à faire de même.

C'est inouï. Je n'avais jamais ressenti cela auparavant.

— Tu donnes envie de croire aux contes de fées, dit-elle tendrement, en rougissant.

— Je serai volontiers ton prince.

Ma jolie Boucles d'Or secoue la tête en souriant.

— Dans ce genre d'histoires, le prince réveille la jouvencelle avec un baiser, non pas avec un fusil de chasse et une moue boudeuse d'homme des cavernes.

— De nos jours, le prince charmant se retrouve avec un procès au cul pour agression sexuelle s'il se permet ce genre de chose. Et cela est tout à fait justifié. Alors mieux vaut s'en tenir à notre version…

Elle éclate de rire. Merde, cela ne fait qu'aggraver mon cas. Je pourrais la contempler des heures durant sans me lasser.

— Tu n'as pas trop mal à la tête, au fait ?

Je me rends compte que je me touche le front. C'est vrai que j'ai toujours ce stupide pansement. Une simple égratignure mais je dois le garder un peu. Quand je pense à la galère qui vient de me tomber dessus… La présence de Juliette m'aide considérablement à rester zen. Je suis touché qu'elle se fasse du souci pour moi.

— Non, tout va bien.

Aujourd'hui je voulais l'emmener patiner pour passer du temps avec elle. Je sais qu'elle va partir, et je sais qu'après son départ j'aurai largement le temps de m'occuper de tout ce qu'il y a à faire. N'empêche, quand la première détonation s'est fait entendre j'ai pensé à ma fille, ensuite à Juliette. Pas à Millie ni à mes parents, mais à elle, ma Boucles d'Or… et dans le chaos de la soirée, je n'avais qu'une hâte : rentrer et les retrouver, la seule chose qui m'importait, c'était le fait que Boucles d'Or était chez moi.

Je devrais sans doute le lui avouer.

— Oh ! fait-elle soudain en tendant l'oreille. J'adore cette chanson. C'est ma préférée de Noël.

J'ai toujours le réflexe de mettre la radio quand je fais la cuisine.

— Tu danses avec moi ? je lui demande.

Mes propres mots m'étonnent. Juliette hoche pourtant la tête alors que George Michael se met à chanter *Last Christmas*.

Elle se blottit contre mon torse et nous dansons un slow. Le moi d'il y a un an trouverait la situation ridicule, mais celui d'aujourd'hui y prend un plaisir certain. Je pourrais faire ça avec elle tous les jours…

— Vous allez me manquer, toi et Zelda, dit-elle d'une voix tremblante.

Elle pose sa joue sur mon torse et je caresse ses boucles dorées. Son regard est un peu triste, et troublé aussi. Je suis content de ne pas être le seul que son départ attriste. Ça me donne l'espoir qu'elle ressent les mêmes choses que moi.

— Toi aussi… beaucoup. Je n'avais jamais autant aimé les jours précédant Noël avant toi.

— Ah oui ?

— Oui, danser comme ça, faire du shopping, ce genre de choses… Ce n'est vraiment pas dans mes habitudes, mais c'est agréable.

Juliette sourit.

— Je ne suis pas quelqu'un de très sociable, contrairement à toi, je rajoute. M'être exclusivement occupé de Zelda m'a légèrement coupé du monde.

— Pourtant, je te trouve très à l'aise avec moi.

— C'est différent. Je n'ai pas envie de m'intéresser aux gens, d'habitude.

J'esquisse un sourire.

— Pourquoi là, alors ?

— Je ne sais pas, les circonstances, cette rencontre fortuite, le destin. Toi avec tes sourires, ta joie de vivre, ta bonne humeur. Je ne sais pas l'expliquer…

C'est le destin, je veux y croire, en tout cas. Et si c'est le destin qui l'a mise sur ma route, il ne peut pas me la reprendre si cruellement.

— L'alchimie est là, elle nous nourrit, se nourrit de nous et nous rend vivants.

— Vivants, c'est le mot.

Elle hoche la tête et je prends conscience que je vais crever d'amour quand elle va partir. Et je ne veux pas, je ne peux pas. Il y a forcément une solution. Je ne peux pas me résoudre à la voir partir. Je n'en ai pas envie. Ce qu'il y a entre nous, c'est important, c'est puissant.

— Juliette… cette attirance qu'on n'arrive pas à maîtriser, ce désir, je…

Je perds mes mots. Je n'ai pas l'habitude de dire des choses comme ça. Je ne veux pas lui faire peur, je n'ai pas envie de me ridiculiser non plus.

— Je crois que je vais revenir après les fêtes, lance-t-elle d'une voix profonde.

Mon cœur va exploser, de joie, d'amour, de tout.

— Ah…

C'est tout ce que j'arrive à dire. J'ai très certainement l'air d'un abruti, mais ça me va. Je suis content de lui avoir dit qu'elle me manquerait.

— Je veux terminer mon livre ici, je crois que j'ai beaucoup d'inspiration au chalet, et je voudrais en profiter encore pour le terminer. Et puis, tu sais…

— Non.

— Bien sûr que si, tu sais…, soupire-t-elle en se dressant sur la pointe des pieds.

Ses lèvres douces et brillantes se posent sur les miennes. Elle m'embrasse doucement et pourtant c'est d'une intensité folle. Bien sûr que je sais, mais je n'ai pas les armes pour lui avouer certaines choses, je dois me protéger. Je dois préserver Zelda.

— Ça, ce truc… on pourrait voir si on y survit quand je serai partie et puis y succomber quand je reviendrai si jamais c'est encore là.

— Je ne vois pas comment ça pourrait ne plus être là, comme je ne crois pas qu'on puisse se rassasier l'un de l'autre.

— Je comprendrais que… enfin, vis-à-vis de Zelda. Je… c'est un peu dingue, on ne se connaît que depuis quelques jours et…

— On peut appeler ça des semaines, je pense, et puis bien que ce soit dingue, c'est fort. Moi, je n'ai jamais connu ça avec personne. C'est le destin qui t'a amenée à moi, jusque dans mon lit.

Le temps de quelques secondes, elle fait une petite moue. Je caresse son visage. Je ne sais pas comment on se met en couple avec quelqu'un, je ne sais pas comment on gère ça quand on est père, mais j'en ai envie et je sais que Zelda aussi.

— Et si c'est juste la magie de Noël ? C'est peut-être l'ambiance des fêtes qui est à l'origine de tout ça.

— Je ne crois pas, je réponds. Je crois que c'est nous. Été comme hiver, l'attirance aurait été au rendez-vous. Il faut dire que tu es craquante et moi très, très sexy.

Son sourire m'achève.

Je la serre alors contre moi et nous dansons encore.

***

Elle est si belle. Et ce n'est pas simplement dû à cette robe.

— Vu que tu avais pensé à tout, en termes de garde-robe, tu as pris un pyjama aussi, je suppose ?

— Non, pas de pyjama. J'ignorais que tu m'inviterais pour la nuit… si c'est le cas, je crois que je vais devoir dormir nue.

— Voilà une chose intéressante…

J'ai envie d'elle, fort. Il est peut-être temps de voir s'il y a quelque chose sous cette robe. Alors qu'elle regarde la neige qui tombe à travers la baie vitrée, je l'attrape par les hanches et elle se laisse aller en arrière. Je perçois son sourire dans le reflet de la vitre.

— J'ai cru que tu ne viendrais jamais me montrer combien tu aimes cette robe.

— Impatiente ?

— Un peu, oui, murmure-t-elle.

Ça me rend encore plus dingue. Je la serre contre moi et déplace ses cheveux sur le côté afin de l'embrasser dans le cou. Son parfum m'enivre complètement et sa respiration qui devient saccadée me rend fou. C'est là tout l'encouragement dont j'ai besoin pour aller plus loin. Je n'ai qu'une seule envie : la faire jouir.

Je la tourne face à moi, son regard décontenancé me fait sourire. Jusqu'à notre rencontre, j'ignorais que je pouvais être capable de susciter autant de plaisir chez une femme. Et ses réactions ne font que raviver mon envie d'aller plus loin.

Je prends son visage entre les mains et je l'embrasse. Notre baiser dure à l'infini, si bien qu'on doit se détacher l'un de l'autre, essoufflés. Je poursuis notre étreinte en posant mes lèvres sur son menton, son cou, puis je m'accroupis et je remonte le bas de sa robe. Là, j'en ai le cœur net : elle ne porte rien d'autre… Tout ça pour moi, rien que pour moi.

— Sublime, je murmure avant de me jeter sur sa cuisse.

Sa peau se couvre de frissons alors que je l'embrasse doucement et remonte vers son entrejambe. Elle sursaute quand je pose ma bouche sur son sexe, puis elle tremble. Je suis partagé entre l'envie de jouer avec elle ou de lui donner directement ce qu'elle veut.

Je la taquine, la dévore sensuellement. Tout ce que je veux, c'est elle. Je glisse ma langue sur son clitoris, puis jusqu'à l'ouverture de son sexe. Son corps est parcouru de spasmes et elle lâche un petit cri. J'enfonce alors ma langue en elle.

— Oh ! bon sang…

Ses mains s'agrippent à mes cheveux. Elle tire fort. Elle est plaquée contre la baie vitrée et c'est une vision magnifique. Lorsqu'elle passe une jambe par-dessus mon épaule, je grogne de satisfaction. Ma belle Boucles d'Or danse contre ma bouche et je n'ai jamais été aussi excité de faire du bien à une femme. Je me perds dans ces sensations qui la rendent folle et je lui donne ce qu'elle veut. Très vite, elle gémit et griffe mon cuir chevelu.

Je me redresse alors que ses jambes flageolent.

— C'était dingue…, dit-elle, épuisée.

Et ce n'est pas fini.

Je lui prends la main et la tire vers le fauteuil où je la fais asseoir, mais elle secoue la tête et se remet debout aussitôt.

— Ça ne va pas ? je demande.

Elle sourit pour toute réponse, me pousse légèrement pour que je prenne sa place et tire sur les boutons de ma chemise. La voir me déshabiller ainsi est déroutant. Mais elle ne s'arrête pas là. Non, elle retire mon jean et, une fois que je suis nu, la voilà qui s'agenouille devant moi.

— Qu'est-ce que tu fais ?

— Devine…

Sa main empoigne mon sexe et le caresse avant que ce soient ses lèvres qui viennent me rendre fou. Je n'attendais pas qu'elle reproduise ce que je lui ai fait, mais je ne vais certainement pas me plaindre. Juliette me rend marteau.

Bientôt, elle me prend tout entier et me dévore langoureusement. Je sais que je ne vais pas tarder à jouir, lui faire du bien m'a trop excité. Ses lèvres glissent tout le long de mon sexe, titillent mon gland. Je ne peux m'empêcher de grogner.

— Boucles d'Or…

Elle sourit en me regardant une seconde dans les yeux et sans le moindre ménagement me mène où elle veut. La jouissance est brutale, libératrice. Je lui donne ma chemise et elle se cache dedans quelques secondes avant de revenir vers moi.

— Tu as une capote ?

— Dans ma chambre.

— J'y vais, dit-elle.

Elle revient quelques secondes plus tard. Sans un mot, elle s'installe sur moi. Dans cette robe, les cheveux lâchés, le visage empourpré de désir, elle est plus que belle. C'est comme un rêve, une illusion… Elle représente un idéal, le mien.

— Salut, toi.

Je caresse son visage, ses lèvres. Pourquoi faut-il qu'elle parte ?

— Salut, beauté.

Esclave de ses désirs, je la regarde dérouler le préservatif sur mon sexe et se positionner au-dessus de moi. En un mouvement fluide, elle s'empale sur ma queue tendue et noue ses bras derrière ma nuque. J'aime quand elle prend les choses en main, et je la laisse volontiers faire ce qu'elle veut de moi.

Juliette commence à onduler et ses mains se posent sur mes pectoraux. *Bon Dieu !* Elle est si belle que cela m'éblouit. Je l'observe, incapable de la quitter des yeux. Nous sommes en osmose, en parfaite harmonie. Nos corps se répondent, nos souffles se mêlent. Je me sens tiraillé entre l'envie qu'elle reste sur moi avec cette robe et celle de la voir nue pour sentir sa peau contre la mienne. Mais je n'ai pas le temps de lui en faire part, car Boucles d'Or accélère le rythme de ses mouvements. Son sexe enserre le mien comme un fourreau, ses doigts s'enfoncent dans mes pectoraux. Elle gémit.

— Sawyer, là, soupire-t-elle.

Je l'embrasse et passe mes mains sous ses fesses pour l'aider. Notre baiser est aussi effréné que nos gestes sont endiablés. Et quand elle s'accroche à moi comme si elle ne voulait jamais plus me quitter, mon cœur perd les pédales.

Le plaisir nous submerge tous les deux. Nous sommes en sueur, haletants.

Doucement, j'écarte les cheveux qui lui barrent le visage et pose un baiser sur son nez. Sans un mot, elle cale sa tête contre mon épaule.

Son silence fait écho à la douleur que j'ai de la voir partir bientôt.

— Serre-moi contre toi, me supplie-t-elle.

Chapitre 23

Juliette

— Ton train arrive à quelle heure ? me demande Dana au téléphone.

— 16 heures. Je pars un peu avant midi.

— C'est noté. Je serai sur le quai de la gare. J'ai tellement hâte de te retrouver.

— Moi aussi.

C'est faux.

Enfin si… j'ai hâte de revoir Dana et ma famille, mais j'appréhende de devoir quitter Zelda et Sawyer. Pourquoi faut-il que nous habitions si loin ? Si seulement je pouvais les glisser dans mon bagage et les prendre avec moi à Paris… C'est une idée stupide. Sawyer loin de sa montagne ne serait plus Sawyer.

— Tu es certaine que ça va ?

— Bien sûr ! Je suis contente de revoir ma meilleure amie et il me tarde que nous fêtions Noël ensemble.

— Ouiii !

Je souris contre mon téléphone. Elle m'a manqué, même si j'avoue que je n'ai pas tellement eu le temps de penser à elle ces derniers jours.

— Je dois finir de préparer mes affaires, je t'envoie un message quand je serai installée dans le train.

Elle me dit qu'elle m'aime et je raccroche.

C'est Sawyer qui va m'emmener à la gare. Il a insisté hier, et cela me va, même si je ne suis pas très fan des au revoir de ce genre. Ça me rend toujours un peu triste.

Tu penses être là vers quelle heure ?

Je pose mon téléphone sur la table en attendant qu'il me réponde et je finis de ranger mes cadeaux de Noël dans ma valise. Voilà, tout est prêt. Mon roman est presque fini aussi. Revenir à la montagne pour le terminer est une bonne idée, je pense. Et puis, on verra ce que me fait cet éloignement loin de Sawyer… Dans tous les cas, je reviendrai terminer mon histoire.

Le temps file si vite que je n'ai pas encore repris mon téléphone pour voir s'il m'a répondu que Phil, son père, frappe à la porte.

— Bonjour, Juliette, lance-t-il gaiement.

— Vous allez bien ?

— Très bien, et vous ?

— Un peu triste de partir, je réponds. Mais je pense revenir bientôt pour terminer mon roman. J'ai trouvé beaucoup d'inspiration au cœur des montagnes.

— Avec plaisir, tout le monde sera ravi de vous revoir.

Je hoche la tête en souriant.

— J'ai tellement aimé séjourner ici… Soyez sûrs que je vous recommanderai à tous les gens que je connais. Vous voulez que je vous accompagne pour le tour de la maison ?

— Oh non, je vous fais confiance, il n'y a pas de problème. Quand vous partirez, posez la clé sur la table, ma femme et moi nous occuperons du reste dans l'après-midi.

— D'accord.

— Vous partez à quelle heure ?

— Dans pas longtemps, votre fils me conduit à la gare.

Ses yeux pétillent de malice.

— Très bien. Je vous souhaite de faire bon voyage et de passer d'excellentes fêtes de fin d'année !

— Vous aussi.

Il s'éclipse presque aussi vite qu'il est arrivé.

Sawyer n'a toujours pas répondu à mon message. Alors je décide d'en envoyer un autre. Ce n'est pas grave s'il a un empêchement, mais je veux avoir le temps d'appeler un taxi, je n'ai pas envie de louper mon train.

Il me répond au moment où j'écris mon texto.

Je ne vais pas venir.

Rien de plus, rien de moins. Ça a le mérite d'être clair. C'est moi ou il est hyper froid ? Il aurait quand même pu m'appeler…

D'accord… Ce n'est pas grave. Est-ce que tout va bien ?

Oui. On va simplement s'arrêter là. Tu t'es bien amusée. Maintenant, il est temps que tu rentres chez toi.

Je ne comprends pas ce qui se passe. J'ai l'impression de me prendre un parpaing dans la gueule.

? ? ?

Je n'ai pas envie de te revoir. Oublie-moi, oublie ma fille. C'était n'importe quoi.

J'ai le souffle coupé et l'estomac noué. Que se passe-t-il ? Je ne comprends rien, des larmes brûlantes se mettent à couler sur mes joues et tombent sur l'écran de mon téléphone.

Je me sens perdue. Anéantie.

Pourquoi met-il fin à notre histoire de la sorte ? Pourquoi envoie-t-il tout valser alors que je pensais que nous étions arrivés à nous rendre heureux ?

J'ai l'impression de basculer dans un précipice sans fond. Je ne m'attendais pas à ça.

Peut-être qu'il n'est pas prêt. Peut-être ne l'a-t-il jamais été…

Et moi ? Étais-je prête à tourner la page de ma rupture pour construire quelque chose avec lui ? Suis-je tombée amoureuse ? Ai-je à présent le cœur brisé, exactement comme lorsque je suis arrivée ?

Merde. La réponse à toutes ces questions est « oui ».

***

Un peu plus tard, alors que je me suis écroulée dans l'un des fauteuils du salon, mon portable vibre de nouveau. J'ai l'espoir qu'il s'agisse de Sawyer un bref instant… mais c'est Millie.

— Allô ?

— Hey, lance-t-elle d'une voix guillerette. Je voulais t'appeler avant que tu partes pour te dire que tu vas me manquer atrocement ! Sawyer doit t'amener à la gare, je crois ?

Il y a deux sortes de personnes sur Terre. Celles qui arrivent à gérer leurs émotions comme des pros et ne laissent jamais rien paraître, même quand ça ne va pas. Et celles qu'un simple prénom peut faire fondre en larmes.

Clairement, je fais partie de la deuxième catégorie.

— Tu vas… me manquer… aussi, je sanglote.

— Oh non, ne pleure pas ! On va se revoir et…

— Je ne crois pas, non.

Je renifle bruyamment et essuie mes larmes d'un revers de la main.

— Comment ça ?

— Je ne crois pas que je vais revenir, Millie…

— Qu'est-ce qui s'est passé ? demande-t-elle, paniquée.

Cette fois, c'est trop pour moi. Je raccroche sans répondre, en pleine confusion. Je me sens trop mal. Je ne comprends toujours pas. Et puis, je n'ai pas vraiment envie de lui dire que c'est à cause de Sawyer.

Quelques minutes plus tard, une voiture arrive en trombe. Encore vêtue de son tablier, Millie ouvre la porte en grand et accourt vers moi. Cette fille est incroyable. Elle a dû quitter son boulot en urgence juste pour moi. Ça me touche énormément.

Elle me prend dans ses bras et je me sens légèrement réconfortée.

— Explique-moi.

— C'est ton frère, il ne veut pas de moi dans sa vie.

— Comment ça ?

— Il me l'a dit, il m'a envoyé des messages, Il ne veut pas venir me chercher et…

— Mais il est débile, cet abruti !

Elle arrive à me faire sourire un peu.

— Il a Zelda et…

— Complètement débile, c'est pas possible ! Vous êtes faits l'un pour l'autre, vous êtes… Argh ! Mais quel branquignol !

Millie a l'air en colère et déçue. Sa réaction me touche beaucoup, j'ai l'impression de me sentir soutenue.

— Je ne comprends pas, soupire-t-elle. Je ne comprends pas pourquoi il fait ça, et de manière si lâche en plus. Et toi, tu pleures, tu es triste…

— Je venais de lui dire que je comptais revenir après Noël. Parce que je me suis attachée à lui, parce que je… Dès le début, c'était une mauvaise idée. J'aurais dû rentrer chez moi plus tôt.

— Ne dis pas ça. Je suis désolée, Juliette.

Je secoue la tête.

— Ne le sois pas. Je t'ai rencontrée, toi, et j'ai passé de bons moments dans ton Chocooning Bar. Je ne regrette rien.

— Tu as un cœur en guimauve, comme moi. Et je suis sûre que nous deux c'est pour la vie !

Je lui souris.

— Tu sais quoi, c'est moi qui vais t'emmener à la gare.

***

— Enfin ! s'écrie ma meilleure amie en se dandinant sur place alors que je descends de mon wagon.

Je m'avance vers elle en riant. Sauf que j'éclate aussi en sanglots dès qu'elle me prend dans ses bras.

Merde, je suis une vraie fontaine. Je suis incapable de retenir le chagrin que j'ai contenu dans le train.

— Juliette ? Mais que se passe-t-il ?

Les gens nous regardent, alors elle prend mes bagages et nous avançons jusqu'au Starbucks le plus proche où nous nous installons dans un coin en retrait. Je me sens encore plus mal qu'en partant, tout à l'heure.

J'ai relu les messages de Sawyer plusieurs fois dans l'espoir de comprendre pourquoi il avait fait ça. Mais cela me semble toujours aussi flou.

Dana va commander deux boissons chaudes qu'elle pose devant nous.

— Alors, dis-moi ce qu'il y a.

— C'est ta faute, je soupire. J'en suis tombée amoureuse par ta faute.

Elle me regarde, complètement perplexe. Et à juste raison puisque je ne lui ai rien dit sur *nous.*

Je ne lui en veux pas. Je suis en colère contre moi, contre lui. J'aurais préféré qu'il me dise qu'il n'était pas prêt pour tout cela, plutôt que m'envoyer chier par message.

Au moins James, lui, l'a fait en face…

— Amoureuse ? demande ma meilleure amie. Mais de qui ? Je ne comprends rien.

— Sawyer, sa fille… j'en suis tombée amoureuse. Et je me suis fait jeter comme une vieille chaussette par texto. Il devait m'accompagner à la gare, je lui avais dit que j'allais revenir terminer mon roman là-bas, mais c'est fini…

— Mais tu… Hein ? Je crois que tu as des choses à me raconter.

Je lui explique comment je l'ai rencontré après avoir dit non à Zelda.

— Avec un fusil ? s'écrie Dana.

Un petit sourire naît sur mes lèvres, mais j'ai trop mal au cœur et le perds aussitôt.

J'aurais dû rester éloignée d'eux, je le savais, mais comme le destin n'en a fait qu'à sa tête, j'ai voulu l'écouter au lieu de me faire confiance, à moi.

Je lui raconte ensuite tout ce qui s'est passé entre nous. Chaque souvenir de lui me brise le cœur. C'est hallucinant de voir à quel point je me suis attachée à cette petite famille en si peu de temps.

J'y croyais à ce miracle de Noël. Je le voulais, plus que tout.

— Je savais qu'il y avait quelque chose qui clochait, tu étais trop bizarre, distante… Pourquoi tu ne m'as rien dit ?

— Parce que je t'en voulais de m'avoir envoyée là-bas… et puis après, je voulais le garder pour moi. On était le secret de l'autre. Je ne voulais pas voir cette moue de satisfaction sur ton visage au moment où je t'aurais dit que nous avions couché ensemble. Et puis, je t'en voulais surtout parce que tu avais réussi ton coup : je suis tombée raide dingue de lui en un rien de temps alors que je devais rentrer.

— Je suis vraiment désolée, Juliette. Désolée que tu aies mal au cœur. Si j'avais su que… ça finirait comme ça. Enfin, je…

— Ce n'est pas totalement ta faute.

— Pourquoi je culpabilise autant de te voir souffrir, alors ?

— Parce que tu m'aimes. Je n'aurais jamais dû entrer dans leur vie. C'était illogique, il habite au cœur de la montagne et moi ici, à Paris. C'était pas viable.

— Bien sûr que si. L'amour dépasse toutes les frontières, et puis, cela te tombe dessus n'importe quand. On se fiche du sexe de l'autre, de sa couleur de peau et de la distance, aussi. Qu'il s'agisse de cinq mètres ou cinq mille kilomètres, peu importe. L'amour n'en a rien à faire que tu ne sois pas prête, que tu n'en aies pas envie. Il s'impose à toi et c'est tout.

Ses mots sont beaux, mais ne suffisent pas à me faire aller mieux. Au contraire, ils ne font qu'oppresser ma poitrine.

— Il va s'en mordre les doigts, elle me dit, sûre d'elle. Il va te regretter.

Je l'espère…

— Je ne comprends pas pourquoi il a fait ça après ce que tu viens de me dire. C'est surréaliste. Vous aviez l'air si complémentaires, si bien ensemble.

— Pas assez, a priori.

Je sors mon téléphone de ma poche et lui montre nos derniers échanges. Je les ai regardés tellement de fois dans le train que je les connais par cœur.

— Vraiment bizarre…

— Il m'a dit plusieurs fois vouloir se concentrer sur sa fille. Peut-être ne souhaitait-il pas partager son cœur en deux…

— Mouais. Si c'est ça, alors c'est un lâche. Et puis une brute. Qui largue la personne qu'il aime par texto de nos jours ?

— Je dois à tout prix passer à autre chose. Le plus important pour moi, c'est de terminer mon roman et de passer les fêtes avec mes proches.

— Quand je pense que je t'ai envoyée là-bas pour que tu retrouves le sourire et l'inspiration, et que toi, tu reviens avec une nouvelle peine de cœur… C'est quel genre de karma, ça ?

Un rire m'échappe. C'est vrai que c'est assez risible quand on y pense…

— Je ne sais pas, je lui réponds. Mais je devais être une sacrée chieuse dans une autre vie pour mériter cela.

Chapitre 24

Juliette

« Tes yeux se voilent,
Écoute les étoiles
Tout est calme, reposé
Entends-tu les clochettes tintinnabuler… »

J'ai cette chanson dans la tête tous les ans à cette période car mon père adore me la chanter. Et je dois avouer que je suis ravie qu'il le fasse encore et encore chaque année.

Noël est passé. C'était magique, comme d'habitude. Et comme d'habitude, j'ai apprécié d'être entourée de ma famille et de celle de mon amie de toujours. Histoire de prolonger cette parenthèse, j'ai décidé de rester dormir quelques jours chez mes grands-parents.

Dans la vie que j'ai retrouvée à Paris, tout est comme avant, excepté que la boule dans ma poitrine est plus grosse et plus lourde avec le temps.

J'ai bien réfléchi, je me suis demandé si j'aimais Sawyer aussi fort que j'aimais James à l'époque. La vérité, c'est que je l'aime plus que je n'ai jamais aimé quiconque. Et ce n'est pas tout. J'aime aussi sa fille, sa sœur, son monde. Mon cœur n'a pas juste accueilli une personne, non, il s'est ouvert à une nouvelle histoire, à une nouvelle vie. C'est donc bien plus dur pour moi d'aller de l'avant car je suis triste d'en avoir été arrachée.

***

Ce soir, nous fêtons la nouvelle année.

Elle ne commence pas de la meilleure des façons, mais j'ai appris que si je voulais qu'elle soit belle je devais m'en donner les moyens.

Dana a organisé une petite fête à la maison, avec nos amis les plus intimes. Sauf que leur nombre est grimpé rapidement et on se retrouve désormais avec plus d'une vingtaine de personnes à l'appartement. Je pensais broyer du noir tranquillement devant la télé, mais ma meilleure copine en a décidé autrement.

Le brouhaha des conversations couvre la musique. Il est encore tôt pour danser. J'écoute les conversations des invités, m'y mêle de temps en temps… Mais très franchement, la baisse des taux d'intérêts des prêts immobiliers et la politique étrangère me cassent les noix. Je me retrouve souvent perdue dans les nuages à penser à la montagne ou à mon roman.

Vers 22 heures, je me sers un verre de vin blanc. J'ai l'impression que l'heure est figée et qu'elle n'avance pas.

— Tu t'amuses ? me demande Dana.

Elle est superbe dans son pantalon foncé, avec ses talons laqués et son top en sequins verts et bleus. Moi, j'ai juste enfilé une robe noire. Ça fait toujours habillé, sans que j'aie besoin de me prendre la tête. Dana voulait que je mette la robe que j'avais achetée pour Noël, mais je n'étais pas franchement d'humeur à la porter aujourd'hui. Je ne sais pas si je la reporterai un jour, cela dit…

— Pas vraiment, je lui réponds.

Pourquoi lui mentir, elle lit en moi comme dans un livre ouvert. Elle soupire. J'ai l'impression de lui gâcher sa fête.

— Ça va aller, dit-elle en souriant. C'est juste une question de temps.

— Je sais, c'est encore un peu frais dans ma tête, c'est tout.

— La soirée n'est pas finie, tu peux encore t'amuser.

Dana et son optimisme à toute épreuve.

— Je n'y crois pas trop…

Elle me serre dans ses bras quelques secondes.

— Je vais aller prendre l'air, je lui dis.

— Vas-y, mais pas longtemps.

Notre balcon, au dernier étage, est filant, sans vis-à-vis. Avec Dana, nous l'avons aménagé : une petite table en bois avec deux chaises, et de nombreuses plantes pour l'égayer et lui donner de la vie. L'été, on y prend toujours notre petit déjeuner. Ce n'est peut-être pas un jardin avec vue sur les montagnes, mais c'est un balcon avec vue sur les jolis toits de Paris.

Je suis tellement absorbée par mes pensées que je ne remarque qu'après un moment que Dana a allumé des bougies sur notre table et a enroulé une guirlande lumineuse sur la rambarde. C'est joli et romantique. Finalement, il y a de la magie à Paris aussi.

— Bonsoir, Boucles d'Or.

Je me retourne brusquement, la main sur le cœur. Lorsque je l'aperçois sur le côté, je manque de tomber et me raccroche au mur.

— Sawyer ?

Il s'approche d'un pas en hochant la tête.

J'ai envie de pleurer et peut-être aussi de sauter par-dessus la rambarde pour m'enfuir loin de lui. Je ne sais pas trop. Il me regarde intensément, comme s'il cherchait à deviner mes pensées.

Il est toujours aussi séduisant… Il porte un pantalon noir et une chemise blanche dont les premiers boutons sont ouverts et les manches retroussées sur ses bras. Elle épouse son torse à la perfection. Ses cheveux sont tirés en arrière. Il est absolument divin malgré son air fatigué, peut-être un peu triste aussi.

— Qu'est-ce que tu fiches ici ?

Il se passe une main sur la nuque. Son regard croise le mien et je prends sur moi pour rester fière et ne pas craquer devant lui. Je ne veux pas pleurer, c'est idiot et ça ne sert à rien. Et puis une part de moi, la plus irrationnelle peut-être, me dit qu'il n'est pas ici sans raison…

— Ma fille m'a traité de gros débile et refuse de me parler depuis des jours, ma sœur pense que je suis un abruti fini et m'insulte chaque fois qu'elle me voit. Quant à mon meilleur ami, il se fout de ma gueule dès qu'il en a l'occasion. Bref, je suis un peu l'homme à abattre par chez moi.

— Je ne vois pas bien ce que je peux faire pour toi, surtout que je partage l'avis de ces gens.

Sawyer a l'air déçu. C'est mon chagrin qui parle et j'exprime juste ce que je ressens au fond de moi. Je ne vois pas pourquoi je le ménagerais.

— Je sais que mes messages et la façon dont je t'ai laissée tomber étaient pitoyables. Si je suis là, c'est pour réparer la plus grosse connerie que j'ai faite de ma vie et je ne partirai pas de ce balcon sans avoir réussi.

Je secoue la tête, incrédule. Il est là parce que sa famille lui en veut ou alors il est là parce qu'il en a envie ?

— Si tu es là juste parce que ta famille t'en veut, je ne vois pas bien l'intérêt d'avoir fait tout ce chemin. Un autre texto aurait suffi.

Il avance de nouveau. Cette fois, il est assez proche de moi pour que ça me trouble. Une petite voix dans ma tête me supplie de me jeter dans ses bras.

Ça me tue d'être toujours autant sensible à son charme…

— Je suis là parce que je t'aime, Juliette. Je suis fou de toi.

Mon cœur se crispe tandis que ses mots se répètent en boucle dans ma tête et me chamboulent complètement.

— Tu m'aimes ?

— Comme un dingue. Je sais que c'est arrivé vite, mais c'est comme ça. Il m'a suffi d'être loin de toi pour comprendre que j'avais été le roi des cons. Tu m'ensorcelles depuis que je t'ai trouvée dans mon lit. J'ai essayé de comprendre pourquoi tu foutais le bordel dans mon esprit, mais c'est impossible. On ne peut pas expliquer l'inexplicable.

— Alors, je ne comprends pas bien pourquoi tu m'as dit que tu ne voulais plus me voir…

— Zelda m'a dit pourquoi tu étais là. Elle m'a expliqué ce qu'elle avait fait, car elle était heureuse qu'on soit ensemble.

Oh. C'est donc pour ça…

— Cela m'a rendu fou de colère. En une seconde, j'ai cru que tout ce qu'on avait vécu ne signifiait rien. J'ai cru que tu t'étais fichue de moi, que j'étais tombé amoureux d'une femme qui n'était là que par pitié. Comprends-moi, c'était déroutant d'apprendre que ma fille avait envoyé une lettre à une youtubeuse et que celle-ci avait fait venir quelqu'un pour moi. Parce que j'étais un « cas désespéré ».

Tout est beaucoup plus clair, à présent. J'aurais dû lui expliquer la situation quand j'en ai eu l'occasion. Mais il a sa part de responsabilités dans l'histoire. Ce qu'il m'a fait… c'était aussi terrible qu'égoïste.

— Si tu m'avais laissé deux secondes pour t'expliquer, j'aurais pu te dire que…

— Je sais, me coupe-t-il. Je le sais… je suis un profond crétin, j'ai sabordé moi-même notre relation, j'ai bousillé ce qu'on avait.

Il soupire. Son regard cherche le mien, et bien que je souhaite l'éviter depuis tout à l'heure, je le lui rends enfin.

— Zelda a essayé de me l'expliquer, mais j'étais en rogne et je ne voulais rien entendre. Je pensais au danger auquel elle s'était exposée et à son inconscience. Et puis, je m'étais laissé persuader que c'était le destin, je croyais qu'il t'avait amenée à moi… et en fait non. Et surtout, tu ne m'as rien dit. La colère et la déception ont balayé le reste et je ne voulais rien entendre. On s'est disputés, elle m'a insulté, je l'ai giflée et depuis, elle ne me parle plus. Elle me fait tout le temps la tête, même à Noël, c'était horrible. Elle t'aime aussi fort que moi, différemment, mais elle t'aime…

— Moi aussi, je dis. Moi aussi je l'aime. J'ai pourtant essayé de me tenir éloignée de vous deux, de ne pas m'attacher…

— Je sais.

Je me sens responsable de leur dispute. Eux qui sont habituellement si fusionnels…

— Je suis désolée que vous soyez fâchés à cause de moi, et de Dana. J'aurais dû t'en parler. Au début, j'avais peur de ta réaction et puis après, je ne trouvais pas la bonne occasion… Nous avions peu de temps ensemble, je ne voulais pas le gâcher.

Il secoue la tête.

— C'est ma faute. Je suis buté, borné, j'aurais dû l'écouter, mais j'étais vexé et blessé dans mon ego. La seule chose à laquelle j'ai pensé, c'était me protéger moi, et aussi Zelda. C'est Millie qui m'a ouvert les yeux. Elle m'a expliqué que tu avais refusé la demande de Zelda, que tu étais tombée… amoureuse de moi.

Je rougis.

— J'ai compris la connerie que j'avais faite, reprend-il, mais à ce moment-là, tu étais déjà partie et je t'avais dit que je ne voulais plus de toi dans notre vie. Si tu savais comme je regrette d'avoir écrit ça.

— Je suis arrivée chez toi par hasard, j'ignorais que c'était ta maison, quand j'ai vu Zelda en photo sur ta porte de frigo, j'étais hallucinée. C'était un coup du sort, un vrai. Comme pour me punir d'avoir dit non à Zelda…

— Je le sais, maintenant. Le destin a finalement joué son rôle, c'est pourquoi tu es venue jusqu'à moi.

J'ignore pourquoi cela arrive maintenant, mais je sens les larmes couler sur mon visage, et il comble l'écart qu'il reste entre nous pour m'attirer dans ses bras. Je me laisse aller contre lui. J'ai l'impression que mon monde reprend enfin sens, que tout se remet en place.

Je pose mon front contre son torse et je ferme les yeux pour apprécier ce bonheur qui balaye toute la douleur que j'ai pu ressentir ces derniers jours. Son odeur, sa chaleur, son corps, je m'enivre de lui, comme une droguée en manque.

Doucement, il me prend le menton pour me faire relever le visage et chasse mes larmes avec son pouce.

— Je suis désolé, Juliette. Je suis désolé de t'avoir laissée partir sans te dire que je ne voulais pas que tu le fasses. Je ne t'en aurais pas empêchée, mais j'aurais dû te dire que ça me tuait de te voir nous quitter. Je suis désolé de ne pas avoir su te dire que je t'aimais et je suis désolé d'avoir douté du destin qui nous a liés. J'espère que tu partages les mêmes sentiments que moi et que tu arriveras à me pardonner. Moi je crève d'amour depuis que tu es partie.

— Bien sûr que je t'aime aussi, Sawyer. Tu m'as tellement manqué…

Ses yeux s'illuminent. Peut-être qu'il n'a jamais été aussi beau qu'en cette seconde. Mon cœur chavire.

— Putain, soupire-t-il.

Ses mains tremblent sur mon visage. Je souris.

Nos regards se croisent et il m'embrasse. La passion, l'intensité, tout est là. Comme avant. Rien n'a changé. Je crois qu'on est mordus l'un de l'autre depuis un moment. Peut-être depuis le début. Un coup de foudre sans s'en rendre compte, c'est possible ?

Je m'accroche à lui tandis qu'il m'enlace de plus belle, en réaffirmant sa prise autour de ma taille. Je ne peux pas croire qu'il y a une heure encore j'avais cette boule dans l'estomac et qu'elle vient de s'envoler au loin.

Notre baiser semble n'avoir pas de fin. Quand nous nous éloignons l'un de l'autre, je remarque Dana à la baie vitrée en train d'applaudir.

Elle nous fait un signe bref de la main avant de repartir vers nos amis.

— Elle m'a aidé. Pour venir ici, organiser tout ça.

— Je comprends mieux maintenant pourquoi elle a insisté pour que je me fasse un minimum jolie.

Sawyer me sourit.

— Je l'ai contactée pour avoir ton adresse, mais aussi pour savoir si j'avais encore une chance. Je lui ai aussi demandé pourquoi elle t'avait envoyée à moi.

— Et ?

— Elle m'a dit qu'elle n'en savait rien, qu'elle avait été touchée par la sensibilité de Zelda et qu'elle pensait qu'elle et toi vous entendriez bien. Elle m'a dit aussi que si nous nous étions rencontrés ce n'était pas de son fait. Que nos deux cœurs s'étaient trouvés parce qu'ils s'appartenaient.

Je souris alors qu'il caresse ma joue.

— Et tu as quitté tes montagnes pour me dire ça ? je demande.

Il soupire d'un air exaspéré avant de poser son front contre le mien.

— Je ne voulais pas terminer l'année comme ça, je ne voulais pas la terminer sans toi. Il fallait que je vienne, que je te dise que j'ai besoin de toi dans ma vie, que tu me manques et que je regrette de t'avoir rejetée.

— Tout cela est très romantique, je murmure.

— Cela ne me ressemble pas, c'est ça ? il demande en embrassant mon nez.

Je secoue la tête en souriant, heureuse. La douceur dans son regard est renversante. Je veux qu'il me regarde comme ça tous les jours.

— Disons qu'on t'imagine plus en train de chasser l'ours, un fusil à la main, qu'en train d'organiser des retrouvailles de ce genre.

— Je sais me montrer surprenant quand il le faut. Tu verras bien…

Je le sais déjà, mais je hoche la tête. Je suis impatiente de voir ce qu'il me réserve.

— Et Zelda n'est pas avec toi ?

— Non, elle est chez Millie, elle ignore que je suis là et je crois qu'elle se fiche que je sois près d'elle ou pas.

— C'est faux et tu le sais. Elle t'aime, mais je suis contente qu'elle défende mon honneur et son amour pour moi.

J'ai hâte de la revoir, j'ai hâte de retrouver Millie, et de retomber amoureuse de chaque paysage que j'ai quitté.

— Tu sais, je suis nul pour les relations. Elles me font peur. Mais toi, je ne veux pas te quitter, je ne peux pas. Ces derniers jours sans toi m'ont littéralement détruit, j'étais une loque, j'avais mal. Tu m'as montré et appris tant de choses.

— Ah bon ?

Il fait oui de la tête.

— Avant toi, j'ignorais qu'il manquait quelque chose dans ma vie. Tu es arrivée comme ça, l'air de rien, et pourtant tu m'as tout apporté. Juliette, t'as ravagé mon cœur, mon esprit, et tu m'as rappelé que j'étais un homme. J'ai adoré ça. Tu as enchanté ma vie, Boucles d'Or.

Je ne sais pas quoi répondre. Rien ne me semble convenir. On ne m'a jamais rien dit d'aussi beau.

— Je sais que tu habites ici et je ne te demande pas de me suivre, mais je veux repartir en sachant au moins que j'emporte ton amour avec moi et qu'on pourra se voir bientôt. Les relations à distance, ça peut marcher, non ? On pourrait venir ici avec Zelda pour quelque temps, elle serait heureuse de découvrir Paris. La scierie étant en travaux, j'ai du temps libre.

— Ça marchera si on s'en donne les moyens et quelque chose me dit que tout ira bien, je lui réponds.

— Je ferai tout pour toi, pour nous. Tu avais dit que tu reviendrais pour terminer ton livre, j'espère que c'est toujours le cas ?

— Oui, je vais revenir. Et puis, après, on verra bien ce qui se passe…

— Je te ferai rester auprès de nous, lance-t-il, sûr de lui. Zelda sera ma complice.

— On dirait que tu n'attends que ça.

— T'as pas idée.

Oh si, au contraire. Car j'ai la même envie, la même hâte que lui. Je suis pressée de voir où nous mènera notre histoire…

Épilogue

Sawyer

1 an plus tard…

La meilleure chose que j'ai faite dans ma vie, après ma fille, c'est récupérer le cœur de la femme qui avait chamboulé le mien en débarquant chez moi de façon complètement chaotique et surréaliste.

Une année est passée depuis notre première rencontre et je ne me suis jamais senti aussi comblé. Pour rien au monde, je n'échangerais ma place. Nous avons passé l'année entre Paris et la Haute-Savoie. Juliette a mis un mois à terminer son livre, et elle est rentrée à Paris. C'était dur, mais c'était également indispensable pour savoir si l'on s'aimait vraiment et si ça pouvait durer entre nous.

Chaque fois qu'on se revoyait c'était intense, brutal, passionné… et chaque fois qu'on se quittait c'était triste et déchirant. Et puis un jour, comme ça, sans que l'on s'en rende vraiment compte, elle n'est plus repartie.

Nous allons souvent à Paris pour rendre visite à la famille et aux amis de Juliette, ce qui fait aussi le plus grand bonheur de ma fille. Zelda a fini par retrouver le sourire et arrêter de me faire la tête. Elle porte un amour fort et sincère à Juliette et c'est elle qu'elle a choisie comme maman.

Je suis seul dans mon lit quand je me réveille, Juliette est déjà debout. Je me redresse, j'enfile un jogging et je sors de la chambre avec un T-shirt à la main, sans oublier le cadeau que j'ai prévu pour elle. Je n'ai pas pu lui offrir la boîte à bijoux que j'avais commencé à concevoir car elle n'était pas finie, le Noël dernier. J'ai pris soin d'arranger cela pour la rendre la plus parfaite possible. Je crois qu'elle va lui plaire, je l'espère.

J'aurais pu lui offrir hier soir, lors du réveillon, mais j'avais envie qu'on ne soit que tous les deux, parce que j'ai déposé à l'intérieur quelque chose… d'important.

Je la trouve dans la cuisine en train de préparer le petit déjeuner, Vador est assis à côté d'elle. Je n'avance pas de suite vers elle, je préfère l'admirer en secret quelques secondes. Elle irradie, comme un soleil. Elle est pleine de vie, lumineuse, amoureuse.

Quand je pense qu'il y a un an j'évitais toute relation ! Si on m'en privait aujourd'hui, je serais le plus malheureux des hommes.

Elle fredonne une chanson de *Wham!*, pour changer. D'ailleurs, en parlant de ce groupe, j'ai fini par lui prouver mes talents de danseur en lui montrant la chorégraphie préparée sur leur chanson phare. Moi qui pensais être ridicule… elle a adoré.

L'amour doit vraiment rendre aveugle…

J'adore quand elle porte l'un de mes pulls ou T-shirts par-dessus son legging. Elle est divine, ma Boucles d'Or. Je mesure chaque jour la chance que j'ai de l'avoir dans ma vie.

Quand je suis prêt, je m'approche et caresse doucement son épaule avant d'y poser un baiser.

— Bonjour, toi.

— Bonjour.

Elle se tourne vers moi et me sourit avant de m'embrasser. Je ne compte plus les fois où ce sourire m'a fait perdre la tête. Et je suis comblé à l'idée qu'il puisse me foutre K-O jusqu'à la fin de ma vie.

— J'ai un cadeau pour toi.

— Déjà ?

Je hoche la tête.

— C'est quelque chose de particulier que je voulais t'offrir intimement.

— Tu sais que tu m'offres ce genre de chose assez souvent, répond-elle en riant. Peut-on encore appeler ça un « cadeau » ?

Je secoue la tête en souriant.

— En temps normal, il est possible que je parle de *ça*, mais pas cette fois. C'est autre chose.

— J'ai hâte de voir ce que c'est, alors.

— Ferme les yeux, je dis en embrassant le bout de son nez.

Elle s'exécute et je dépose la boîte à bijoux dans ses mains. Elle ouvre les yeux, et la façon dont elle la regarde me coupe le souffle.

— Oh ! Sawyer, c'est…

Son émotion est palpable. Du bout des doigts, elle caresse le couvercle et les gravures. Je suis heureux qu'elle l'aime, c'est un cadeau qui me tient à cœur parce qu'elle m'a redonné l'envie de fabriquer.

— C'est magnifique.

— Je l'ai commencée il y a un an, mais je n'ai pas eu le temps de la finir pour Noël dernier. Je ne savais pas encore que j'étais fou de toi… Peu de temps après que tu m'as parlé de celle de ta grand-mère, j'ai eu envie de faire ça pour toi. Je pense que j'ai bien fait de prendre mon temps…

— Elle est extraordinaire.

— Et tu n'as pas encore vu l'intérieur…

Alors elle l'ouvre. Et sa bouche forme un O. Ses yeux s'écarquillent.

Je ne sais pas si c'est la petite ballerine qui se met à danser sur les notes de la *Wedding March* ou si c'est la bague qui l'émeut, mais les larmes coulent sur son visage.

Je voulais marquer le coup, je voulais faire quelque chose de spécial pour lui dire que je l'aime et que je veux passer le reste de ma vie avec elle.

— Sawyer… est-ce que c'est…

— J'ai eu le temps de réfléchir à comment embellir ce cadeau, je voulais que l'intérieur t'émerveille, je voulais te surprendre pour te dire à quel point je t'aime. Alors, je te le demande, Juliette, veux-tu m'épouser ?

Elle pose la boîte sur la table et se jette dans mes bras.

— Oui, je le veux. Bien sûr que je le veux.

Sa joie me percute de plein fouet. Je suis ému, moi aussi. Même si je n'en doutais pas, j'avais la boule au ventre, je me sentais un peu nerveux.

Je récupère la bague et la lui passe au doigt. Les yeux toujours brillants, elle bouge la main pour la regarder de plus près.

— Je t'aime, dit-elle contre mes lèvres.

— Je t'aime, Boucles d'Or.

Nous nous embrassons passionnément. Ses doigts glissent sur mon torse, les miens se faufilent sur ses fesses.

— Bonjour, lance une voix encore enrouée de sommeil.

Juliette et moi nous écartons à regret pour saluer Zelda.

— Bonjour, ma jolie, répond Juliette.

Les cheveux en bataille, la marque de l'oreiller sur la joue, ma fille sourit en venant dans mes bras. Elle grandit de jour et jour, mais à mes yeux, elle restera toujours mon petit bébé.

— Salut, princesse.

— Pourquoi vous faites tout ce raffut ? soupire-t-elle en bâillant.

— Parce que je viens de demander Juliette en mariage et qu'elle a dit oui.

Il lui faut quelques secondes pour comprendre ce que j'ai dit. Dès que c'est fait, elle saute de joie en criant :

— Je suis trop contente ! C'est trop bien !

Elle se jette dans les bras de Juliette et renifle bruyamment.

— En plus, c'est grâce à moi.

C'est vrai, elle a raison, et je ne l'ai d'ailleurs jamais remerciée pour ça. Même si on peut dire que c'est le destin qui m'a finalement amené Juliette, il n'en reste pas moins que c'est Zelda, qui avait compris bien avant tout le monde qu'il manquait quelque chose à notre vie, qui a décidé de forcer les choses.

Je rejoins les deux femmes de ma vie et les serre dans mes bras.

— Merci, ma puce. Merci d'avoir compris avant moi.

Les biscuits de Juliette

Il te faut :

- 60 g de beurre
- 50 g de sucre en poudre
- 1 cuillère à soupe de mélasse (ou de miel selon les goûts)
- 150 g de farine
- 2 œufs
- des emporte-pièces

La recette :

- Dans une casserole, fais fondre le beurre, une fois fondu, ajoutes-y le sucre et la mélasse.
- Laisse chauffer jusqu'à ébullition (ça doit faire un caramel liquide).
- Verse ta préparation dans ton saladier et laisse refroidir tranquillement.
- Quand c'est froid, ajoute les œufs et mélange bien.
- Ajoute ensuite la farine sans cesser de mélanger.
- Forme une jolie boule de pâte et laisse reposer au moins 30 minutes au frigo.
- Quand la pâte est prête, préchauffe ton four à 200° et mets une feuille de papier sulfurisé sur une plaque.

❋- Farine ton plan de travail et étale ta pâte dessus au rouleau à pâtisserie (en veillant à laisser au moins 1 cm d'épaisseur).

❋- À l'aide de tes emporte-pièces, découpe de jolies formes dans ta pâte et mets-les sur le papier sulfurisé.

❋- Enfourne tes biscuits 5 minutes, pas plus (ils sont prêts quand ils commencent à dorer. S'ils sont bruns, ils sont trop cuits).

❋- Laisse-les refroidir sur une grille.

❋- Libre à toi de les décorer comme tu le souhaites (glaçage, sucre glace…).

Bonus :

Si tu veux décorer ton arbre de Noël avec tes biscuits, pense à faire un petit trou dans la pâte avant de les enfourner, histoire de pouvoir y passer un cordon une fois cuits.

Playlist

Les classiques :

Mariah Carey – *All I Want For Christmas Is You*
Wham! – *Last Christmas*
Mel Torme – *Have Yourself a Merry Little Christmas*
John Williams – *Somewhere In My Memory*
Michael Bublé – *Winter Wonderland*
Frank Sinatra – *Santa Claus Is Coming to Town*
Frank Sinatra – *Let It Snow*
Bobby Helms – *Jingle Bell Rock*

Les nouveaux :

Ariana Grande – *Santa Tell Me*
Exo – *Miracles in December*
Park Hyo-shin – *Because It's Christmas*
Jimin & Jungkook – *Christmas Day*

Vous pouvez aussi écouter (et trouver sur YouTube) des playlists de plus de trois heures (pour une orgie des oreilles, ou pas) de musiques de Noël en version jazz ou classique, ça reste un must incontournable pour moi à cette période…

La pêche aux mots

J'ai écrit cette histoire lors du confinement et j'ai proposé un petit jeu à mes lectrices sur Instagram : le but était de me donner des mots drôles, tordus, afin que je les insère dans le texte.

- Saperlipopette
- Cucurbitacée
- Nom d'un sapin sans épines
- Embrouillamini
- Pingouin
- Parpaing
- Chionosphérophile
- Hot
- Branquignol
- Tintinnabuler

Vous avez aimé *Love Is In The Snow* ?
Découvrez les autres romans d'Alfreda Enwy

Tournez vite la page pour découvrir un extrait de
Not Made For Love !

Chapitre 1

Avery

— T'as l'air dépitée, lance Robin en se vautrant dans le fauteuil.

Je lâche ma copie des yeux et lui lance un regard en biais alors qu'elle arque un sourcil pour en savoir plus.

Ma coloc pose son téléphone sur la table basse et plonge la main dans un paquet de chips au vinaigre. J'adore sa coupe afro et ses cheveux couleur corail, ça fait ressortir son teint foncé et ses yeux noisette. Parfois, je voudrais me faire la même chose. Pas spécialement du rose, mais changer de tête et de coiffure, car j'ai la même coupe depuis des années.

Robin va au Savannah College avec moi, nous nous sommes rencontrées le premier jour de notre première année de fac. Je mangeais dehors sur un banc, et elle s'est assise à côté de moi pour en faire autant. On a sympathisé rapidement, et on est devenues confidentes.

Un jour, elle m'a demandé pourquoi j'avais l'air dépitée de rentrer chez moi le soir, et je lui ai raconté ma petite histoire. J'ignore pourquoi, mais ça a été facile de me confier à elle ; Robin a ce côté bienveillant, et j'ai eu l'impression qu'elle ne me jugerait pas. Effectivement, elle ne l'a pas fait. Ensuite, elle m'a proposé d'être sa coloc, j'ai refusé en lui disant que je n'avais pas les moyens de payer un loyer. Elle m'a expliqué que ça n'avait pas d'importance, qu'elle pouvait m'héberger gratuitement dans l'appartement que son père lui paye. Parfois, j'essaye de lui donner de l'argent en compensation, mais elle prétend qu'elle n'en a pas besoin, ou alors elle me fait payer en cookies maison, qu'elle aime que je prépare. C'est vraiment un bon deal, ça m'évite de rentrer à la maison et de faire le trajet tous les matins et tous les soirs.

Même si de l'eau a coulé sous les ponts depuis mon viol, j'ai encore du mal à me sentir à l'aise là-bas. Il faut dire que la bicoque de notre enfance a été le lieu de mes agressions, d'un meurtre, des mœurs dépravées de ma mère et d'autres choses encore qui régaleraient les lecteurs de magazines de faits divers. Bien que j'y aie tout de même passé de bons moments avec mon frère et ma sœur, c'est le négatif qui l'emporte. Du coup, je ne rentre presque plus et je culpabilise de ne pas aller voir Autumn plus souvent, mais c'est parfois au-dessus de mes forces.

— Alors tu vas me dire ce qui ne va pas ? insiste Robin, le regard rivé sur moi.

— J'ai eu une mauvaise note.

Elle souffle d'exaspération en levant les yeux au ciel.

— T'es pas croyable, je m'attendais à une tragédie ! s'écrie-t-elle. Là, il n'y a rien qui justifie un air si grave, en tout cas. Sérieux, on aurait dit que tu allais m'annoncer que Chris Evans n'était plus célibataire.

— J'espère que je ne serai pas là le jour où tu apprendras que l'homme de ta vie est maqué.

Elle fait craquer les chips dans sa bouche et hoche la tête. Son regard est résigné tandis que je ricane. Je ne connais pas une fan plus assidue de l'univers Marvel qu'elle. Elle me traîne souvent au ciné, on va voir des films le dimanche après-midi, elle a même un costume de cosplay de Gamora, des *Gardiens de la galaxie*, pour les fois où elle va dans des conventions. Elle a déjà rencontré Chris Evans une fois, elle a pu prendre un selfie avec lui, et depuis c'est le fond d'écran de son téléphone, de son ordinateur, et la photo est même imprimée et accrochée sur le mur sa chambre, juste au-dessus de son lit.

— Tu entendras mon cri d'agonie où que tu sois. Ce mec est fait pour moi. Un jour, je l'aurai. Tu ne le trouves pas sexy, franchement ?

Je souris. Il est effectivement assez séduisant, mais je ne fantasme pas comme elle peut le faire. Je n'y arrive pas. Si je peux parfois trouver un homme ou une femme sexy, je ne ressens jamais rien de sexuel. Le désir sexuel m'a définitivement quittée le jour où Kenny m'a violée. Je me souviens qu'avant j'avais certaines envies, mais maintenant c'est comme si elles avaient totalement disparu. Je n'éprouve aucun désir. J'ai pourtant essayé de ressentir quelque chose depuis ça, de me masturber, mais il ne se passe jamais rien. Alors j'ai arrêté d'essayer, je me suis résignée au fait que je suis cassée, c'est tout.

— C'est si grave, pour tes notes, pour que tu fasses cette tête-là ? demande Robin, un sourcil arqué.

— Le truc, c'est que, si ma moyenne descend davantage, je vais perdre ma bourse, et je ne peux pas me le permettre. Si je suis ici, c'est grâce à ça. Et je ne veux pas décevoir ma sœur non plus.

En y repensant, jamais je n'aurais imaginé pouvoir aller à l'université un jour. Autumn, elle, avait foi en moi. Je m'étais inscrite sans vraiment y croire. À la maison, on est habitués aux tuiles qui nous tombent dessus, du coup, on ne compte pas sur la chance et on ne s'attend pas aux bonnes nouvelles. Quand j'ai reçu la lettre du Savannah College, j'ai hurlé de joie. J'étais tellement contente et drôlement fière de moi. Ça m'a remontée à bloc. Après ce qui s'était passé avec Kenny, mon redoublement et ma dépression,

Extrait

c'était une bataille remportée qui, j'en étais certaine, représentait un pas de plus vers mon avenir.

— Tu devrais prendre un tuteur pour t'aider à bosser là où ça foire. Si tu veux mon avis, ça ne peut pas faire de mal et c'est gratuit.

— Un tuteur ? Tu crois ?

Je n'y avais pas vraiment songé. Je crois que je n'avais pas envie qu'un autre étudiant me fasse cours, parce qu'à part Robin j'ai tendance à fuir les gens de mon âge. Je les côtoie, je leur parle, mais j'évite que ça aille plus loin, car, lorsqu'on commence à être ami avec quelqu'un, ce n'est pas super d'avoir des secrets. J'ai très peur de l'intimité, qu'elle soit sexuelle ou sentimentale. Autant j'ai réussi à surmonter beaucoup de problèmes grâce à mon ancien groupe de parole, autant je me sens tout à fait incapable de parler de mon calvaire dans un cadre plus privé. Est-ce stupide de pouvoir se dévoiler dans certains cas et d'être terrifiée à l'idée de le faire dans un cadre plus intime ?

— T'as pas essayé. Si vraiment tu es désespérée, tu peux essayer pour voir ce que ça donne. Je crois surtout que tu te prends la tête pour pas grand-chose. Tu devrais respirer, lâcher du lest, et tu verras que ça ira mieux. T'es stressée parce que tu as eu plusieurs mauvaises notes, et tu te braques, du coup.

— C'est la troisième note en dessous de la moyenne. Je ne sais pas pourquoi ce cours me bloque complètement. Je suis nulle.

— Je t'interdis de dire ça. Tu dessines super bien, tu as du talent, ce n'est pas parce que tu as du mal dans un cours que tu es nulle. Tu ne peux pas être bonne partout. Heureusement, d'ailleurs, parce que je ne t'aimerais pas si tu étais parfaite.

— Alors tu dois m'adorer, je ricane.

Robin hoche la tête.

— Je devrais faire ça, tu as peut-être raison.

Extrait

— Non, j'ai sûrement raison.

Je ris de bon cœur. Elle répond toujours ça, pour peu qu'on avoue être d'accord avec elle. J'aime sa façon d'être et sa repartie. Son idée me plaît, ça pourrait m'aider d'avoir le point de vue de quelqu'un sur mes difficultés. De toute manière, je n'ai pas le choix. Et en plus, comme c'est gratuit, si ça marche, c'est tout bénef.

— J'irai m'inscrire demain et j'espère que quelqu'un pourra m'aider à y voir plus clair en histoire de l'art.

J'aime pourtant énormément ce que j'étudie, mais en ce moment j'ai l'impression de faire de la merde. Constamment. J'ai du mal à interpréter les œuvres comme il faut. J'y passe pourtant du temps. Heureusement, les cours d'arts appliqués font remonter ma moyenne, c'est là que je réussis le mieux.

— Avec un peu de chance, tu vas tomber sur un mec sexy. Ça te ferait du bien, ça aussi.

Je soupire d'exaspération.

— Bah quoi ? se défend-elle. Deux ans que tu es là et pas une seule fois t'as laissé un mec t'approcher. Tu dois être une exception dans la fac.

— C'est sûr que, si on me compare à toi, je suis une nonne, je la taquine.

Robin tire la langue. De temps en temps, elle a un copain ou une copine, selon ses humeurs, mais elle ne reste jamais bien longtemps en couple. Une fois qu'elle se lasse, elle s'en va sans se prendre la tête. Sa dernière conquête était une nana, même si elle reste inconditionnellement amoureuse de Chris Evans.

— Je n'en vois pas l'intérêt, j'ajoute.

— Moi, j'en vois plein, justement.

— Comme... ?

— Le sexe, répond-elle du tac au tac.

Extrait

Je grimace. C'est le truc qui me donne le moins envie de me rapprocher des mecs.

— Tu sais ce que j'en pense.

— Je sais, soupire-t-elle, l'air contrit. Mais peut-être qu'il est temps que tu laisses sa chance à quelqu'un. Ça fait longtemps que c'est arrivé et…

— Je n'en ressens pas l'envie, et c'est mon droit.

— Bien sûr, approuve Robin en me proposant des chips. Je comprends, je veux juste dire que tu n'essaies même pas. Et je trouve que c'est un tort.

Je prends une poignée de chips. J'ai bien conscience qu'un jour ou l'autre il faudra que j'affronte ce problème, mais, si je suis incapable de m'aimer ou de me faire du bien, je ne vois pas comment quelqu'un d'autre pourrait m'aider. Personne ne s'intéresse aux filles comme moi. C'est peut-être ma faute, je l'avoue. Mais à mon avis les garçons n'aiment pas les filles cassées, ils préfèrent celles qui n'ont pas de soucis et qu'ils peuvent exhiber comme un beau trophée. Je les comprends, c'est plus valorisant, une fille qui n'a pas un vilain passé.

— M'enfin, il n'y a pas que le sexe, comme avantage, lance ma coloc.

Elle m'extirpe de mes pensées.

— Genre ? je demande, curieuse de voir ce qu'elle va encore me sortir pour plaider sa cause.

— Genre lui piquer ses fringues, avoir des câlins quand t'es triste ou fatiguée, avoir quelqu'un pour aller au cinéma, *chiller* sur Netflix le dimanche…

— T'as conscience que je peux faire tout ça avec toi aussi ?

— T'es nulle, bougonne-t-elle. Tu ne laisses aucune chance à l'amour. C'est sympa aussi, quand un mec te dit que t'es jolie ou te sourit. Et c'est quand même plus agréable d'avoir cours avec un mec qu'on peut reluquer discrètement.

— J'espère que ce sera une nana.

Me mordillant la lèvre pour retenir mon sourire, je jette un coup d'œil vers elle pour observer sa réaction. Elle soupire de déception. C'est certain, je suis un cas désespéré.

— On se mate un épisode des *Nouvelles Aventures de Sabrina* ?

— Je ne peux pas, c'est l'heure que j'aille à l'association. Si je traîne davantage, je vais arriver en retard.

Depuis quelque temps, je suis bénévole dans une association qui s'occupe des femmes victimes de violences. Des femmes ou des filles qui vivent ou ont vécu des choses difficiles. Certaines ont connu la même épreuve que moi, et je les encourage à se battre, à être fortes, à se relever. Quand j'y pense, aller dans ce groupe de parole, ça a été l'événement déclencheur. Me confier m'a beaucoup aidée, et trouver un réconfort sincère auprès de ces gens aussi. Petit à petit, je me suis libérée, petit à petit, j'ai compris que j'avais une voix et que je pouvais m'en servir. J'avais envie de combattre cette injustice et de dire aux autres qu'elles ne sont pas seules. Alors j'ai trouvé cette association qui apporte du réconfort, un toit et des conseils aux femmes violentées.

— J'avais oublié, marmonne Robin. Tu vas rentrer tard ?

— J'aime que tu sois pressée de me revoir, je dis en me redressant. T'en fais pas, je reviens vite.

✿✿✿

Demain est un jour douloureux pour ma sœur. J'y ai pensé toute la journée. C'est demain que Mao, l'homme qu'elle aime, sortira de prison après y avoir passé cinq ans pour le meurtre de Kenny, mon violeur. Et ces cinq années n'ont pas été banales, puisque, à cause des conneries de notre mère et pour le protéger, Autumn a décidé de couper tout contact avec lui. Ça lui a crevé le cœur, à l'époque. À moi aussi, d'ailleurs. Et, lui, je n'ose même pas imaginer ce qu'il éprouve…

Comme je sais qu'elle doit se sentir mal, je l'appelle une fois sortie de mon immeuble. Je marche vers le centre-ville d'Atlanta, où se trouve un ancien cinéma complètement réaménagé pour différentes associations.

— Petite souris ! lance Autumn en décrochant.

Au premier abord, au son de sa voix, ça a l'air d'aller.

— Coucou ! je dis. Je viens aux nouvelles. Tu vas bien ?

Je l'entends qui ricane et je rougis. Bien évidemment, qu'elle sait que je l'appelle parce que je m'inquiète.

— Oui, et toi ? Tu viens vérifier que ta sœur n'est pas en position fœtale ?

— Alors, tu l'es ?

— Non, répond-elle, amusée. Ça va, Avy. Ne t'en fais pas pour moi.

— Il faut bien que quelqu'un se charge de « s'en faire », puisque même toi tu ne le fais pas.

Elle est forte, admirable. Je sais qu'elle est dévastée, mais elle ne montre rien. Elle ne montrera jamais rien, ou si peu. Comme depuis toujours quand elle souffre, elle le fait en silence. Pour ne pas m'inquiéter, parce que, même quand elle a mal, même quand elle subit, elle pense aux autres avant tout. Et ça la rend encore plus humaine et altruiste. Depuis toute petite, je l'admire et d'aussi loin que je m'en souvienne, j'ai toujours traîné dans ses jambes. Je me rappelle qu'une fois, à l'école, on devait faire un portrait-collage d'une personne qu'on admirait. Alors que certains faisaient les

Extrait

portraits de Hillary Clinton, de Britney Spears ou de Michael Jordan, moi, j'avais fait un portrait d'Autumn. Aujourd'hui, j'ai grandi et je suis toujours cette petite fille qui la regarde, des étoiles dans les yeux, sauf que j'ai désormais conscience du poids qui pèse sur ses épaules. Je voudrais qu'elle souffle, j'aimerais qu'un jour elle arrête de penser aux autres.

Je m'en veux de ne pas être rentrée à la maison. Peut-être qu'elle aurait apprécié ma compagnie, ou peut-être pas. Je soulage quelque peu ma conscience en me disant que notre frère, Dustin, doit être à la maison avec elle. Et maintenant je me sens encore plus égoïste et hypocrite. Autumn a tellement fait pour moi, et encore aujourd'hui elle continue, je le sais. Et Mao… Il m'a libérée. Il a tué mon monstre. J'aimerais le revoir, lui parler, mais je dois respecter la décision qu'a prise ma sœur.

— Et toi ? Tu fais quoi de beau, ce soir ?

— Je vais passer un peu de temps à l'association, je réponds, et après on va se mater une série, Robin et moi.

Je continue mon chemin, il y a peu de monde dehors.

— Ça te plaît toujours, d'y aller ?

— Oui, beaucoup. Je me sens utile en aidant les gens. Parfois, juste écouter, ça aide.

— Je le sais et je suis fière de toi. Et les cours, ça va ? Tu dois être occupée, on ne te voit pas souvent, ces temps-ci.

Voilà que la culpabilité revient.

— Oui, ça va super, je dis en omettant de mentionner mes notes moyennes ces derniers temps. Et je suis désolée, je…

— Profite, petite souris. On se verra bientôt. Lizzie et moi, on va manger dans une petite brasserie française la semaine prochaine, tu pourrais nous y rejoindre ? C'est pas trop loin de ton campus. Je sais que revenir ici quand tu as cours n'est pas évident.

— Avec plaisir ! je m'exclame.

Extrait

J'aime bien voir Lizzie, elle est toujours de bonne humeur et de bonne compagnie.

— Je vais te laisser, Avy, je dois reprendre mon service au bar. Merci d'avoir appelé.

— Autumn ? je lance avant qu'elle raccroche.

— C'est moi !

Je souris. Elle répond toujours ça.

— Je t'aime. Et je suis là, si tu as besoin.

— Je t'aime aussi.

On raccroche la seconde d'après. J'ignore si mon coup de fil lui a fait du bien, mais moi j'en avais besoin. Comme il fait un peu froid ce soir, je mets la capuche de mon manteau-cape rouge. C'est Autumn qui a trouvé cette merveille à la friperie où elle va d'habitude. Il est absolument magnifique, avec sa grande capuche style sorcière et ses trois boutons bûchette en bois. La première fois que je l'ai mis à la fac, tout le monde m'a demandé où je l'avais trouvé. De mon sac, je sors mon livre de poche et me mets à lire le premier tome d'*Outlander* pour la troisième fois, tout en marchant. Je connais la route par cœur, alors je ne crains rien. Le livre aussi, d'ailleurs. J'aime mettre des petits post-it et relire les extraits qui m'ont plu. Je fais souvent rire les gens que je croise et qui s'étonnent, comme si j'allais forcément me prendre un poteau ou me faire renverser. Je ne suis pas stupide, je jette des petits coups d'œil de temps en temps pour être certaine que je ne crains rien.

Mon cœur fait soudain un bond dans ma poitrine quand je sens quelque chose se poser brusquement sur mon front. Je relève la tête, une main me retient. Lorsque j'aperçois l'arbre à quelques centimètres de mon nez, je pique un fard. *Tu disais quoi, il y a trente secondes ! ? La honte !*

— Attention.

Je rougis encore plus et tourne la tête vers la personne qui me parle. L'homme, ou plutôt le jeune homme, retire sa main de mon front qui me picote et sourit. Il est brun et une légère barbe assombrit son visage. En voyant la pochette à dessin coincée sous son autre bras, je devine qu'il est étudiant.

— C'est dangereux de lire en marchant.

Quelle honte ! J'ai envie de disparaître.

— D'ordinaire, je calcule plutôt bien ma trajectoire, je réponds en haussant les épaules.

Il sourit de plus belle.

— Ça valait vraiment le coup de se faire mal ?

— Oh que oui, je dis en me déportant légèrement sur le côté. On ne coupe pas un dialogue intense entre Claire et Jamie.

Il me dévisage alors comme si j'étais folle. Sur ces mots, je me mets en route et replonge dans mon livre.

— Même pas un merci pour mon sauvetage héroïque ? j'entends crier dans mon dos. Je t'ai quand même empêchée d'être défigurée. Bah, ça m'apprendra à être gentil.

Je regarde par-dessus mon épaule. Il attend et me fixe.

— Merci pour cet arrêt héroïque, mon front s'en souviendra longtemps.

Et, le sourire aux lèvres, je file.

❀ ❀ ❀

— Qu'est-ce que le consentement sexuel ? je demande.

Face à moi, il y a une vingtaine de personnes. Souvent, quand on donne des « conférences » sur le sexe, le harcèlement ou encore le viol, il y a du monde. Je suis contente de voir qu'il n'y a pas que des femmes. Même s'ils ne sont que deux, c'est toujours bien de constater que les hommes s'intéressent à ce que vivent les femmes de nos jours, pour ne pas dire depuis la nuit des temps.

— C'est donner son accord pour une activité sexuelle, répond une fille au premier rang qui doit être plus jeune que moi.

Je trouve bien de parler de choses comme ça, d'y accorder du temps, parce qu'il y a encore beaucoup à faire pour stopper la culture du viol et le harcèlement fait aux femmes.

— Oui, je dis en hochant la tête. Le consentement sexuel, c'est l'accord mutuel que se donnent deux ou plusieurs personnes entre elles pour qu'une activité sexuelle ait lieu. Sans l'accord de l'une des personnes, il y a viol ou agression sexuelle.

— Mais si la personne était d'accord à la base et qu'elle est moins chaude après ? Peut-être qu'elle en a envie quand même mais que la peur la rend moins chaude à le faire ?

Je secoue la tête. Dire que c'est une fille qui demande ça. D'où l'importance de parler de ces sujets encore et encore… On a beau parler de plus en plus de harcèlement, il y a toujours des gens qui ne comprennent pas les limites et d'autres qui sont perdus. Cette question, par exemple, me rappelle le genre de pensées que j'ai eues à l'époque de mon viol. J'étais persuadée que, puisque je n'avais pas parlé après la première fois, alors je méritais la seconde. J'avais l'impression de l'avoir laissé faire, en quelque sorte, parce que j'avais hésité à en parler, puis décidé de me taire… En réalité, je n'avais rien fait de mal, c'était lui, le malade.

— Dès qu'une personne exprime son refus, ou alors qu'elle n'est plus certaine d'en avoir envie et hésite, vous devez considérer cela comme un non. Si la personne en face ne prend pas en compte son refus, alors il y a agression. On va établir quelques exemples pour montrer ce qui n'est pas le consentement. Je vais noter ce qui me vient en tête et vous me donnerez les vôtres.

J'attrape un crayon et je griffonne sur le tableau derrière moi :

Extrait

QUAND LA PERSONNE DIT :
NON
PEUT-ÊTRE
JE NE SAIS PAS/PLUS — HÉSITATION
= NON

— Mais si elle dit qu'elle ne sait pas et qu'elle a peut-être envie ? demande la même fille que précédemment.

— Jamais un « peut-être » ou un « je ne sais pas » n'a voulu dire oui. Oui, c'est oui. Les autres, ce sont des hésitations, donc c'est l'équivalent d'un non. Le consentement sexuel est un accord mutuel entre les personnes, et, si vous hésitez, c'est que vous n'êtes pas capable de le donner.

Elle hoche la tête, bien qu'elle me semble encore dubitative. Parfois, c'est difficile de faire comprendre aux gens quand ils sont bornés ou qu'on leur a mis des idées préconçues dans la tête.

Elle ouvre la bouche au moment où j'allais reprendre la parole.

— En fait… j'aimerais bien vous parler d'un truc, après. J'ai pas envie de le dire devant tout le monde.

J'acquiesce en souriant, même si je redoute ce qu'elle veut me confier.

— Pas de souci, je dis.

Je retourne à mon tableau et j'écris rapidement :

QUAND ON S'HABILLE SEXY / PORTE DES TALONS
QUAND ON EST FORCÉ(E)
QUAND ON EST VICTIME DE CHANTAGE
QUAND ON DORT
QUAND ON EST IVRE OU DROGUÉ(E)
QUAND ON EST SEUL(E) DANS LA RUE (OU AILLEURS)
QUAND ON SOURIT / DIT BONJOUR

— Rien de tout ce que j'ai écrit ici n'est le consentement. Un non n'est pas un oui, garder le silence n'est pas un oui non plus.

Extrait

Quand j'ai été agressée, je pensais à tort que c'était ma faute ; je sais maintenant que j'étais la victime et que mon agresseur était le seul fautif. Dans tous les cas, sans la moindre exception, c'est la faute de l'agresseur. Un bonjour ou un sourire n'est pas une invitation au sexe.

— Et quand on fait des *sexfies* ou des *nudes* ? demande un des garçons dans la salle.

J'aime particulièrement qu'ils participent, ça me fait penser que les choses évoluent et qu'ils se soucient de ce que les femmes vivent au quotidien.

— C'est pareil, on en revient toujours au oui et à l'accord mutuel entre les personnes concernées par l'acte ou l'agression. Vous pouvez envoyer une photo sexy à quelqu'un ou alors en poster une sur Internet, ce n'est pas pour cela que vous êtes consentant pour coucher. Peu importe l'image que vous renvoyez, qu'elle soit sexy ou pas, vous n'avez à subir aucun harcèlement pour cette raison.

— Quand vous dites drogué(e), vous parlez de la drogue du viol ou pas ? demande un des garçons.

— La personne qui donne son consentement doit donner une réponse claire et avoir un comportement éclairé. Je parle de toutes les substances qui sont susceptibles de changer l'état psychique ou physique des gens. Que ce soit la drogue du violeur ou de la coke, ça revient au même puisque cela affecte les capacités mentales.

À la fin de la conférence, je vois que la jeune fille de tout à l'heure attend que tout le monde parte.

— Est-ce que tu vas bien ? je demande. Comment tu t'appelles ?

— Leslie.

Elle est rousse, avec de grands yeux marron. Ses cheveux me font penser à ceux de ma sœur. Elle croise mon regard et se mord la lèvre.

Extrait

— Je ne sais pas… si ça va, c'est un peu confus dans ma tête.

— Tu peux te confier, tout ce que tu me dis restera entre nous. J'essayerai de t'apporter une réponse claire et honnête.

— J'ai une amie, elle flirtait avec un mec pendant une fête d'anniversaire, ils dansaient et ils s'éclataient. À un moment, ils se sont mis à l'écart des autres et ils se sont embrassés et tout. Il avait envie d'autre chose, mais elle a dit non, alors il lui a dit « OK, mais regarde comme je bande, tu peux pas me laisser comme ça, faut que tu fasses un truc », elle lui a fait une fellation mais elle m'a dit qu'elle en avait peut-être pas envie, qu'elle ne savait pas quoi faire.

Je soupire en m'asseyant auprès de Leslie. J'ignore si elle parle vraiment d'une amie ou si elle parle d'elle. Dans ce genre de cas, on hésite toujours à dire que c'était nous la victime, et je le comprends mieux que personne.

— Ce que ton amie a vécu, c'est une agression sexuelle. Il n'y a rien à dire de plus. Elle a exprimé son souhait d'arrêter, mais il lui a demandé autre chose en compensation. Elle l'a fait alors qu'elle n'en avait pas envie, et peu importe qu'elle n'ait rien dit ou qu'elle n'ait pas réussi à exprimer son mécontentement, c'est une agression. Quand elle a dit non, il aurait dû s'arrêter là.

— Qu'est-ce qu'elle peut faire ?

— Elle peut aller à la police, même si j'ai peur qu'il ne soit pas poursuivi, mais au moins elle dénoncera une agression et peut-être que ça conduira d'autres filles comme elle à parler. Souvent, un geste comme celui-là en appelle d'autres. Il suffit qu'une personne ose en parler, et soudain d'autres filles ou femmes sortent de l'ombre pour dire « Moi aussi, je me suis fait agresser ».

— Je vais lui dire. Merci, Avery.

Quand elle se redresse à la hâte, je soupçonne encore plus que c'est elle, la fille de l'histoire, et ça me désole.

Extrait

— Tu peux venir ici quand tu veux pour parler, je lance alors qu'elle s'éloigne.

Leslie hoche la tête et me regarde par-dessus son épaule en souriant.

— Bonne soirée.

Je suis tellement triste que ce genre d'histoires arrive encore de nos jours. Je sais que je ne pourrai pas combattre toutes ces injustices moi-même, mais j'aime à croire que j'arrive à donner un peu d'espoir aux gens et à les aider.

Composé et édité par HarperCollins France.

Achevé d'imprimer en octobre 2020.

FIRMIN-DIDOT

à Mesnil-sur-l'Estrée (Eure)

Dépôt légal : novembre 2020.

Pour limiter l'empreinte environnementale de ses livres, HarperCollins France s'engage à n'utiliser que du papier fabriqué à partir de bois provenant de forêts gérées durablcment et de manière responsable.

Imprimé en France